汉园新诗批评文丛
洪子诚 主编

堂·吉诃德的幽灵

张曙光 著

北京大学出版社
PEKING UNIVERSITY PRESS

图书在版编目(CIP)数据

堂·吉诃德的幽灵/张曙光著.—北京:北京大学出版社,2014.8
(汉园新诗批评文丛)
ISBN 978-7-301-24169-1

Ⅰ.①堂… Ⅱ.①张… Ⅲ.①诗歌评论-世界-文集
Ⅳ.①I106.2-53

中国版本图书馆 CIP 数据核字(2014)第 078260 号

书　　　名:	堂·吉诃德的幽灵
著作责任者:	张曙光　著
责 任 编 辑:	延城城
标 准 书 号:	ISBN 978-7-301-24169-1/I·2753
出 版 发 行:	北京大学出版社
地　　　址:	北京市海淀区成府路 205 号　100871
网　　　址:	http://www.pup.cn　新浪官方微博:@北京大学出版社
电 子 信 箱:	pkuwsz@126.com
电　　　话:	邮购部 62752015　发行部 62750672　出版部 62754962 编辑部 62767315
印 刷 者:	北京大学印刷厂
经 销 者:	新华书店
	880 毫米×1230 毫米　A5　9.375 印张　202 千字 2014 年 8 月第 1 版　2014 年 8 月第 1 次印刷
定　　　价:	38.00 元

未经许可,不得以任何方式复制或抄袭本书之部分或全部内容。
版权所有,侵权必究
举报电话:010-62752024　电子信箱:fd@pup.pku.edu.cn

汉园新诗批评文丛·缘起

北京大学中国新诗研究所2005年成立以来,重视新诗研究刊物、研究丛书的编辑出版工作,先后出版了"新诗研究丛书"和集刊性质的《新诗评论》,受到诗人、诗歌批评家、新诗史研究者和诗歌爱好者的欢迎。

从今年开始,在"研究丛书"之外,拟增加"汉园新诗批评文丛"的项目。相较于"研究丛书"的侧重于新诗理论和诗歌史研究的"厚重","批评文丛"则定位于活泼与轻灵。它将容纳诗人、诗歌批评家、研究者不拘一格的文字。这一设计,基于这样的认识:在诗歌研究、批评领域,重视理论深度、论述系统性和资料丰富翔实固然十分重要,但更具个性色彩的思考、感受,和更具个人性的写作、阅读经验的表达,同样不可或缺。在力图揭示事物的某种规律性之外,诗歌批评也可以提供个别、零星、可变的体验——这些体验与个体的诗歌写作、阅读实践具有更紧密的关联。也就是说,为那些与普遍的规范体系或黏结、或分离的智慧、灵感,提供一个表达的空间。除此之外的另一个理由,是诗歌批评"文体"方面的。也许相对于小说研究、文化批评,诗歌批评、阅读的文字,需要寻求多种可能性和开拓,以有助于改善我们日益"板结"、粗糙的"文体"系统和感觉、心灵状况。

写作这样的文字，按一般认识似乎比"厚实"的研究容易得多。其实，如果是包蕴着真知灼见和启人心智的发现，透露着发人深思的道德感和历史感，并启示读者对于汉语诗歌语言创新的敏感，恐怕也并非易事。

这样的愿望，相信会得到有相同期待者的理解，并获得他们的支持和参与。

洪子诚

目　录

汉园新诗批评文丛·缘起 …………………………… 洪子诚/1

诗歌作为一种生存状态………………………………………… 1
新诗百年：回顾与反思………………………………………… 6
新诗：现状及未来……………………………………………… 22
新诗与自然……………………………………………………… 33
诗的虚构、本质与策略………………………………………… 39
我的诗歌选择…………………………………………………… 49
诗歌是对时代的回应
　　——在台湾诚品书店的演讲……………………………… 52
诗，生活与写作………………………………………………… 63
是否存在一种世界文学
　　——但丁的另一种启示…………………………………… 73
但丁的奇异旅行………………………………………………… 80
但丁与中国
　　——在威尼斯"但丁《神曲》在东方"国际会议上的发言…… 92
米沃什诗中的时间与拯救……………………………………… 103
心灵的歌者：塞弗尔特………………………………………… 121
塞弗尔特的"夜莺之歌"………………………………………… 131
布罗茨基的贡献………………………………………………… 141

1

斯特内斯库的明澈抒情或突围 ……………………………… 151
艾略特《荒原》的用典 ……………………………………… 165
珀涅罗珀的花毯或叙述诡计
　　——从《珀涅罗珀记》看神话的颠覆与重构 ………… 177
翻译与中国新诗 ……………………………………………… 197
内与外：心灵的视境
　　——文乾义的诗 ………………………………………… 211
《动物园的狂喜》序 ………………………………………… 219
序《别处的雨声》 …………………………………………… 223
朱永良印象 …………………………………………………… 229
堂·吉诃德的幽灵 …………………………………………… 232
孤寂中的卡夫卡 ……………………………………………… 236
叶芝和他的塔 ………………………………………………… 248
博尔赫斯与老虎 ……………………………………………… 252
诗人之死
　　——纪念布罗茨基 ……………………………………… 255
悼念米沃什 …………………………………………………… 257
寻找埃兹拉·庞德 …………………………………………… 261
布罗茨基的墓地 ……………………………………………… 264
诗人何为 ……………………………………………………… 266
两首关于诗人的诗 …………………………………………… 270
诗人的妙句 …………………………………………………… 275
雪夜读陶诗（外七章） ……………………………………… 277
一个人和他的城市 …………………………………………… 285

后　　记 ……………………………………………………… 296

诗歌作为一种生存状态

在我看来,诗人似乎不宜过多谈论自己的诗学观念和立场,通过他的写作自然体现出来也许不失为一种更好的方式。如果一个诗人的创作不能体现这些,或者说,他所宣称的诗学观点和他的实际创作并不一致,甚至相互违背,那么这些充其量只是空洞的说教,甚至是一种自我炫耀,对诗学建设不会产生任何实质性的影响。

但另一方面,诗学观的确立的确会对一个人的写作产生某种影响,成为他在写作时追求的目标和以期达到的理想境地,如果他的写作是真诚而非功利的。这样可以避开来自各个方面的干扰,更加明确和坚定自己的写作立场。因此从这个意义上讲,确立和完善自己的诗学观不但是必要的,同样也很迫切。

当然,诗人强调的诗学观大都与自己的写作相关,除了部分原则之外,更多属于写作策略。造成诗学理论混乱的一个原因是,人们往往混淆了二者间的关系,或习惯于把某些写作策略当成普遍写作原则,进而强加给别人或用以衡量和批评别人的写作。我想即使是写作的原则,似乎也存在着个人原则和普遍原则之分。如果我们对诗歌史做一番考察就会发现,每个流派、每个人都会有自己对诗歌的不同理解,也会有不同的写作原则和策略,以便和别人或别的流派作出区别。你的原则不同于我的原则,这个时代的原则也会不同于另一个时代的原则。正是出于对诗歌的不同理解,出于各自不同的观念、原则和策略,才会产生出不同的风格和流派,诗歌也因此会变得丰富多样,或者说异彩纷呈。因此,在谈论自己的诗学观念和立场时,似乎更加应该小心翼翼,尽可能避免绝对化的问题出现。

  对我个人来说,诗歌展现的无非是我们的生存状态,当然也是自我救赎的一种方式——尽管不是唯一的方式。在纳粹大屠杀的惨剧披露后,有人提出过这样的质疑:奥斯维辛之后,诗歌是否应该存在?在不久前汶川发生了大地震之后,又有人提出了类似的问题。这个问题的确发人深省,但我认为,他们提出这样问题的本意未必真的要取消诗歌,或怀疑诗歌存在的必要性,而只是希望诗歌在面对人类的灾难时能够更加有所作为。也许是对于质疑的回应,我们看到,关于地震的诗歌铺天盖地而来。一般来说,我不反对诗歌对时代重大问题介入或发出自己的声音,但这些应该属于诗歌的部分功用而非全部。我对那些写出地震诗的诗人充满了敬意,但同样应该指出,通过诗歌来表达这类题材并非唯一的、同样也算不上最好的方式。诗人无疑要对时代、对生活敞开心扉,这甚至是衡量诗人之为诗人的一个重要尺度,但诗歌的本质还是在于抒写自己的内心,通过个人的经验和声音的表达来体现我们的生存状态,对我们生存着的世界传情达意。我相信老奥登所说的,诗歌不会使任何事情发生,同样可以说,诗歌也不能阻止任何事情的发生。我不赞成无限度夸大诗歌的功能,诸如塑造或改变人类灵魂之类,但我相信诗歌会使我们的心灵保持柔软,对那些美好的事物的感知变得更加容易,而不至于变得冷漠和僵硬。中国的新诗从产生之日起,就面临着一个个动荡的时代,它已经经历或正在经历着近一个世纪以来的种种苦难和困境,也或强或弱发出过自己的呼声,但无疑诗歌不能也无须担当起拯救世界的使命。然而,我们一方面不应该对诗歌提出近乎苛刻的要求,让它去承担无法承担的责任;另一方面,同样没有任何理由使诗歌沦为一种智力上的消遣和文字游戏。诗歌来自诗作者的内心并作用于读者的心灵,它在最大程度上体现了我们的所思所感,我们的欢乐、痛苦、渴望和困惑。确切地说,诗是一种关于记忆的艺术,在某种程度上,如克里斯蒂娃所说,"既是回忆,也是质疑和思考"。它拒绝遗忘,也在有效地抗拒着时间和时间所带来的变化,为我们提供活下去的信心和勇气。

表现或揭示我们的生存状态意味着什么?可能每个人都有自己的主张,但我想更好的方式是通过一些具体的、日常的事件和细节来展示我们真实的生存处境,展示我们对于时代本质的观照和体认。一个严肃的诗人,无论他写些什么或怎样去写,从根本上讲都应该看作对这个时代的回应,这一品质从所有优秀作家的作品中都可以清楚地看到。从上个世纪90年代以来,中国诗歌进入了一个平稳的发展期,它变得沉潜而更加接近诗的本质,但由此引发的争论却一直不曾消失。其中诗歌写作中的日常性问题一直受到指责,至少没有引起足够的重视。日常性的引入在于消解了以往诗歌空泛的抒情和宏大的叙事,使诗歌更加贴近我们的生存状态,即从真实和直觉出发,而不是成为某些观念的传声筒——哪怕这些观念是正确的。罗兰·巴特在《文之悦》中就曾谈到,人们之所以对一些细枝末节比如时间表、习性、饮食、住所、衣衫之类具有好奇心，是因为这些能引出细节，唤起微末幽隐的景象。他说瑞士作家艾米尔的日记出版时，一些日常细节被编辑删去，诸如日内瓦湖畔各处的天气，只剩下一些道德冥想，"可恰是这天气韶华依旧，艾米尔的哲学早已成为枯木朽枝了"。

在一次发言中，我曾提出坚持一种纯正诗歌写作的主张。这种纯正诗歌并非就写作风格而言，更不是对写作多样化的一种反动，而是说要用一种严肃的态度来对待诗歌和诗歌创作。纯正诗歌应该是发自心灵深处真实的声音，它在最大限度上去掉了浮夸和矫饰。用叶芝的话说，就是以"充分理解生活，具有从梦中醒过来的人的严肃态度"来进行写作。诗人可以尝试使用各种方法，但诗歌最终是一个人心灵的产物，应该表现我们的生存处境和当下经验，不论这经验是直接还是隐含。

从这个意义上讲，真实是至关重要的。真实首先是内心的真实，也是生活态度的真实。一个诗人，只有真诚地面对世界，面对自身，才能在自己的作品中接近这种真实。诗歌的真实与审美并不矛盾，恰恰相反，诗歌的真实最终是借助审美来实现，并使审美获得更为坚实的基础。我曾经把真实称为诗歌的伦理，如果诗歌中真的具有伦理学的话。正是这种对真的向往和追索使得诗歌和哲学与宗教发生了某些关联。另一方面，诗歌达到真的境界是通过直觉、形象甚至细节实现的，而不是其他。正是出于这样的考虑，我力求写得质朴和直接。如果这些不是优秀诗歌的主要特征，那么也会是诗歌的重要品质。这样的品质我们在古今中外很多优秀诗歌作品中都可以看到，如《诗经》《古诗十九首》和陶渊明的诗歌,也同样体现在荷马、维吉尔、但丁、叶芝等人的诗中。

　　诗歌作为艺术,有着自身的独立性和自主性,也自然有自身规律和规则,它用自身的语言说话和表达。诗人所要做的,是要尊重并完善这些规则,使它的自身变得完美,而不是其他。我反对让诗歌沦为其他对象的婢女——政治的,哲学的,社会责任的——无论对方如何堂而皇之。但无论如何,诗歌如果与我们的生存无关,与我们的时代和生活无关(哪怕这种关联是在一个更深的层面上的),那么它的存在就不会有更高的价值,也就不值得我们为之付出心血了。

新诗百年:回顾与反思

何谓新诗

毫无疑问,新诗概念的提出显然是相对传统诗歌而言的。这个"新",不仅仅是一般意义上的写作观念上的更新,也不仅仅是创作方法和风格上的创新,而是诗歌乃至更大领域内的一次根本性的变革。它有着更为广阔的背景,而且是在与中国几千年来的传统写作进行最彻底决裂的口号和实践下进行的。中国一直被称为诗国,诗歌在中国文化传统中占据着相当重要的位置,也可以说成就最大、影响最广,而新文学运动恰好以诗歌的变革作为起点,想来不会是一种偶然。作为新文化运动的一个重要组成部分,新诗的一个突出标志就是把传统诗歌彻底翻了个个儿,另起炉灶,推倒重来。这在中外历史上应该是前所未有的。新诗的先行者们的勇气、胆识和魄力,即使在今天看来也依然令人敬佩。

谈论新诗不能离开新文化运动这个大的背景。那场运动距今并不久远,当时的史料也完好地保存下来,只要不带有任何偏见,我们就会承认,新文化运动与先前所谓的"中学为体,西学为用"的主张大相径庭,借鉴西方先进的思想文化在当时的新文化运动阵营中成为一个基本的共识,这一点在新诗创作上表现得尤为鲜明。我们看到,新诗从形式、手法到技巧都是引进的,可以说是在最大限度上借鉴了西方诗歌。这在当时不仅是一种必要的策略,也是新文化运动的原则所在。

西化当然不是也不可能是新文化运动先驱们的最终目标,如果这样看待他们,就未免把他们想得过于肤浅了。西化的目的是为了确立现代性,即摆脱中国几千年来封建文化的统治和束缚,实现真正意义上的科学和民主,和西方强国站在同一起跑线上。新文化运动本质上是一种思想上的启蒙,是中国现代化进程迈出的第一步。新诗只是新文化运动中的一个部分,哪怕是一个很重要的部分。从这个意义上说,新诗的意义并不仅限于文学艺术,也同样具有思想文化上的启蒙作用。

新诗在当时被称为白话诗,这在今天看来多少带有些俚俗的意味。白话与人们对诗歌语言的惯常理解也显得有些格格不入,在当时确是一件石破天惊的事情。日本学者吉川幸次郎在《中国诗史》中就曾感叹说:传统的中国文学的语言"不是作为日常语言的口语,而在原则上被要求为具有一定规格的特殊语言","唐代韩愈的文章、宋代苏轼的文章则不但不是现代中国的口语,而且也不是八世纪或十一世纪的中国官吏的口语。再追溯上去,《论语》中的文字,《史记》的文字,都已不是公元前的中国口语,至少不是其口语的原来的样子。……文学完全用口语来写,是直到本世纪初的'文学革命'时才开始被看到的"。[①]

[①] 吉川幸次郎:《中国诗史》,章培恒等译,上海:复旦大学出版社2001年版。

这种文学语言与人们生活语言的完全脱节和分家,人为地赋予了文学一种神圣的光环,也造成了与时代和读者的疏离:这不仅意味着人为地增加了写作和阅读的难度,使之成为少数人的专利,而且既有的语言程式也会过滤掉新鲜的经验和感觉。这种语言方式或许暗合着董仲舒"天不变,道亦不变"的思想,但更多是出于维护封建道统的考虑,将文学传统与封建道统捆绑在了一起。有趣的是,在中国传统小说中很早就使用了市井俚语,并没有产生太大的阻力,这或许是因为人们接受了宋代以来的话本小说的现实,更深层的原因是,在一些人眼中,小说本身就是一种在市井中流行的通俗形式,不登大雅之堂,也算不上文学。而用以载道言志的散文和诗歌,一旦使用"引车卖浆者"都熟悉的白话,就等于摧毁了他们心目中的文学殿堂,就未免难以接受了,哪怕是在一些开始支持文学改革的人那里[1]。

胡适尝试用白话写诗,更多是考虑到新文化运动的整体需要,有着浓厚的启蒙色彩。他说,"凡世界有永久价值之文学,皆尝有大影响于世道人心也"[2]。这话当然可以看作"文以载道"的翻版,但这里所载的道不再是孔孟之道,而是新文化运动即启蒙之道。他认为语言就是工具,又把新诗的语言简单地理解为"白话"的使用。他这样做的目的更多是针对"死文学",不无一定的功利性,

---

[1] 梅光迪在写给胡适的信中就曾说:"文章体裁不同。小说词曲固可用白话,诗文则不可。"见胡适:《逼上梁山》,《中国新文学大系·建设理论集》影印本,上海:上海文艺出版社2003年版。

[2] 胡适:《逼上梁山》,《中国新文学大系·建设理论集》影印本,上海:上海文艺出版社2003年版。

而较少从审美角度去考虑问题。但无论如何,他以极大的勇气和魄力拿下了诗歌这一最为坚固的堡垒,使之服从于新文化运动的全局。无论我们今天怎样看待胡适的新诗创作,他当时的见识、勇气和气魄都让人折服。

我不能同意这样一种观点,即新文学运动同样继承了中国传统文化。有人以白话诗做例子,指出白话为诗古已有之。当然,王梵志、寒山等人的诗近于白话,后来也有一些人进行了大胆的尝试,如清代的黄遵宪提出诗界革命,并把一些西方的现代科学的名词引入诗中。但我们仍然不能说他们写的就是新诗,因为他们是在旧的框架内运用白话,就如同把旧房子重新装修,大的格局不变,是改良而不是改革,更不是革命,因此无法与新诗等量齐观。用《红楼梦》里的话说,就是"这鸭头不是那丫头"。新诗的突出特征当然是白话,不仅利于当下经验,在打破固有形式和格律上的作用也同样不可忽视。毛泽东自己做旧体诗,但也说旧诗束缚人们的思想。当然束缚人们思想的不光是在当时被称为"鬼话"的文言本身,也应当包括旧体诗的形式和格律,以及长期以来形成的诗歌趣味和文人积习。我们知道,中国旧体诗的创作使用四言体、五言体和七言体,最后基本固定在五七言上,格律在语言的基础上形成,美化了语言也反过来对语言起到束缚作用。词曲试图改变这一格局,但作用仍然有限。中国古典诗歌长于抒情,而不擅叙事;富于意蕴,而拙于刻画,可能与此有关。也有人——包括胡适本人——搬出民间文学和白话小说来说明白话小说有其传统,但这无非是在为当时的文学变革提供依据,事实上,这些"俗文学"一直被排斥在正统文学之外,不好做数。

这里应该指出的是,尽管在新文化运动的阵营内部仍然存在着种种不同的观点和立场,但在推翻传统文化的问题上却是一致而坚定的。这是一个大的原则问题。同样我们也会注意到在那些新人中间,不乏一些人对旧文学有所偏爱,其中就包括新文化运动的主将胡适与鲁迅。正确的方式是,我们必须把作为一个整体性结构的传统和历史上优秀的个体创作剥离开来,这样我们才会真正理解为什么在新文化阵营中有人在反对传统文化的同时也在极力推崇一些古代的佳作,甚至有时也会写一些旧体诗,比如鲁迅和郁达夫。

当然实际情况要更为复杂。新文化运动的作家和诗人大都有着深厚的国学根底,这就在无形之中达到了一种平衡:既使新诗在一定程度上与中国的艺术精神或审美情趣保持着某种隐秘的联系,也在一定意义上削弱了他们诗歌中创新的因素。重要的是,在推翻旧的文学观念之后,他们可以自由地从传统中拿来一些他们认为有用的材料用于新诗,而不必受制于传统。

用今天的观点来看待新文学运动之初的诗人们,不管我们对他们在艺术上作出如何的评价,他们的作品都带有相当程度的启蒙色彩,他们中很多人也不能算作纯粹的诗人,他们身上的启蒙特征无法掩盖。这是大环境所致,也是服从新文化运动的大局。新诗从诞生之日起,就担负起启蒙作用,与社会改进联系在一起,这也许是新诗的宿命。这在一定程度上影响了当时的诗人们在审美上的深入探究,但反过来说,也为新诗写作提供了坚实的基础和广阔的背景。

新体诗一经出现,就备受攻击,这当然是意料中的事情。最初的口实是新诗的语言直白浅陋,缺乏必要的形式感,后来则变成了晦涩难懂。罪名尽管不同,但反对在反对者那里总归是一致的。客观地讲,在胡适等人的新诗创作中,我们看到的更像是一种缠脚之后又放开的"解放脚",新诗的成熟是伴随着对文学本质的认识的加深和对西方诗歌的创作方法的移植及借鉴才得以逐步实现的,这种移植和借鉴比起科学领域来要更为复杂艰难,除了横向的移植之外,更重要的是要以此来表现中国的社会现实,使诗歌回到自身,并建立起自己的传统。一些诗人,一直自觉不自觉地在为新诗获得自己的独立品质而努力,如徐志摩、戴望舒、梁宗岱、闻一多、冯至、穆旦和卞之琳等人。这些努力或取得某种成效,或由于某些人为的因素而被迫中断。这个任务我想应该是以朦胧诗为发端,在上个世纪八九十年代才得以初步完成的。

回顾新诗的历史,有破坏,有建立,破坏的目的在于建立。我们也同样不能忽略这样一个事实,它是一个被抱养的孩子,是靠喝别人的奶长大的。即使是今天,新诗的传统仍然不够完善强大,诗人们为了攻玉,仍然不得不借用他山之石。

借鉴西方诗歌的努力在近些年一度被大加攻讦,这与政治上反对全盘西化的做法或许不无关联,只是在这里做得更为彻底,一个是反对全盘西化,一个是全盘反对西化。无论批评者表面上的理由多么冠冕堂皇,都是行不通的。我们不能无视于世界的存在,尤其是在全球化日益深入的今天,我们同样没有理由拒斥人类文化中的精华部分。不无讽刺意味的是,在文化昌明的 20 世纪末我们居然看到新的遗老遗少们重新登场,只是脑后不再拖着一根长长的辫子。借鉴西方文化无论是在当时还是现在都是必要的,争论这种幼稚的问题未免显得可笑。然而这就是现实,无法回避。在新诗之初,用于文学创作的白话并不成熟,更是缺少必要的形式和手法可资借鉴。傅斯年曾经说过一句在今天仍会引发争议的话,"人化的文学,须得先使他成欧化的文学"①。如果我们对当时的情境有一个基本的了解,就会知道这是一种无奈然而却必要之举,甚至也可以说是明智之举。即使在今天,了解和借鉴其他民族优秀的文化也仍然必要,尽管情势已经与当初有很大不同。首先,借鉴不同传统的文化是出于文学发展的必要策略,有着更深层的动机,却建立起一个更加广泛的坐标系。其次,借鉴并不等于丧失个性,更不意味着依附。一切人类的文化遗产都不容忽视,在文化上对民族性的强调如果变成狭隘的民族主义就显得无知而可笑了。更为重要的是,中国诗歌要获得自己的独立品质,要建立自己的诗歌美学,就必须有一个更为广阔的坐标系,必须有一个更为开阔的眼光和开放的姿态。

新诗的现代性

对于现代性似乎有着种种不同的界定和看法。但有一点应该是确定无疑的,即新诗的现代性伴随着新文化运动而出现,带有鲜明的启蒙色彩。新诗与旧体诗的最根本区别,就在于新诗在凸显现代性方面不遗余力。新诗的"新"与现代性是一个几乎对等的

---

① 傅斯年:《怎样做白话文》,《中国新文学大系·建设理论集》影印本,上海:上海文艺出版社2003年版。

概念。或者毋宁说,现代性是新诗的一个重要表征。它得以存在下去的一个重要原因是,新诗不再是抒古人之情,或借古人的眼光和语言来看待和表现事物,而是真真切切地表达出现代人的情感和经验(哪怕这些还很初级、稚嫩),更主要的,这些都可以说是出自一种现代意识的观照。对新诗无论是赞同还是反对,大约没有人会怀疑或否认它的这一特征。从一开始,新诗就试图与现实生活乃至时代建立起一种更加紧密的联系。语言和形式的变革,以及对西方现代手法的借鉴,其实质也就是赋予诗歌一种现代性。在一件具体的作品中,现代性可以以不同的面具和形态出现,但归根结底是以现代或当代的眼光来看待我们生存的世界,审视当下生活,并从中汲取诗歌的必要元素。

与旧诗相比,新诗摒弃了僵死的文言,代之以相对活泼生动的现代语言,即人们在日常生活中使用的语言,这就如同揭掉了一层硬茧和痂,使语言和现实的隔膜在最大限度上被消除。无论是在新诗创建之初,人们出于更为宏大的目标(反传统,推行新文化即启蒙)而忽略了诗歌自身的建设,还是在诗歌返回本体,寻求自身的发展时,现代性都潜隐于诗歌的内部,或强或弱,或明或暗,构成了现代诗的基本特质。

自20世纪80年后期,现代性开始在一些年轻诗人那里成为一种更加自觉的追求,这可以说是一个了不起的进步。有人对90年代诗歌中出现的叙事性和日常化提出质疑,甚至会认为它琐碎、无聊,缺乏诗意。的确,与人们习惯了的浪漫主义诗歌新奇的想象相比,90年代诗歌并不追求过于宏大的主题和题材,也很少天马行空的恣意想象,而更多从日常经验和细节入手,采用更加平实的风格和口语,并使之转化和升华。我以为这是一种根本性的转变。的确,胡适在1919年就曾提出过要用"具体的写法"①,即要从平常的经验入手,但这仍然更多是出于启蒙的考虑,即让诗歌适于大众,而不是从诗歌审美的角度来着眼。而现在的问题是,这些在诗中看似无关紧要的日常生活场景和细节是否有助于诗意的开掘?它们是否有必要入诗,抑或只是出自诗人们病态的趣味?实际情况是,恰恰是这些日常经验的介入,成为现代性的一种很好的表达方式:这些看似微不足道的细枝末节构成了我们生命的轨迹。诗歌中的日常细节,不可避免地带有这个时代的烙印,或用德里达的话讲,痕迹。它们可以还原时间,向我们呈露此在。也就是说,日常性可以超越自身,准确地揭示出生活的本质特征,捕捉到个人的生存状态,并将其拼凑成一个局部世界,最终带有隐喻性特征。此外,追求语义的复杂化、断裂以及口语入诗等,也都各自体现出对现代性的追求。

　　现代性在某种意义上成为美学形式变化的内在驱动力。我在不同场合提到我创作的目标是追求真实。在这里我想对真实稍加解释。真实在我看来,并不等同于既定的真理和真相,而是有待发掘和揭示的关于时代和社会生活的某些带有本质性的东西。真理是既定的、显露的,正如尼采所说,是众多旧隐喻的凝结。而真实是有待发掘的真相,通过我们去除遮蔽而使它得以显露,但这些只是在写作中进行,并且寄寓于作品之中。它可能能得到清晰的呈

---

① 胡适:《谈新诗》,《中国新文学大系·建设理论集》影印本,上海:上海文艺出版社2003年版。

现,也可能是模糊、游移和不确定的。艺术的魅力也许正在这里。同样,艺术的真实并不意味着按着生活的本来面目(这种说法看上去就很可疑)去摹写生活,就像现实主义的写法那样,而是着重于揭示生活的本质。追求真实,既要忠实于你所要表现的对象,更要忠实于你内心的体验和由此产生的幻象。一个有趣的例子是,作为马克思主义批评家的卢卡契最初不承认卡夫卡作品的价值,直到生命的终结,他才说卡夫卡是一位真正的现实主义作家——也许他从卡夫卡作品的荒诞中看到了某种真实,即那个时代最本质的部分。我想,一位写作者,只要严肃而真诚地面对所处的时代,不管他使用哪种写作方法,或对素材进行怎样的处理,他的作品仍然会具有真实性,也同样会获得现代特征。

这种对真实的追求与诗歌的现代性相一致,也同样会促成美学形式发生偏移和变化,这就是所谓的创新。艺术的创新并不是一种盲目的追求,艺术上的任何改变在本质上都无非是基于一种试图更加接近真实的努力。创新的目的当然不是为了创新本身,而是出于一个人的内心对现实生活新的感受和理解,出于顺应时代和社会生活,以及回应所要表现的内容和形式所提出的要求。我们的写作具有两个相反方向的力,它源于传统,同时又要不断挣脱它的束缚。这看上去更像是一个悖论:一方面,写作要在传统中进行,从传统那里获取某些原则、趣味和评判尺度;另一方面,它却要不断出新,来撼动陈规陋习,为自己求得更大的生存空间。庞德曾经提出日日新的口号,哈金在写给我的信中曾经说过一句很有见解的话,他说,这种求新误导了庞德,说日日新,不如说日日好。他的说法自然不无道理,却由此导致了另一个问题:好从何来?艺术最忌重复,即使不必像达达主义那样极端,但好的艺术总是伴随某种独创性,离开了创新,艺术恐怕就无从谈起。新未必好,好却必定要新。就如罗兰·巴特所说,"新不是时尚,它是一种价值,是全部批评的基础"①。

对于诗歌,很难对它作出一个准确的、让所有人都满意的定义。即使这样做了,也未必能真正概括诗歌创作的特点。这是因为,诗歌在不同的时代,或者在不同诗人那里,都有着不同的侧重。这种不同,不仅是对诗歌本质的认识不同,更多是由于不同人和不同时代的写作倾向和主导意识的不同。比如,孔子认为诗言志,严羽则说诗有别裁,非关理也;华兹华斯指出诗是强烈感情的自然流露,而在里尔克那里诗则成了经验……总之,一个新的定义的出现,在一定程度上兆示着诗歌将要或正在发生的变化。但无论怎样变化,作为写作原则的现代性应该是不变的。这意味着诗人的写作必须要立足于他所处的时代,表现当下的经验。在现代性中包含着我们对生活对艺术的态度。时代在变化,建立在对真实理解基础上的现代性也随之变化,诗歌所关注的重点也在变化。但它的核心仍然是现代性,就像我们永远立足于"今天"或当下一样。

新诗是否存在着一种传统

传统意味着内在秩序的延续,是一个有机的整体。我赞同艾

---

① 罗兰·巴特:《文之悦》,屠友祥译,上海:上海人民出版社2009年版。

略特对传统所下的断言,即传统处在不断的变动中,"这个秩序由于新的(真正新的)作品被介绍进来而发生变化。这个已成的秩序在新作品出现以前本是完整的,加入新花样以后要继续保持完整,整个的秩序就必须改变一下"①。如果我们把新诗草创时期的诸如《尝试集》之类的诗歌同三四十年代乃至八九十年代的诗歌作品加以比较,在惊讶于它们的质量差异的同时,也会欣慰地看到新诗走过的清晰的轨迹。它在不断地创新和发展,每个不同时期都有相应的美学追求和诗学理论(尽管还远不是那么完善),更为重要的是,都有代表性的诗人和代表性的作品。新诗与旧诗在本质上的区别在于,新诗除了使用日常生活中的语言和有着较为自由开放的形式外,还有着与以往完全不同的文化背景,即新文化运动以来已经深入人心的以科学和民主为主体的人文思想。写诗关注当下,古代诗人亦然,但其中的不同是,新诗的现代性是用带有强烈人文色彩的现代意识进行观照。我想,这种独立品格足以构成新诗的传统。尤其自朦胧诗以来,诗歌愈来愈注重向本体回归。这无疑是使新诗的传统得到了进一步强化。我们读到一些关于新诗的理论和批评文章,有的中肯而深入,如果不存在一个相对完整的诗歌传统,我们就不知道对新诗的批评和对诗人的评价该如何进行。我们说一篇作品写得好与不好,一位诗人出色与不那么出色,既要与他的前辈人相比,也要与他的同代人比较。离开了传统,大约就很难找到相对稳固的批评标准。当然,如何评价新诗的

---

① T.S.艾略特:《传统与个人才能》,《艾略特诗学文集》,王恩衷编译,北京:国际文化出版公司1989年版。

传统是一个问题,而存不存在一种新诗的传统则是另外的问题。

有的论者以新诗没有自己的固定体式来否认新诗没有形成传统,这也是以旧体诗的严整形式和精密格律为出发点的。这是一种相当皮相和片面的看法,甚至对中国古代诗歌传统也缺乏必要的了解。所谓的严整形式和精密格律在唐诗中才完全形成,也只是旧诗传统中的一部分。正如有人指出的那样,《诗经》《楚辞》和《乐府》等,都是属于或接近自由体式(在我看来是半自由体)的。事实上,很多现代诗人都对格律进行了提倡或尝试,甚至试图创立新格律体,但成果欠佳。这也许是因为格律体并不适合新诗。新诗的诗体就是自由体,有过写作经验的人都知道,这种无可傍依的自由体远比那种依声填词的形式要难,但这种不确定的形式,恰好可以更好地量体裁衣,准确地表现诗人的主观情感,也为诗人的想象力提供了更为自由的空间。也有人批评新诗缺少音乐感,不能像旧体诗那样朗朗上口,适于背诵。对此我有不同的理解。音乐感可以体现在具体诗行的格律和音韵上,但也同样可以体现在诗的整体结构,即情感或情绪的跌宕起伏中;而后者可能更为重要。了解 20 世纪音乐发展的人会更清楚这一点。从这一意义上讲,并不能说只有以音韵取胜的格律诗才具有音乐感。

我在前面提到,新诗的传统还不是那么强大,这是基于两点而言的。一是同传统诗歌也就是旧体诗歌相比较,另外是同西方的诗歌传统相比较。中国诗歌从《诗经》开始,一直到清末,前后经历了两三千年的时间,这当然远非历史不足百年的新诗所能比拟。西方诗歌传统更是一个复杂而强大的体系,除了年代久远外,更是包含了不同国家、民族的语言和文化。但新诗的情况远较这两类传统复杂。它不是自然生成的,而是经历了语言上的断裂。的确,新诗使用的语言以现代人的口语为基础,这种语言,我们使用了几千年,但使它转化成诗歌语言却只有不足百年的历史。新诗白手起家,平地建屋,而且同时还要推倒以前的老房子,这里面的困难,不是个中人是难以体会的。今天的任何诗人,不论写得好与不好,都可以嘲笑胡适等新诗开创者的作品直白浅陋,口语不像口语,文言不像文言,但如果考虑到当时的具体环境,除了心怀敬意,我们更有理由由衷地佩服他们的魄力和勇气。现在拿旧体诗的一些长处,如汉语言的音乐性,如古体诗那样的创作路数来要求或否定新诗,结果无疑还是要回到旧体诗创作的老路上。这就像有人用诸如新诗不像旧诗那样朗朗上口、难以背诵来作为攻击新诗的口实,显得幼稚而无知。

诗人兼具思想者和匠人两类身份。在对时代进行思考时,他是一位思想者;当把这些表现在一首诗中时,他又会成为一个匠人,对形式进行精心的打磨和锻造。二者互相制约又互相促进。诗歌确实存在一种伦理性,它表明诗人对世界的态度:赞美、批判、恐惧、焦虑,并以此来谋求与世界建立起某种联系。而这些,都是在新诗的传统中完成的,同时也丰富了新诗的传统。

新诗与传统诗

新诗与传统诗的关系是近年来的热门话题。这与日渐高涨的民族主义情绪有关,也多少是出于某种写作策略的考虑。新文化运动的成果不容置疑,新诗大的框架也已确立,人们自然可以冷静下来重新思考传统文化可供借鉴的因素。这表明了延续至今的新文化的日渐成熟,也或多或少会带来一些危险的因素。创立本土文化并不是一件坏事,对传统文化采取一种虚无主义的观点并不可取,但由此产生的对新文化运动的贬低或否定(而不是积极的反思)在我看来同样悖谬,因为这不过是从一极跳到了另外一极。我们必须看到,传统文化和文化传统并不是一码事,正如传统诗歌和诗歌传统并不是一码事一样。前者是个体,而后者是个体构成的有序结构,它渗透着意识形态和伦理观念,新文化运动着力反对的也正是后者。

说到传统诗歌和诗歌传统,问题很多,情况也很复杂。首先是时代变了,环境变了,我们无法像古人那样生活和思考,更不能像他们那样写作。其次传统诗歌也不是像艾略特比喻的一颗大药丸,瑜瑕互见,优劣并存。正确的方法是区别对待。在新诗创始者那里,旧诗作为障碍被搬开了,这在当时是必要之举,对今天也仍然具有意义。正是由于这种实践,我们才可以摆脱古人的局限,站在一个制高点上,用理性的现代的目光来重新审视传统诗歌。这反而使得我们能够赋予古典诗歌以新的生命力,使之重新焕发光彩。

在传统诗歌中,确实有一些非常优秀的作品存在。我喜欢的是唐以前的诗歌,但并非出于崇古的原因。旧诗的体式正是从唐诗那里才完全确定下来,唐诗同唐代的书法很有些相像,格式严整,法度森严,但风骨却不逮汉魏,也少了很多意趣。当然这也只是个人趣味问题。我个人推崇的是《诗经》《古诗十九首》和陶渊明。我认为这是中国传统诗歌最强劲、也最有活力的部分。对这些作品,我们今天在阅读时固然会赞叹,会震惊,但这只是从艺欣赏角度而言,它们毕竟不能像现代诗那样,与我们的生命和生活息息相关,也无从表征我们的经验和生存状态。然而说到旧诗传统,它与新文化运动建立起的新诗传统似乎并无直接必然的关联。在新诗创建之初,先行者们就是以革命的姿态抛弃了旧诗和旧诗的传统,并建立起一个相对独立的新传统。彼传统非此传统,两者风马牛不相及,正如现代汉诗的传统与西诗的传统无涉一样。有人提出回归传统,对回归我们可以作出两种不同的解释,一是将新诗的传统纳入到旧诗的传统中去,仿佛新诗是一个长年流浪在外的孩子,现在要开始认祖归宗了;二是重新审视旧诗的传统,从中汲取有益于新诗创作的因素。后者是一种积极的态度,前者动机很好,却很难实行。当然,文化是一个延续传承的过程,无论新诗还是旧诗,两个不同的传统之间必然有着某些内在的隐秘联系,剪不断理还乱,这为新诗传统汲取传统诗歌的长处提供了可能。所以,从传统诗歌那里有选择地借鉴和汲取养分,无可厚非。我们从旧诗的传统中汲取养分,正如我们从西方诗歌那里汲取养分一样,只是为了丰富和发展新诗传统。问题在于,我们如何找出其中的契合点,发现其精华部分并实现吸收和转化。但旧诗传统会不会因此与新诗传统对接,让新诗成为它的一个组成部分,我对此表示怀疑。

我反对文学上的复古主义,哪怕是以创新为口实。表面上看,是我们抛弃了旧诗,而实际上,是它抛弃了我们。它已经无法适应这个时代,对于这片失去的家园,我们可以追怀,可以凭吊,但并不能也没有必要真正回去。浪子返乡只是一种理想、一种追怀,作为浪子,他的精神将会永远在外面漂流、寻觅,却无法真正回到原来的出发点。

新诗:现状及未来

谈论诗歌的发展趋向和算命先生多少有些相似。鲁迅曾在一篇文章中谈起过,有算命先生给人算卦,信誓旦旦地说,如果过了50年不灵,你来砸我的卦摊。对50年后所做的预言很难作出验证,但如果把预言的时间缩短,就难免陷入尴尬的境地。

进入新世纪以来,一直有人问起新诗的发展趋势,似乎一切都在可以掌控之中,至少是可以事先预知。这一方面或许是出于好奇,希望能够提前看到诗歌的远景;一方面似乎也不无担忧,因为在一些人看来,新诗正在走向衰落,诗歌之死(如同尼采宣称的上帝之死)只是或早或晚的事情。

如果真的能够未卜先知,预先把握诗歌的走向,倒不失为一件好事。这样就可以为类似的争论提早交出一份答卷。假如诗歌的运气真的不是那么坏,仍然可以延续下去,我们就可以事先根据预测出的轨道进行冷静的思考和设定,这样能避免不必要的错误,加速诗歌的发展进程,或使之更加完善。

完全否定这种预测自然会失之武断,但文学的发展是一个相当复杂的流程,往往会与事先的推测和设定大相径庭。这其中有内在的成因和机制,影响它的外在因素也多种多样:社会生活的变化,重大历史事件的发生,重要社会思潮和作家的出现,以及同类或非同类作品的交互影响。这些都会作用于文学艺术的外在形态,也同样会促使其内部结构发生改变。这些经常会超出人们的预期。历史的走向往往受到偶然因素的影响,而偶然因素一旦作用于历史,人们就会把它当成必然因素。但事实上,一方面历史有着可以预期的走向,这是被现有因素所规定的;另一方面也确实不会时时处处符合某些规律,哪怕这些规律看上去很合理。美国诗人威廉·卡洛斯·威廉斯反对现代诗歌中的世界主义倾向,一生都在梦想着建立一种美国本土风格。他的这种主张颇为切合美国诗歌的发展趋势。但他——或者也包括了他的读者——不曾料到的是,主张欧洲中心论的艾略特发表了著名长诗《荒原》,打破了他的梦想。他沮丧地说,这无异于一颗原子弹,艾略特的天才将诗拱手交还给了学院派,使建立美国本土诗歌的努力至少倒退20年。

威廉斯的沮丧毕竟得到了补偿,他的诗歌主张尽管被延迟,但至少在下一代诗人那里得以实现。这当然是少数幸运的例子,而相反的例子也不胜枚举。明智的做法就是尽可能地少作预测,而把目光聚焦在现实问题上,即认真梳理诗歌现状,找出它的成绩、不足和有待解决的问题。做到了这些,我们即使仍然不能断言诗歌的下一步走向,但至少可以为诗歌未来的发展作出必要的准备。

中国的新诗以上个世纪初期的新文化运动为肇始,算起来时间尚不足百年。作为新文化运动的重要组成部分,它经历了一次从内到外的深刻革命。新诗的先行者们大胆抛开了旧诗的传统,从语言到形式,完全另起炉灶,建立起一个崭新的诗歌传统。这可以说是石破天惊的举动,除了新文化运动的参与者外,在当时几乎受到了来自各个方面的怀疑和反对。这或许不无道理。中国一向被誉为诗歌的国度,涌现出众多优秀的诗人和优秀的作品,但这只是就旧体诗而言。无可讳言,旧诗的影响可以说是深入人心,它的影响至今仍然没能彻底消除,成为守旧人士攻击新诗的依据。但当时打破旧有传统的举动是完全必要的,对其积极意义应该予以充分的肯定,而且在今后的文学发展中仍然会继续显露——试想一下,如果我们今天仍旧沿袭着用旧体诗的形式和方法写作,旧瓶装新酒,情形会是怎样?——新诗的拓荒者们以自己的努力逐步打消着人们的疑虑,让一些怀疑者看到,使用来自日常生活中的语言不但可以写出诗来,也同样可以写出好诗。从胡适《尝试集》的草创直到今天,沿着这条路走下来,应该有了一定的成果。当然,这一过程也颇为复杂,称得上曲折迂回,甚至一度因为政治原因受到长时间的干扰或中断。但自七八十年代起,当年诗人们开创新诗的传统重新得到了延续和发展,而到了90年代,新诗完成了向本体的回归。这样,新诗不仅完成了语言和形式上的变革,也实现了根本性的转化。

90年代诗歌的一个特征是沉静而内敛,诗人们在语言、形式和手法上进行了多方面的探索。同以往的诗歌相比,它不再注重表现重大的社会主题,也不复有宏大的结构,而是通过叙事、细节、日常化和个人写作等方式来揭示生活的内在本质,使得诗歌不再沦为观念的载体,而是回复到自身,即通过审美和个体独特的声音发挥作用。这一时期的诗歌曾为人诟病,我想无非有两种可能,一是90年代诗歌可能确实不如以往的诗歌,但从目前的情况看,这种说法显然不能成立。另一个可能就是90年代诗歌超出了这些人的知识视野,使他们最终丧失了判断能力。在新诗的发展面前失语,是一件令人尴尬而且恐惧的事情,而要消除对自己无法理解的事物的恐惧,最有效的办法莫过于予以否定。如果我们不是十分健忘的话,当年一些人对待朦胧诗和第三代诗歌也都有过类似的态度。现在风水轮流转,有了新的否定对象,以往的则得到了宽恕,就像传说中讨替代一样,后面一个的不幸使前面的得到了解脱。诗歌需要批评,也同样需要理解和宽容。最重要的是,即使这种批评不能带有建设性,那么至少也应该是善意和实事求是的。前辈诗人和评论家完全可以对下一代人提出忠告,但首先应该怀有一种与诗为善的态度,一棍子打死的做法并不可取。庞德当年读到艾略特《荒原》的初稿,立刻领会了其中的意图,并大胆进行了删削。他对很多同代作家也有过类似的支持和帮助,但后来当年轻的金斯伯格把《嚎叫》拿给他看时,庞德喃喃说,这是一堆大杂烩。《嚎叫》用某种眼光来看,的确是大杂烩,但《荒原》也是,《诗章》同样是。说《荒原》和《诗章》是好诗固然不错,但并不妨碍《嚎叫》同样也是好诗,不同的只不过是写作观念和方法发生了变化。睿智和宽容如庞德,竟然会出现这样一幕,多少让人有些费解。问题在于,金斯伯格这代人的写作超出了庞德的视野,但他好在只是发发牢骚,并没有跳起来大加讨伐,大师的风度毕竟在。当年我曾对同伴说起,有一天我们老了,或许对于年轻人的作品接受不了,即使那样,也不要指手画脚,横加批评,更多的是应该加以善意的鼓励,现在我仍然会坚持这种说法。

对于新诗,至少有两个认识上的误区:一是认为新诗没有形成传统,一是把旧诗的传统与新诗的传统混为一谈。前者让人感到荒谬,后者是一种糊涂的认识。传统是一种延续和发展,是由作家和作品构成的有机体。新诗只有不到百年的历史,你可以说这个传统不够强大或不够完善,但否认这种传统存在就令人匪夷所思了。新诗的新当然是针对旧(体)而言的,但这种新和旧的分野不是新在旧之上的发展和延续,而是经过了彻底的决裂,从语言和形式上,乃至诗歌观念都在新文化背景上经过了重新构建。即使新旧之间有着某种暗递情愫、藕断丝连的情形,但这也只是和邻人妻子的私通,而不是在一个锅里搅马勺。批评者们总是拿两千年来的旧诗传统来贬低不足百年的新诗传统,或是拿旧诗的长处来攻击新诗的短处,这种做法既不公平,也显然无助于新诗的发展。

但新诗的问题确实存在,它在今天面临着来自两个方面的压力。一是新诗如前面所说,经过了语言和形式上的断裂,它的形式不是自然生成的,而是从西方借用和移植而来的。当然,经过几代人的努力,它已经适应了这块土地,并形成了自己的个性。但这里面似乎总有某种先天不足。新诗采用日常语言,但日常语言入诗总要经过一番淘洗、净化和打磨。艾略特把语言成熟作为经典作品的三个标志之一,新诗的语言或许正在逐步接近成熟,但仍然有很多工作要做,其中重要的一点是对语言的重新认识。20世纪的哲学和语言学的成就为这种认识提供了可能,尽管我们也一再引用海德格尔"语言是存在的家园"之类的话,但对语言的本质仍然缺少深入的了解。我们一方面把语言孤立起来看待,很少把它与存在和意识形态联系起来,另一方面我们对文学语言乃至诗歌语言的研究也基本上处于空白状态。布罗茨基曾说,诗人们讲的是

"诗人的语言而不是国家的语言"①,"诗人的影响力超越世界的界限。诗人间接地改变着社会。他们改变它的语言,它的措辞,他影响到社会的自我意识"②。所谓间接地改变,是通过语言来完成,确切说,是通过改变语言来完成。我们过去总是谈论诗歌的使命,诗歌的使命正是寓于语言之中。罗兰·巴特也说过,文学就是对抗话语中的权势。他说:"文学中的自由力量不取决于作家的儒雅风度,也不取决于他的政治承诺(因为他毕竟是众人中的一员),甚至也不取决于他作品的思想内容,而是取决于他对语言所做的改变。"③他指出,"马拉美说的'改变语言'与马克思所说'改变世界'是同时出现的"④。而我们现在对语言的认识还更多停留在表层,在一些人那里,还在刻意营造语言中的权势。也有人简单地认为,使用口语就等于实现了诗歌语言的转变。此外,对于诗人而言,新诗自身的资源还不够充分,还要从多方面取法和借鉴,其中包括中西诗歌和诗歌传统,但如何借鉴仍然是个问题。

现在我们总能听到回归传统的呼声。传统诗歌的传统的确强大,但它是属于传统诗歌的传统,并非新诗的传统,而且早在新诗之初就已被抛弃。在这个传统中不乏优秀诗人和优秀作品,问题在于,传统并不意味着所有作品的简单排列或相加,而是一个有序的结构。它体现出某种秩序和价值取向,而秩序"意味着分配又

---

① Solomon Volkov, *Conversations with Joseph Brodsky*(M), The Free Press.
② Ibid.
③ 罗兰·巴特:《法兰西学院就职讲演》,《罗兰·巴尔特文集——写作的零度》,李幼蒸译,北京:中国人民大学出版社 2008 年版。
④ 同上。

意味着威胁"①,我们对此应该保持必要的警醒。也就是说,在从传统诗歌中吸纳养分时要注意区分传统诗歌与诗歌传统。作为传统诗歌,有很多作品我们今天仍然需要阅读和借鉴,如《诗经》《汉魏乐府》《古诗十九首》、陶渊明、李白和杜甫。但对诗歌传统,则需要认真审视,仔细分辨,如果不分青红皂白简单地全盘接受,就等于退回到新文化运动之前,背负起沉重的历史负担,与那些僵死的语言和形式重新为伍。这显然并非明智之举。

西方诗歌一直是新诗借鉴的对象。所谓"他山之石,可以攻玉",如同一个孩子,新诗生下来就断了奶,它的奶妈就是西方诗歌。我注意到,人们对西方诗歌的趣味已经从浪漫主义和现代主义逐渐转移到了当代,这意味着,我们可以通过当代的社会文化背景更好地把握西方诗歌了。随着全球一体化的加强(无论你是不是喜欢这个词,但毕竟是一种现实),人类面对的问题也有了更多的相同点。生态、能源、疾病、暴力和恐怖事件,都在程度不同地困扰着人类的所有区域,成为人类共同面对的问题。在这个大的背景下,我们了解西方当代创作中的经验就不会有太大的隔膜了。当然,每个民族都有自己的文化和审美情趣,对西方诗歌也同样需要消化和转化。

但无论如何,这仍是我们可资借鉴的资源。借鉴的目的不是成为其影子和替身,而是在于丰富和壮大新诗的传统,从而使新诗具有鲜明的个性品格,同时也要使新诗成为世界文学的优秀部分。

---

① 罗兰·巴特:《法兰西学院就职演讲》,《罗兰·巴尔特文集——写作的零度》,李幼蒸译,北京:中国人民大学出版社 2008 年版。

文化上的自我封闭意味着拒绝人类的共同财富,意味着自我放逐。现在的问题不在于这是否可行,而在于我们没有更多的选择,在于我们如何操作。我倒是觉得,与其如此,不如把坐标系放得更大些,使借鉴对象更为广泛,从所有文化传统中汲取于我们有益的养分。

这种"拿来主义"当年曾被鲁迅所赞许和提倡,在今天仍然不失为一种积极的做法。这应该是一种自信的表现,而不必屈从于极端的民族主义情绪。我们常常津津乐道于西方诗人如何对中国古典诗歌感兴趣,如何从中汲取创作灵感,但这只应成为不同文化间互相影响和借鉴的范例,而不应成为我们拒绝吸纳外来文化、在文化上搞关门主义的口实。世界眼光似乎必要,也是大势所趋。我从小生活在一个县城,在传媒远不是那么发达的时代,我在当地所能看到的球赛就是最高水平的球赛,而其中最好的球员就是标准意义上的最好球员。而一旦有了电视转播,各种不同的球赛全都集中在一个平面,层次和水平的差异也由此显露出来。原来当地最好水平的球员区域上的优势不复存在,被置于更大的背景之下,这项运动的实际发展水平得到了展现,我惊讶地发现我当时心目中的明星充其量不过是业余水平而已。这当然很残酷,但在今天已经成了普遍的事实。文学也是如此。众多国外优秀作品被翻译过来,或可以直接阅读原文,我们的视野变得开阔,标准也自然提升。同样也不可避免地要面对一种文化上的碰撞、对接与对决。

文学上的情况要更复杂些。这里面有地域和文化的差异,也有审美心理和情趣的不同,构成了不同民族文化中的独立品格。但我们也必须认识到,仅仅强调这种独立品格是不够的,还必须把它置于更大的背景之下。说民族的就是世界的,就单一意义上讲,这没有错,然而只有在了解了共性即世界性之后,我们才能更好地判定哪些是民族的,或其中哪些是最优秀的因素。只有了解了共性,个性的差异才会得以凸显。而离开了共性,个性也就无从存在了。

这自然近于老生常谈。但在新诗的写作与批评中确实有很多基础性的工作需要去做,也有更多常识性的东西需要廓清。在为数不少的人那里,似乎还缺少必要的诗歌启蒙。当然,作为诗人,完全可以超越这些,渐行渐远,去进行自己的探索。诗人的首要任务就是写出他心目中的好诗来,而不必小心翼翼地去考虑读者的接受能力。有人指责诗人脱离读者,但却很少有人去批评读者鉴赏力的低下。这种诗人和读者间的巨大落差当然会显得有些悲怆,但责任并不在诗人,同样也不在读者,而在我们教育的不够健全,或弥漫于全社会的功利主义倾向。无论如何,以读得懂读不懂来否定诗歌显得既老套又无知。诗歌是心灵的艺术,平时不去运思并且缺乏心灵感悟的人既不会喜爱诗歌,也不会理解诗人在一首诗中对经验的精心构造。或许,那些责怪诗歌的人应该反过来思索一下,他们究竟为诗歌做过些什么,或者说为自己能正确理解诗歌做过些什么。诗歌的发展,优秀作品的产生,并不仅仅取决于诗人自身的努力,更需要来自各个领域内的成果作基础。这也正是中国诗歌面临的一个难题。文学艺术的发展,总是要以思想文化、社会科学、语言等各个学科的研究成果为基础。纵观文学史,社会中新的思潮和学科的出现,总会对诗歌写作产生微妙的甚至是决定性的影响;诗学理论和批评,更是会直接或间接作用于诗歌和诗歌的走向。现实问题是，目前的诗歌批评还不能适应诗歌的发展。重要的是，我们还没有建立起一套必要的批评尺度和完整的、有特色的诗学理论体系。对诗歌的一些深层理论和常识问题还要做进一步的梳理与廓清。比如，我们都在说要写出好诗来，但怎样才算是一首好诗，它的标准是什么？是否还会存在着伟大诗歌，假如存在，一首好诗与一首伟大诗歌的区别在哪里？评判诗歌优劣的尺度和依据又是什么？至于其他领域所能为诗歌提供的资源，更是少得可怜。哲学和语言学不去说它，单就诗歌领域来说，对中国古代的优秀诗人，现在完全可以用一种全新的眼光去重新评价、解读和诠释，但我们在这方面所取得的成果大约还没有超出我们的前人。西方一些重要诗人，不是完全没有介绍就是没有完整或完善的译本。而对国内诗人诗集的出版、评介，尤其在对新人的推出上，更是少得可怜。当诗人不能从诗歌获取荣誉，或得到必要的经济报偿，却要受到来自各个方面的指责、讥笑和嘲讽，用一句老话就是，既要马儿跑，又要马儿不吃草，这能说是公平吗？又如何能促使诗歌健康发展？我以前曾经打过一个比方：诗人们就像厨师一样，要做出一道好菜，但首先他得披荆斩棘，开垦出荒地，然后要播种，浇水，收获，然后还要洗菜，切菜，直到把菜端到早已等得不耐烦而又颇为挑剔的读者面前。至少洗菜、切菜之前的工作应该有其不同的分工才是。

  诗歌目前的成就和问题既说明了现状，也在某种程度上奠定了诗歌的趋向。这里面有很多未明的因素，比如，这些问题得到了很好的解决，诗歌就会更健康地发展，如果得不到解决，可能会出现另外的局面。但归根结底，一切的关键还是取决于诗人和全社会的努力。产生优秀诗歌作品的前提条件是，要有相对自由的创作环境和相对健康的写作风气。这些显然不是诗人们所能独自完成的。但就新诗目前发展的总体态势来看，诗歌自身的机制基本上是健全和完善的，它有着勃勃的生机和远景。这一点是不容怀疑的。我曾经在一篇文章中把诗人创作一首诗的经过比喻成西绪弗斯向山顶推着巨石。然而不同的是，每一次当巨石从山顶滚落，都会引起一串巨大的回声，而且在人们的记忆中留下一道痕迹。时间永远是现在的延续，新诗的未来也正隐匿于现在之中。我们与其去探询未来的趋势，还不如脚踏实地地做一些实在而有意义的工作。

新诗与自然

在谈及新诗与自然的关系之前,似乎有必要对这两个概念加以简单的界定。

对前者的解释似乎并不存在歧义。所谓新诗,是与中国古典诗歌相对应的中国现代诗,即新文化运动以后出现的用现代汉语创作的诗体。在一篇文章中我曾提到:

> 新诗概念的提出显然是针对中国的传统诗歌而言的。这个"新",不仅仅是一般意义上的写作观念上的更新,也不仅仅是创作方法和风格上的创新,而是诗歌乃至更大领域内的一次革命。它有着更为广阔的背景,而且是在与中国几千年来的传统文化进行彻底决裂的口号和实践下进行的。

这个说法现在看来未免有些乐观,更多带有一种理想化的成分,实际情况要更为复杂。首先,新诗在诗体、形式乃至手法上对西方诗歌进行了借鉴或者说借用,但更多体现在外在形态上,而不是内在机制中,在对诗歌的现代性的追寻上似乎也是刚刚有所领悟。由于新诗的传统并不丰厚,又与古典诗歌进行了决裂,在摒弃陈旧的诗歌观念的同时也放弃了一些好的做法,如这里将要提到的与自然的关系。关于自然,当是指作为存在范畴的自然界,其中有广义和狭义之分，要点在于是否包括人类社会。人们又通常把经过人类的活动而改变的自然称为第二自然或人化自然。后一种区别也许更为必要，因为我们今天能够接触到的自然更多属于后者，中国古代诗人对自然的喜爱和抒写也更多限于后者。

如果我们今天谈到的不仅仅是新诗，也包含中国古典诗歌在内的所有诗歌，那么我们也许会有更多的话题。中国古代诗人与自然的亲密关系是人所共知的事实。中国的第一部诗歌总集《诗经》开篇的第一首诗就用"关关雎鸠，在河之洲"来起兴。我们阅读这部几千年前的诗歌总集，同样会对里面提到的众多植物感到陌生难解，如卷耳，如苤苢，如荇，如葛，以致后来有人弄出一本《诗经植物图鉴》来帮助读者更好地了解其中的植物。《诗经》中最为脍炙人口的句子也大多与这些自然物相关，如"蒹葭苍苍，白露为霜。所谓伊人，在水一方"，如"昔我往矣，杨柳依依。今我来思，雨雪霏霏"。其实被提到的植物也并非珍稀名贵，在今天的乡野间仍然可以见到，更是我们童年时所熟悉的，只是现在离我们多数人的生活越来越远了。这些植物在《诗经》中并非全然用来抒情，它们更是对日常生活的写照，在里面就屡屡提到采蘩采蘋，采苓采薇。试想离开了这些，《诗经》就不再是《诗经》了。

同样应该提到的还应有以谢灵运和谢朓为代表的山水诗人。他们形成和发展了中国特有的山水诗传统。陶渊明的贡献也许更大，他不满当时黑暗的现实，却没有避居山林，而是回到家乡从事耕作，抒写人们熟悉的田园景物，开了后来田园诗的先河。他笔下的自然是人工化了的自然，即人们生活和耕种的土地，他的写作因而显得更为自然。

西方诗歌的情况也大同小异。纵观西方诗歌,以自然作为题材的诗歌比比皆是,更多的诗人也无疑把自然作为精神的栖息地。最突出的例子当是华兹华斯。他在一首诗中写到自然用它美好的事物,通过"我"(诗人)联系人们的灵魂。他主张成人要向孩子学习,甚至把孩子看作父亲,从而保持自己的赤子之心①,这所谓的赤子之心,简单说就是对自然的热爱。这思想并非华氏首创,它来自卢梭的观念,更是整个浪漫派的纲领。即使是更早描写英雄传奇的荷马史诗,在双方交战的刀光剑影中也不曾忽视自然意象。当特洛伊将领格劳科斯和希腊将领狄奥墨德斯在交战前互相喊话,狄奥墨德斯问起格劳科斯的家世,格劳科斯说了这样一番话:

> 豪迈的狄奥墨德斯,你何必问我的家世?
> 正如树叶荣枯,人类的世代也如此,
> 秋风将枯叶撒落一地,春天来到
> 林中又会滋发许多新的绿叶,
> 人类也是如此,一代出生一代凋谢。②

用秋风枯叶来比喻人类的世代,当是荷马的一个创举。这样的比喻不仅贴切,更具有一种悲剧感。荷马的另一部史诗《奥德赛》更加富有传奇色彩。奥德修斯在返回家乡的途中受到海神波塞冬的阻挠,历尽艰辛,我们可以把这看成是人与自然残酷抗争的

---

① 见华兹华斯的《写于早春》和《每当我看见天上的虹》,《英国诗选》,王佐良译,上海:上海译文出版社1988年版。
② 见《古希腊抒怀诗选》,水运馥译,北京:人民文学出版社1988年版。原诗见《伊利亚特》第6卷。

一面。里面的神妖巨人之类大可以看成是对自然的拟人化。

由此我们看到了自然的另一副面孔。自然和文明无疑是一组对立项。文明来自自然,或者说孕育于自然,自然是文明之母,但二者并非总是处于一种和谐的状态中。自然对人类文明有时会产生破坏作用,而人类文明更是在无情地毁坏着自然。人类对自然的威胁无疑更大,也更具有自觉性,并且被看成是自然对人类社会报复的起因。这一点无需多说,从我们今天的生态危机和频繁发生的自然灾害中即可看出。

前些年玩过一个叫《帝国时代》的游戏,是一位朋友送我的。这个游戏现在看来颇有些象征意味。里面的空间是黑暗的,人迹所至,周围的景物才显露出来。这也许是说人类的活动赋予了世界以意义,使遮蔽的一切被命名。这里面有人类的劳作,如砍伐森林,建造房屋,把荒野开垦成田地。但自然不能再生,因此人类的资源越来越少。别的国家和族群还会因为争夺地盘和资源来攻打你,因此还必须打造武器,坚固堡垒,或对别人发动掠夺性的战争。这些都是对文明世界很好的诠释。战争是文明的疾病。战争对文明造成破坏,但建设本身也对自然产生负面影响,尤其是过度建设和开垦。人们的欲望变得贪婪而膨胀,不仅掠夺自然,而且大面积地破坏着自然生态,森林、水泊和湿地正在我们身边消失。在城市高高矗起的钢筋水泥的高楼中,人们实际上把自己与自然远远隔绝开来,城市成了我们的牢笼。自然在缩小,现在很少有一扇窗子能使我们看到过去诗人们曾看到的优美景色了。

因此对于诗人,关注自然已经不单单是心灵的需要,也不单单是为写作寻找题材,而是在捍卫生存本身。如果自然不复存在,人类又何所依存？人类的精神家园又何所依存？难道我们只能在古人的诗歌和散文中寻找自然的影子吗？

我们在对待自然的问题上犯下过很多错误，这也许是我们的文明犯下的错误。过去我们的口号是征服自然，后来有了些进步，开始提出保护自然，但事实上仍然更多只是限于口号，我们所说的和所做的是两码事。更重要的是，我们应该意识到，保护自然的基础应该是热爱自然和敬畏自然。人与自然和谐相处才是真正的文明，或者说才是文明的精髓所在。

然而在新诗创作中，对自然的关注远远不够。我们既没有接受西方诗人热爱自然的传统和理念，也不能像中国古代诗人那样与自然和谐相处，不分彼此。假如在我们的诗中偶然出现了自然景物，那么也只是一种点缀，为了让作品增添一点美感和风味。自然仍然是作品中的附属之物，而不是写作的主要表达。当然诗人写什么不写什么，是自己的事情，在某种程度上甚至也由不得自己做主，但其中确实存在着一种主导意识。新诗与自然疏离的另一个原因是我们在实际生活中确实在疏离自然，自然被人为地破坏，领地越来越小。曾几何时，自然与人类亲密无间。我们来自自然，从自然中索取食物和生活用品，并学习生存之道。但随着科学的兴起，人类所掌握的知识非但没使自身变得聪明，反而助长了人类的狂妄与贪欲。人类不仅向自然巧取豪夺，而且在大面积地破坏着森林、水泊。在城市高高矗起的钢筋水泥的高楼中，人们把自己与自然远远隔绝开来，城市成为我们赖以存身又无法摆脱的牢笼。而仅存的自然则满目疮痍，像贾樟柯在电影里面表现的那样。现实的问题是，如果我们在新诗里面想描写自然的话，还能否做到像古人一样呢？答案可能是否定的。假如我们的诗歌真的触及自然，那么更多也只是对破坏自然的行径进行谴责而已。

　　但这似乎也很必要，至少在目前的阶段。在莫里斯·迪克斯坦关于60年代美国文化的一本书中，提到了罗伯特·勃莱和詹姆斯·赖特等一些诗人，他称他们是"华兹华斯式的诗人"，他们抒写自然是在冲出重围，"寻找着暴风的中心"，而"达到安宁和'中央的宁静'时，这种宁静却是微弱而破碎的"。[①] 这里面暗含着对他们试图逃避现实的批评。迪克斯坦显然更加赞同金斯伯格等人的介入姿态，里面的这一观点也值得商榷，但他确实提醒着我们，如果我们因远离自然而重新充满了对自然的渴求时，仍然不要把自然作为逃避之所，而是应该把它作为捍卫生存和文明的一个战场。

[①] 莫里斯·迪克斯坦：《伊甸园之门——六十年代美国文化》，方晓光译，上海：上海外语教育出版社1985年版。

诗的虚构、本质与策略

小说的本质在于叙事,而诗歌的本质在于抒情。前者属于叙事类文体,而后者则可以被划归到抒情的类别中(史诗和叙事诗兼有二者的特性,则当别论)。在谈论文学作品的虚构时,我们必须清楚,虚构是就情节而言的,叙事类文体可以虚构,而抒情类文体却难以用虚构来加以概括。在英文中,小说(fiction)与虚构使用的是同一个单词。纳博科夫说,"文学是想象,小说是虚构"。想象与虚构在词义上有交叠,也有不同之处,需要加以区分。我们可以说博尔赫斯在查尔斯河畔同另一个博尔赫斯的对话是虚构的,却不能说华兹华斯在《水仙》中"我像一朵云在孤独地游荡"也是这样,因为里面不存在一个完整的情节或事件,而只是情境和由此展开的抒情。

说诗歌的本质在于抒情,可能有人会感到不解。在一些人看来,现代诗注重的不再是抒情,而是经验——或按一些人所说——也更多包含着智性的成分。其实经验中仍然具有情感因素,不同的只是抒写方式的改变。一个较为常见的误解是,不少人把我的诗看成是单纯的叙事,这其中至少有两点值得探究:一是把叙事性混同于叙事本身,就如同把"辣"的特质当成了辣椒的实体。二是认为我所有的诗都是叙事性的,更不免是以偏概全。因为除了叙事性,在我的诗中日常化的特点也较为充分,这一特点的体现不在所谓的叙事而是细节的运用,当然也不乏一些其他种类的诗。无论如何,这种贴标签的做法远远无法达到准确。说我的诗基本上是叙事的,还不如说我的诗基本上是反抒情的来得更为恰当。这样就产生一个矛盾,因为我前面提到诗歌的本质就在于抒情,但如果把反抒情看成是另外一种抒情方式或是对抒情的重新建构就顺理成章了。我们一方面强调诗歌的本质在于抒情,另一方面也要看到在抒情上确实存在或可以存在着不同的方式。诗歌写作从来就不是采用单一的方法,它总是围绕着诗歌的本质进行调整和偏移。如果回顾一下诗歌史,我们也许会更加深切地感受到这一点。希腊的诗歌除了史诗外,其他诗歌强调抒情,当时的重要诗人,如萨福,如品达,都是这方面的高手。古罗马的诗中有一部分也属于此类,但同时出现了讽刺或讽喻诗。这就与抒情相抗衡,抗衡的目的当然不是取消抒情,而是对抒情的丰富和调节。17世纪出现了蒲柏为首的古典主义,多涉理路(这条路后来被认定不那么走得通);德莱顿兼具讽刺和说理,且不乏才情,更易被人接受,但基本上是走蒲柏的机智俏皮一路。然后是玄学诗,强调智性和奇思妙喻,成为后来艾略特等人拿过来作为攻击浪漫派的武器,但这些并没有取消抒情,而只是抒情方式的改变。到了19世纪,浪漫主义出现,抒情因素占据绝对优势,甚至可以说推到了极致,而抒情本身存在的问题也随之凸显。强调抒情可以使诗歌更加感性、优美,更加诗意化,更加利于自我表达,但也确实会带来华而不实的弊端,即刘勰在《文心雕龙》里说到的才胜于质。风习所至,在一些庸手那里就必定演化为浮华和矫饰,而浮华和矫饰无疑是艺术的大敌。后来的写作者必然要对此作出矫正,于是象征主义应运而生,采用暗示和象征的手法,运用某个象征物来把情感隐匿于其中;后来又有了艾略特的客观对应物的说法,他说诗歌是感情的方程式而不是感情的喷射器——但我们注意到他同样没有排除情感,他所要强调的只是传递情感的方式。里尔克则强调诗是经验,如果我们考察一下他所提到的经验,就会发现其中仍然蕴含着情感因素。叶芝自称为"最后一个浪漫主义者",但他的个人化及面具主张也是正是出于去掉抒情浮泛性的考虑。归根结底,这些都是围绕着如何展开抒情,而不是要从根本上取消抒情。最终还是回到了诗歌写作上的一个最核心的问题,即如何抒情的问题。这是每个时代需要面对、也同样是每个诗人需要面对的问题。

中国新诗的发展同样有着类似的问题。80年代中国诗歌被认为是一个黄金期,因为当时的诗歌确实表现出一种自由奔放的势头,这或许是长期压抑后的必然结果。但随之而来的问题却是自我的过分膨胀和个人情绪的过分宣泄。艺术需要自由,也同样需要节制,需要气势,也同样需要技艺——艾略特在《荒原》的题献中把庞德称为"匠人"就说明了这一点。但实际情况是,一些诗人先是把自己假定成一个事实上不存在的先知或英雄,作一番膨胀,然后泥沙俱下地对各种题材和内容不加处理地进行抒发,里面不免夹杂着矫饰和浮夸。因为文学无论是叙事作品还是抒情性作品,想要打动人,首先要真实,其次要有相应的艺术手段。真实和审美应该是艺术的两维。巫师神汉们在祭台上作法也只能在短时间内让人产生敬畏,而不会让人感动。这是浪漫主义的极致,或者是浪漫主义的堕落。当时一些诗人尽管不是明确地认识到存在的问题,但至少是感觉到了,也确实在寻找不同的表现方法。首先要达到的一点就是必须在诗中减少抒情意味或因素,让诗坚实硬朗起来。我的写作被认为带有叙事性,但当时我想到的不是叙事,而是力图在诗中引进情境,即在一首诗中表现某个特定的情境,然后让所有的句子都围绕着这个情境展开。在语言上也要避免空洞的句子,尽可能采用陈述的语句。但这些仍然也只是策略问题。这类诗仍然注重情感和经验,不同的是这些情感和经验是通过情境来展示的。说到底,叙事性诗歌不具备完整的事件,只是某个或某些情境而已。情境可以是假定的,但不能说是虚构的,因为情境并不能构成相对完整的事件,所谓的虚构,也只是对于情节和事件而言。另一方面,任何写作在内容上都不是现在时而是过去时。我写"天在下雨",外面不一定是在下雨,我是在追怀某一个确定的或不那么确定的雨天的经验和感想。叶芝"穿过长长的走廊边走边问,好心的戴头巾的老修女回答",叶芝尽可以边走边问,但却不可能边走边写,他也只能是在事后追怀。事件可以虚构,但经验不能,情感更不能。欣赏一首诗,我们的关注点往往在于经验是否深入,情感是否真实,而不会去关心有多少虚构的成分,也无从去判断诗中的日常琐事是否经过了虚构。但对于诗人,要做到经验的深入和情感的真实,却往往要依赖某个真实的情境,因此这就决定了他诗中的情境往往是真正存在过的而很少是假定的。正是因为诗歌更多地带有追忆的特征,这些也决定了诗歌的非虚构性。另一方面,诗歌具有个人化的特点(从这一点上看,也不太适于虚构)。诗的意义向外辐射,从个别性上升到一种普遍性,那么诗中的"我"有时就会超出诗人本身。一般情况下,我们把这个诗中的

"我"不是当成诗人自己,而是看成一个说话人,这个说话人既真实又虚幻,尽管明显带有诗人自身的特征,但并不能完全等同于诗人本人,而更像是诗人扮演的一个角色。只有从这个意义上讲,诗才可能与虚构产生某种联系,但从根本上讲,其中的真实成分要远远大于虚构的成分。

人们常常会拿希腊诗人卡瓦菲斯作为虚构的例子。卡瓦菲斯的诗大体上分为两类,一类是描写个人生活场景的,亚历山大城,咖啡馆,他的生存状态和思考,以及他的同性恋人。这类诗被认为是对个人生活境遇的真实抒写。另一类是历史题材的,这部分可能会让我们联想到虚构。但无论如何,这些更多仍然是场景而不能构成完整的事件。唯一相对完整的是《等待野蛮人》,这更像是一首寓言体诗,使我们联想到了卡夫卡的某篇小说,但里面写到的仍是一个场景,一个情境:不明确的时代和国家,提到了说来却没有来的野蛮人,然而却没有一个完整的解释。其中尽管存在着虚构的成分,但说成是一个假想情境仍不为过(中国古代的一些游仙诗也属于这类假定情境的诗,但仍然是建立在真实情感基础上的)。

我同意艺术并不存在进步的观点——任何一种观念,一旦绝对化了就会出现偏颇——但另一方面,艺术也确实要随时代而变化。诗歌在不同的时期有着不同的演变、侧重和偏移,无非是出自两方面的原因:一是根据诗歌自身的发展需要来调节诗歌的策略。策略不能从根本上改变诗歌的本质,却可以提供一些新的方法和技艺,以便更好地表现诗人所处的那个时代。二是所采用的策略必然受到时代的风气和审美时尚的影响。但策略毕竟只是策略,它在一定程度上受制于本质,或者说,它的目的是更好地体现本质。当一种策略不能适应这一需要时,那么策略就要适当地进行调整和改变。策略的改变会影响到两个方面,一是写作的趋势,一是对既往诗人的不同评价,并在此基础上形成新的评判标准,产生新的艺术风格和形式。后者从对诗人陶渊明评价的起伏变化这一文学史公案中可以更加清楚地看出。对于这一点,张隆溪在他的文章里有很好的表述。他说:"陶潜诗歌在中国文学史上的接受是一个很好的例子。对陶潜诗歌的评价在传统批评中的戏剧性变化之所以有意义,并不仅仅因为它让我们知道了审美趣味和审美判断的反复无常,同时也因为它向我们表明(当陶潜的作品终于被视为经典时):在中国诗歌的解读中,什么样的表现形式被接受为具有最高价值和最有意义的,什么样的风格特征成了人们熟悉的期待视野的一个组成部分。"①

张隆溪谈到了陶渊明平易质朴的语言成为当时的一个难题,同样是诗人也是陶渊明的推崇者的颜延之在为陶写的赞诔中只是赞美了陶的品格,却忽略了他作品的文学价值。刘勰和钟嵘也没有对他作出公正的评价。这是因为"陶潜的作品在当时大多数读者的眼中便必然是粗糙和缺乏色彩的"。甚至杜甫也"认为很难欣赏他那枯索乏味的语言"。这无非是因为"绚丽的辞藻被接受为他那个时代的标准"。也就是说,他背离了他那个时代的审美取向。这似乎与我前面提到的相违背,但张隆溪引用另一位学者孙康宜的话说,陶渊明此举恰恰是要用富于个性的声音使他的诗

---

① 张隆溪:《道与逻各斯》,南京:江苏教育出版社2006年版。

回归到"古代的抒情诗倾向"。这确实很有见的。如果粗略地看,陶渊明的诗与《古诗十九首》非常接近,陶渊明跳过自己的时代回到古代,所谓"古代的抒情诗倾向"又是什么呢?无非是以一种质朴无华的语言和风格,更加直接地表现经验。可以看出,与其说回到古代,不如说回归到诗歌的本原,即本质上去更为恰当。我们是否可以说陶渊明比起当时那些使用华丽的辞藻来抒情的诗人们更好地把握了抒情诗的本质?确实是这样,苏东坡在写给弟弟子由的信中这样称赞陶渊明:"质而实绮,癯而实腴"。质是外在的,是指文风的朴素,绮是内在的,是指文思的绚丽。癯仍是表面上的干枯,而腴是指内在诗意的丰沛。为什么不能外在和内在达到统一呢?是陶渊明才情不够,无法做到,还是有意为之?毫无疑问是后者。用"质"来表现"绮","癯"来表现"腴",正好是用相反的取向形成一种张力。这一点在一些优秀作家那里可以得到印证。卡夫卡一方面在小说中体现出一种荒诞感,另一方面却又大量运用真实的细节。艾略特在《荒原》中一方面采用了象征手法,另一方面却又采用了自然主义的元素。这些是他们的高明处,因为单一的手段往往不如矛盾的因素来得有效。同样,陶渊明在形式和内容上的反差不但形成了自己独有的特色,也因削减了形式的因素而使诗的本质得到突出。苏东坡等后世诗人之所以推崇陶渊明,一是因为陶的方法有助于经验的强化,这是从他的诗接受诗歌本质的绝对价值而言。同样也是借陶的钟馗来打浮靡矫饰文风的鬼,这仍然是诗歌中的策略,但也由策略上升到一个文学的审美尺度。

　　我之所以在这里提到陶渊明,不仅是因为他是我最为推崇的诗人,也不仅因为他的个例能够说明诗的本质与策略的关系,更重要的原因是,他的作品同样也可以作为虚构问题的例证。日本学者一海知义写有一篇关于陶渊明的文章,副题就叫"情寓虚构的诗人"。也就是说,他是从文学虚构的角度来展开对陶渊明的论述的。他的出发点在于在文中谈到中国文学受到儒家思想的影响,虚构性文学一向地位很低。从这种文学发展的角度来谈陶渊明,似乎他是一位先行者。他在文章中次第论及"《桃花源记》——乌托邦故事""《五柳先生传》——架空的自传""《形影神》——与分身的对话""《读山海经》《闲情赋》——神怪与女色""《挽歌诗》《自祭文》——'我'的葬礼",其中难免有些牵强。《桃花源记》是一篇散文,后面附诗,文为主,诗为副。可能是陶渊明有意虚构了这么一个带有中国特色的乌托邦,也可能像一些人认为的那样,实有其事或依据了某种传闻。陈寅恪在《桃花源记旁证》一文中从历史和地理上作了详尽的考察,得出结论说,"疑其间接或直接得知戴延之等从刘裕入关途中之所闻见"。不管是出自史实还是传说,至少在陶渊明本人那里并不是虚构的。事实上,前些年在某些偏僻的地方确实有些类似的发现,但在陶文中这一切经过了理想化是毫无疑义的。他没有把这处理成一篇简单的笔记(像同代人干宝的《搜神记》那样),而是在其中寄予了自己的社会理想(依然沿袭了老子"小国寡民,鸡犬之声相闻,老死不相往来"的构想)。《五柳先生传》是散文,也未必完全是虚构,不过是给自己戴上一个假托的面具而已。《形影神》分身的说法属实,但无非是一个自我同另外一个自我的对话,与虚构并不相干。《读山海经》与《闲情赋》一是诗,一是文,里面提到了神怪,事出有据,算不上虚构。至于女色,可能是他把自己的理想进行了拟人化处理,也可能是老先生一不小心真的爱上了什么人,算不上虚构。《自祭文》是文人的积习,在死前给自己撒些纸钱,顶多算是未雨绸缪。最有意思的倒算是《挽歌诗》。据一海说,最初他把这组诗当作诗人死前写的,这就和《自祭文》相类似。但后来看了别人的考据,说这是在陶壮年时所写,而且很多古本中都称为《拟挽歌诗》,说陶渊明虚构,从这个角度来说倒也不为过,但从根本上仍然属于假定情境。其实标题中的"拟"就很好地说明了这一点。我们可以把诗中的死者看成陶渊明的夫子自道,也可以看成所有死去或将死的人。相比之下,我更赞同孙康宜对陶渊明的评价,她在《抒情与描写——六朝诗歌概论》这本书中有一章关于陶渊明的论述,题目是《陶渊明:重新发扬诗歌的抒情传统》。她肯定了诗歌的抒情传统,同时也肯定了陶诗"重新发扬"了这种传统。与日本人一海不同,她认为自传式构成了陶诗的一个重要特点。当然,如同叙事性不能等同于叙事一样,自传式也不能等同于自传,但至少与虚构无涉。这是"形象做出自我界定"。孙康宜说:"陶渊明的自传式诗歌不仅仅是披露'自我',它还用共性的威力触动了读者的心。他把自己对诗中主角直接经验的关注放在视焦中心,从而成功地使其诗歌达到了共性的高度,因此能够得到读者的认同。"我们注意到这里出现了"虚构"。她接着说,陶渊明"在'写实'与'虚构'两端之间走平衡木,把中国文学带进了更加错综和多样化的境界。其诗歌的驱动力,恰恰有赖于这两面的开弓"。这里提到的"虚构"仍然是诗人自我的扩展,但问题在于,这个虚构的带有共性的角色和诗人自我有多大的差异?至少对我们这些读者来说,诗中的陶渊明的形象就是我们心目中的诗人形象。而从根本上讲,其所有的作品都构成了他的另一类自传,即思想、情感和经验上的自传。

诗的本质和策略的关系是交互的,本质决定策略,不同的策略也会使诗的本质产生某种偏移,使重心得到改变。因此在华兹华斯那里,诗是情感的自然流露;而在里尔克那里,则成为诗是经验。深入认识诗的本质有助于选择不同的策略,不同的策略会使诗发生变化——也是通常所说的创新。在一首诗中,本质和策略相互博弈,在博弈中产生诗,生发出情感深度和写作难度。一首诗的价值也许就在这里。诗歌无论是采用哪种写作方式,都必须触及心灵深处,而这种触动,仅凭智性是无法达到的。我们强调诗歌的非虚构性,也正是为了在更大限度上达到情感的真实。诗歌真实已经被我们强调得太多,但这种真实不仅是认知上的真实,同时也更应是情感上的真实。正如诗歌的深度不仅是认知上的深度,也更应该是情感上的深度一样。

我的诗歌选择

　　写什么或怎么写,一直是困扰着每位写作者的难题,而对一位诗人来说,情况尤其如此。作为最具独创性的艺术,诗歌写作既不能与别人雷同,也不能无限度地重复自己。因此,每一首诗歌的写作,都将是一个重新开始,即回到最初的起点,思考自己与时代的某些关联,并小心翼翼地选择着形式和语言。诗人的工作就如同神话传说中的西绪弗斯一样,不断地把石头推上山去,然后又无可奈何地看着它从山上滚落,之后又是一次次的重新开始。二十几年前,当我最初尝试诗歌创作时,几乎完全为热情所驱使,但现在更多是出于一种习惯和责任,就像一个摆脱不掉的梦魇。说到责任,我并不真的认为诗人必须有意识地承担起某种社会责任感,而是说,诗人首先是对一首诗负责,然后是为自己负责。我常常这样想,一个诗人,只要他怀着真诚去思考和写作,那么他的作品就一定会打动别人,也会或隐或显地反映他所处的时代的某些本质特征。

　　因此,一位诗人的创作可以视作他全部的心灵史,也同时折射出他的时代。对于我们所处的这个时代,我既心存感激,也更多怀有疑惑。一方面,许多为我们所喜爱和迷恋的事物、习俗离我们远去,另一方面,新事物的大量涌现,也为我们的写作提供了新的契机和可能。新的事物往往会带来新的感受和新的经验,同时也在刷新着我们的感受力。人们总是要从自身感受中去寻找自己的写作素材,并从中提炼出自己的主题。无论他是怀着美好的愿望去称颂他的时代,还是对时代进行严厉的批判或讥讽,只要是出于真诚,选择什么主题都将依据他自身的感受而定。同样,真正的诗歌来自诗人对生活的观察和思考,也来自他的困惑、绝望乃至巨大的精神冲突。在我微不足道的写作中,我一向遵循这样的原则:忠实于自己内心的感受,写我真正想写的东西,并把这一点在今后的写作中坚持下去。

作为古典诗人,杜甫现在可谓是大行其道。他之所以受到诗人们的普遍推崇,不仅在于他精湛的诗艺,更在于他把自己的诗歌写作与时代紧密地联系起来。而据我所知,杜甫的作品之所以被称为"诗史",是与他真实地抒写自己在动荡年代的内心感受相关的(并赋予了它以完整的艺术形式),而不是因为他试图阐释或图解他的那个时代。诗人是发现者,但不必是解释者;是叙述者,但同样不必是注释者。这里我想到了在诗歌史上另一位同样值得尊重却在某种程度上受到忽视的诗人——陶渊明,他完全是通过另外的途径完成了诗人的使命。

我赞同这样的说法,诗人除了真诚地对待时代和写作外,他要通过审美来实现自己的使命——如果写作真的具有某种使命的话。而无论当你直面这个时代,或是试图通过写作逃避这样时代时,你总是自觉不自觉地反映出时代本质性的东西,正如你想推着地球,想使自己离开它,却在无形中与它建立了更加紧密的联系一样。正如马尔库塞所说,艺术的政治潜能在艺术的本身之中,在作为艺术的美学形式之中。他同样说过,艺术要是表示了一种风格上和技艺上的根本变革,它可能就是革命的。

　　无论时代发生怎样的变化,坚持写作并在艺术上进行不懈的探索,这就是我的,或许也是每一位诗人的选择,这一点不会改变。

诗歌是对时代的回应
——在台湾诚品书店的演讲

  谈论诗歌在今天也许是一个不合时宜的话题,但诗歌确实曾经给世界和诗人带来荣耀,并在人类的精神生活中扮演过重要角色。人们写作和吟诵诗歌,或用来抒写怀抱,寄托理想,或探究世间万物,描述生命中的欢乐与悲伤,向往未来或追忆过去,其中无不蕴含着人类的情感和才智并使其达到极致。记得我和开愚刚认识不久,在一封写给我的信中,他引用了一位美国诗人的话:诗人弹奏的是上帝的琴弦。这里说的上帝,可能是《旧约》中用了七天时间成功地创造出世间万物的那位宇宙和生命的主宰者,也可能只是人类智慧和情感的一个终极象征。弹奏上帝的琴弦,同时表明了诗人工作的重要和荣耀。他们从事的工作与终极相关。尽管诗人们在世时往往命运多舛,受到种种不公正的对待,或者在宫廷中扮演类似弄人的角色,但诗歌本身却一直受到尊崇并得以世代流传,这一点从来不曾有人怀疑。大权在握的统治者可以嘲弄诗人,可以对诗人施以刑罚,把他们关进监狱或者流放,却从来无法使诗歌沉默。诗人们可以一贫如洗,但诗歌却在他们头上戴上了桂冠;诗人们可以被关押、流放,甚至被消灭肉体,但他们却在一代代流传的诗歌中获得了永恒的生命。屈原是这样,但丁是这样,20世纪的曼德尔施塔姆也是这样。当然,我们现在越来越多听到的不是对诗歌的赞颂而是诘难。这并不奇怪,从诗歌出现之日起,对诗歌的误解和攻击大约也就随之产生,只是现在变得更加严厉。关于诗歌衰亡的说法也像末日论一样,每隔一段时间便会跳出来表演一番。所幸的是直到今天世界仍然没有毁灭,而诗歌也就顺理成章地存在下去。对诗歌的攻击更多来自两个方面:一是普通读者,他们的理由是诗歌难以读懂。这与文化水平及诗歌审美教育的缺失不无关系;另一类攻击来自思想界,西方哲学的老祖宗柏拉图当年就声称要把诗人逐出理想国。但令人不解的是,这位老先生自己也在写诗,当然他的诗歌作品可能远不如他的哲学有名,所以出自一种酸葡萄心理也未可知。在第二次世界大战结束后,阿多诺也在说,经历了奥斯维辛之后写诗是野蛮的,并且追问诗歌的存在是否必要。如果从字面来理解他的话,那就是诗人沉默、诗歌死亡才是文明。当然我们也可以把这句话善意地理解为诗人应该对自己的写作重新思考和定位,但这种建议未免多余,因为在这之前,诗人没有失声也不曾失职,读当时的诗歌,那个时代的风云变幻尽在其中。如果说对纳粹的大屠杀负有责任,那么无论如何也轮不到诗歌。一个人所共知的事实是,哲学和诗歌是一对老冤家,彼此之间互不买账。但另一个事实是,诗与哲学又是殊途同归的,用海德格尔的话讲,就是诗即思。而这位20世纪的思想大师晚年也开始推崇诗,认为在诗中可以最大限度地保持思。说到底,无论哲学还是诗歌,最终都是在言说真理,揭示被遮蔽的存在并使之变得澄明。诗歌也许不会对历史产生直接的影响,正如哲学一样。但英国思想家以赛亚·伯林说过一句很有见解的话,他说康德的哲学与政治无关,但没有康德,就不会有法国大革命。当然诗歌和哲学所使用的方法与手段并不相同,一个是借助于概念和逻辑,另一个是借助于形象和想象。而在我看来,诗人的方式更加接近于先知,而哲学家按照常规的说法是智者。或许哲学家们对诗歌不满也源自这里。

但我的这篇发言并不是为诗辩护。诗歌已经存在了几千年了,而且还将继续存在下去,这是一个不争的事实。诗歌是少数人的事情,或者说不可能大众化,这也是一个不争的事实,至少这已经越来越成为一种趋势。在这方面哲学的现状似乎也没有多少不同。在一个物欲横流,在一个丧失了价值尺度、精神沉沦的时代,这难道不是很自然的事情吗?我只是想借此机会来说明诗歌的某种特质,即诗歌与时代的关系,确切地说是诗歌和时代的相互作用,而诗歌遭人误解,也更多源自这一点。

首先一个人的写作,无论怎样个人化,无论怎样天才超绝,从本质上讲,它都跳不出时代如来佛的掌心,总是或多或少或隐或显地带有这个时代的印迹。抛开具体的作为写作素材的社会现实不说,时代的思潮、风尚和审美情趣总是会隐含在他的作品中。我们一方面承认诗是心灵的产物,另一方面心灵也必然会对时代有所感应。诗人是敏感的,他们能够凭着直觉捕捉到时代的种种风云变幻,"满城风雨近重阳"恰好是最为形象的写照。在任何一个时代,诗人的写作总是在和时代博弈,或说得更加明确,是对时代的回应。我们评价一个作家或诗人是否伟大,并不仅仅取决于他的艺术成就,更主要的是要看他在多大程度上介入了他的时代,能否并如何面对时代的重要问题。尽管艾略特声称他的《荒原》不知写了些什么，但在这首诗中我们确实看到了欧洲文明荒芜的图景。而他被引用最多的句子"世界就是这样消亡，不是一声巨响，而是一声叹息"更像是一个预言，在核威胁日益严重的今天，人们更为担忧的不是核战争，而是人类精神的衰亡所引起的后果。另一位诗人奥登也在诗中传达出对战争的恐惧和不安，而正是这位奥登，一方面在他的诗中说过"诗不会使任何事情发生"（我怀疑这带有某种反讽的意味），另一方面在文章中强调卡夫卡和他的时代，正如但丁和他的时代一样关系紧密。但丁和卡夫卡都是文学史上难得一见的伟大作家，然而但丁只能产生于中世纪末期，而卡夫卡也只能产生于20世纪的那个特定的历史时期。他们在表现他们时代的同时也反过来影响了他们的时代。当然文学的发展有一个自身的谱系，与所处时代的社会思潮也有很大的关系。胡适在上个世纪之初就曾说过，一个时代有一个时代的文学。这是对的，其他艺术形式也是这样。举个书法上的例子，宋代的四大家苏黄米蔡风格不同，面目各异，但把它们放在一起，我们仍然可以看出其中的共同点，就是可以用一"意"字来概括，即所谓的宋书尚意。这个意态的意或恣意的意就是他们的共同点，是那个时代的表征。好的艺术作品，无论是音乐、书法、绘画，还是文学，都要吸收这个时代最好的品质，都是站在时代的最高点上来审视生活。也就是说，它一方面是时代的产物，另一方面又能够反映出这个时代的本质特征。当然这种反映，是从艺术角度来出发。我们称颂杜甫的诗为"诗史"，但杜甫笔下的史实就信息量来讲不如专门的历史，甚至比不上当时人的笔记材料充分。其实我们称颂杜甫的诗为史,并不在于他在诗中记录下多少重大的历史事件,而在于他的诗真实地记录下了当时人们的真实感受,这些是任何史书都无法达到的。当然我并不是说诗人和作家一定要在作品中描写他所处的时代,而是说,他们必定要去深刻体认他所处的时代,并且站在一个时代的制高点上去开展自己的想象和创作。比如卡夫卡笔下的荒诞感,表面看上去与现实没有关联,但我们经过二战、大屠杀或者"文革",就会清楚他的作品中的寓言性质。贝克特的《等待戈多》也同样反映出现代人的空虚和盲目。说到表现所处的时代,没有什么比诗歌更为直接和有力的了。一位诗人,可以同时作为杰出的批评家,就像艾略特那样;也可以同时作为出色的散文作者,就像叶芝和布罗茨基那样。但是他们会更加珍惜诗人的称号,而作为诗人本身,他们也无需借助其他的表现形式,他们所要表达的一切完全可以用他们的诗歌作品来进行言说——或许可能会说得更好。在一首诗中,既包含着作者个人的经验和情感,也包含着他个人的观念和立场,它不仅仅是对世界传情达意,也同样对世界提出这样或那样的看法。更为重要的是,时代的特色和风气在他的作品中也会打上深深的烙印,就像一块化石一样,哪怕经过了上亿年,仍然可以从中准确地判断出年代和特点来。

　　我有一个粗浅的看法,就是小说从本质上讲应该说是现实主义的,而诗歌从本质上讲是浪漫主义的。当然这里所说的浪漫主义不完全等同于特定的19世纪的产生于欧洲各国的浪漫主义,而是一种更加广义的浪漫主义。如果我们把抒情看成是诗歌的本质,那么诗歌的存在将要比其他任何艺术形式都更加久远,甚至可能要先于文字。刘勰说过,登山则情满于山,观海则意溢于海。当人类为一场日出而惊喜,或因时间的流逝而伤感时,诗歌就开始存在了。人类只要有感情存在,有想象存在,或是有表达的欲望,诗歌就不会消亡。

诗歌反作用于时代,是由它自身的某些特质决定的。我们知道,诗歌的一个突出特征就是强调个性,用个性来化解权力造成的思想上的板结。集权主义并不仅仅产生于20世纪,当然也并不仅限于德国纳粹,它在不同时代和不同国家中都有不同程度的体现。它们有着一个共同点,就是竭力排斥和抹煞个性,最终要使每一个个体无条件地服从整体,进而成为一部巨大现行体制机器的零件。而对自文艺复兴以来盛行的理性的过分强调,以及时下日渐突出的全球化和一体化也在对个体性存在构成日益严峻的威胁。去年去新疆,我在发言中曾经提出过全球化与差异性的问题。不言而喻,每个人的写作正是在一种相同或相近的规则下寻找自己的差异性。我这样说并不是主张地域主义或民族主义,这些是我坚决反对的,我也承认人类有着共同的喜好和价值,不然我们就无法真正进行交流,但这些并不是抹煞和消除个性的理由,而是保证个性存在的基础。这可以看成是对时代的一种回应。

诗歌的另一个重要特征是它的反叛性。尤其是在理性化和工业化之后,人们远离自然,那种人与自然的和谐不复存在,或自然不再是生活和修养身心的地方,而只是逃避之所。诗歌开始说不,这同样可以看成是一种对时代的回应。用克里斯蒂娃的话说:"我们把反抗(叛)理解为对既存规范、价值观和权力形式的一种质疑。"她之所以强调这点,是因为"欧洲文化的一个基本成分——一种怀疑和批判精神——正在失去道德和审美意义","推崇技术、图像、速度的现代生活方式,在诱发压力和抑郁的同时,逐渐压缩人的精神空间,摧毁人的精神表现能力。本来大家以为是人之天性的好奇心,现在变得越来越不自然,让位于一种所谓的效率目的"。在这个意义上,诗歌所固有的反叛精神或许能够起到一种反拨作用。从这个意义上看,诗歌既是审美的,也同样具有一种广义的政治色彩。这一点从统治者对待诗歌的态度上也可以看出。他们或是全力排斥和打压诗歌,或是让诗歌为自己歌功颂德。谈到政治色彩,在几乎所有诗人身上都可以寻找到,哪怕是在一种带有隐逸色彩的诗人身上。中国的陶渊明,或是湖畔派诗人华兹华斯。这种反叛性一方面源于现实,另一方面是出自理想。理想总是高于现实,不然就不能称之为理想。愈是伟大的理想,和现实产生的落差就愈大。而任何一位真正的诗人——哪怕他还称不上伟大——都应该有崇高的理想,尽管这种理想在实际上未必行得通,但这种落差就像两块高低不同的岩石间形成的瀑布一样,构成了一种颇为壮观的景色。也正是这种落差,决定了诗人一方面是没有人倾听的预言者,也决定了他们是些说不的人。诗人和政治家不同,政治家有自己的理念,但在实行起来时却不免要处处根据现实的情况来进行度量、进行调整,讲究策略和妥协。而诗人们的理想更为纯粹,也很少有具体的和现实的目标,他们的理想与现实的冲突一方面是他们的悲剧,就像堂·吉诃德那样,但另一方面也会成就他们的创作。浪漫主义的李白是这样,现实主义的杜甫也是这样。"致君尧舜上,再使民风淳",连小孩子都会知道这是一个根本不可能实现的愿望,但杜甫的可敬处也正在于此。当然还有另外一种反叛。《世说新语》里面讲到王恭行散时遇到他的弟弟,便问古诗中哪个句子最好,弟弟没有答出,他便念了句"所遇无旧物,焉得不速老",这是《古诗十九首》中的句子。然后他又说,还是这句最好,然后离开。这两句诗是对时间流逝的伤感,也是对人生的一种感悟,其中也包括着对时间的一种反抗。我曾经说过,写作就是和时间的对抗,以使我们的记忆更为长久地留存下去。

过去了的20世纪以及随之而来的21世纪,充满了问题和挑战。娱乐代替了精神追求和严肃的思考,一体化带来了规范,最终结果是对个性的取消。而当一个人失去了个性、失去了看待事物的独特视角和独立思索的能力,是无法想象的。当然当政者会喜欢这样的人,因为统治了一个就是统治了全体。平庸是一种恶,而对于平庸者来说,诗歌对他们的生存状态提出了质疑,使他们本能地对诗歌产生恐惧。从诗歌诞生之日起,面对的就是这样的处境。也正是因为这一缘故,时至今天,诗人们面临的最大威胁不仅来自权力,也来自平庸,来自商品化的冲击。人们在充分享受着丰富物质生活的同时,往往会忽略另外一个事实:精神或心灵的日益匮乏。

在这种情形下,诗歌能做些什么?诗人能做些什么?在一首题为《卡桑德拉》的诗中,我曾传达出这样的忧思。卡桑德拉是希腊传说中的公主,因为得罪了太阳神阿波罗而受到惩罚。她能预先知晓一切但她的话却不被别人相信。当她看到在木马中藏匿的诡计而发出警告时,没有人去理睬她。中国古代的诗人屈原也是这样。他当时清醒地看到了国家面临的危险,君王却没有采纳他的意见,最后导致了国破家亡的命运。如果诗人曾被视为先知和

预言者,那么,他的声音在今天很可能会被淹没在一片嘈杂声中而引不起注意。在诗人米沃什的一首诗中,也表现了类似的主题:

> 城市欢腾,一切在花丛中。
> 很快将会终止:一种时尚,一个阶段,时代,生活。
> 一个最后毁灭的恐惧和美妙。
> 让第一颗炸弹毫不迟疑地落下。

这首写于米沃什的中后期的诗,我无法了解其具体的写作背景。但透过这些诗句,我们会感到一种深藏在里面的忧虑和不安。这城市是哪一座城市?是古代的特洛伊,还是20世纪的华沙,还是经受了战争或尚未经受战争的所有城市?这里必须消除一个误解,即诗人必须描述他的时代,成为他时代的传声筒。对生活在中国的诗人,汉学家们总是喜欢从他们的诗中寻找某种意识形态的痕迹,似乎只有这样才称得上诗人的称号。诗人无法脱离他的时代,只要他真诚地面对周围的世界和自己的内心体验,他的诗中就总会打上时代的烙印。似乎一直存在着两种相互对立的诗歌观,一种认为诗人应当是时代的见证人,要通过诗歌来进行干预;另一种则对诗歌的社会功能持怀疑态度,认为诗歌无力阻止一切的发生。米沃什和奥登可能分别是这两种不同诗歌观点的持有者。但二者的差异真的有那么大么?我表示怀疑。事实上,在米沃什的创作中,虽然我们无时无刻不感到压在诗人身上的历史重负,但诗人并没有把自己仅仅局限在一个见证人的身份上。他的作品在内容和题材上要广泛得多。而奥登,在三四十年代,也写作了一大批与时代密切相关的作品。二者不过是一枚硬币的两面。说到底,诗人只是这样的人，他们运用古老而熟悉的语言，并使之纯净、丰富。他们通过语言来表达他们见到和想到的。诗来自我们内心的最深处，它体现着我们最为深切的意志和愿望，体现着我们灵魂的宁静、忧虑或骚动不安。诗构成了时代精神的内核。在出色诗人的作品中，既颤动着时代的最敏感的神经，又展示着他独特的观察方式和个人化的声音。

因此，在我们看来，米沃什和奥登写得同样精彩，他们只是忠实于自己的内心和对诗歌的理解。我推崇法国的罗兰·巴特的一句话："文学中的自由力量并不取决于作家的儒雅风度，也不取决于他的政治承诺（因为他毕竟只是众人中的一员），甚至也不取决于他的作品的思想内容，而是取决于他对语言所做的改变。"他把马克思的改变世界和马拉美的改变语言相提并论。这里要提到一本我喜爱的书，就是物理学家戴森的《宇宙波澜》。作为科学家，戴森在开始从事科学研究时正好是二战爆发的关口。他在战争期间，认识了一位诗人，后来这位诗人死在了战场上。很多年后，戴森仍在怀念他。戴森说，我知道，如果二次大战带来世界凋敝后，能有任何重生得救的希望，那希望只可能来自汤氏（弗兰克·汤普森，戴森结识的那位诗人）生死相许、戮力以赴的诗人之战，而不是我所从事的技术工人之战。他曾和被称为原子弹之父的奥本海默共事，奥本海默非常喜欢诗歌和文学，他曾经拨出一笔研究经费，把诗人艾略特请到学院，让他在那里写作。他死后，他妻子提出在葬礼上朗诵诗歌来纪念他。科学很重要，有了科学，我才不至于骑着一头瘦驴风尘仆仆地赶到这里，才可以坐着飞机和火车风驰电掣，朝发而夕至，和大家聊天。但科学有时解决不了自身的问题,比如心灵问题,比如我们的价值观问题。离开了正确的价值观,科学就会被滥用,甚至会给人类造成巨大的危害,这样的状况几乎每天都在我们身边发生。

　　艺术和宗教一样,都是基于对永恒的渴望而对死亡进行的抗争。无论这种抗争最终能否取得胜利,但人类精神的伟大之处正是在这里才得以体现的。诗歌不但为我们提供了观察事物的独特视角,而且还开阔着我们的视野。平庸也是一种死亡,精神上的死亡。在我们这个技术主义日益占据上风的时代,试想如果语言失去了光彩,如果人们丧失了想象力,世界将会变得怎样?奥威尔的《1984》中描写过的噩梦是否会成为现实?无论如何,路必须走下去。我坚信叶芝说的一句话:"我们要做的也许就是在迷宫中探索新的途径。"

诗,生活与写作

叶芝在一首诗中提到"随时间而来的智慧",我觉得用来形容一个人的写作也颇为适宜。粗略地算来,我写诗已有三十几年的时间,也算付出了一些心血,但这种"随时间而来的智慧"却似乎仍然遥远。不久前有人问起我为什么选择做一位诗人,我不知道该如何回答。我当时真该反问一下对方是如何看待诗人和诗歌的,也许我的答案就在其中。在很长时间里我一直不愿以诗人自居,在别人称我或自称为诗人时也会心存疑虑。我当然不会认为诗人注定高人一等,但写诗无论如何是一件严肃的事情,诗人的称号也应该在一定程度上与之相称。同样,我也不认为写诗的就一定是诗人,就像不写诗未必不是诗人一样。诗应该是内心深处最真实、最深挚情感的外在表露,至少在一定程度上是,诗歌中的文字只是——按照那个已经通俗化了的比喻——冰山浮在海面上的一角。在我看来,只有心中真正保有诗的情感的人才配得上诗人的称号。另一方面,我选择了写诗似乎是一件自然而然的事情,既没有经过苦苦的寻觅,然后"蓦然回首,那人却在灯火阑珊处"的戏剧化经历,也没有一开始就领悟到诗歌或诗人所具有的责任或使命。我写诗只是出于一个最为简单的理由:喜欢。喜欢是一个有点模糊的词,带有更多的主观色彩,但它确实可以给人勇气,做出一些疯狂甚至是力不胜任的事情。一个被普遍认定了的事实是,每个人——尤其是喜欢文学的人——在青春期都或多或少有过与诗歌相遇或结缘的经历。也就是说每个人都曾经是一位潜在的诗人,因为无论是谁,都会有对美好事物的感应和渴望,也同样有把这种情感加以表达的欲望,当然最后能否坚持下去取决于个人的态度,取决于毅力及写作的天赋。我一直怀疑自己在诗歌方面的才能,但也许是个性执拗,不切实际或者不会迷途知返的缘故,一误就是三十几年。弗罗斯特写过一首很有名的诗:《一条未选择的路》。那条没有选择的路应该是一个象征,也似乎是泛指,代表了诸多他没有从事过的行业。在人的一生中,被选择的路只有一条,无论对错好坏,而代价则是放弃了其他的选择。他说他选择的路带给他一种全然不同的景色,在故作惋惜中流露出某种自负。我没有他的底气,但也找不出什么理由可以悔恨。在我开始写诗时,诗歌——以及思想和文化——还在一定程度上受到尊重,那时人们的思想更为活跃,诗人间的关系也更纯粹些——诗人们普遍怀念那个年代并非没有道理,但似乎不应只限于缅怀——现在只有在诗中而不是在诗外才能感受到思想和文化的气息。我经常这样问自己,如果不写诗我又能做些什么?也许诗人就是没有其他能力的人的最后选择吧?至少在我是这样。

  写诗是一件艰苦的劳作,势必要遵守某些规则并承担某种责任,也同样意味着要有所舍弃。在一些年前那首题为《责任》的诗中我曾写道:

    这一行必须重新做起
    学会活着,或怎样写诗

> 还要保持一种高傲的孤寂,面对
> 读者的赞美,挑剔,或恶意攻击
> 写诗如同活着,只是为了
> 责任,或灵魂的高贵而美丽

这首关于责任的诗中没有明确谈到诗的责任是什么,但即使在一首很简单的诗中,也必然包含着作者的立场、思维和情感方式,以及喜好和憎恶。一首诗也许是一个微缩的景观,却指涉着一个更加广阔的世界。我已经记不得这首诗是在什么情形下完成的,但里面提到的孤寂大约很多诗歌写作者都会有不同程度的体会——可能在今天会变得愈加强烈或代之以压抑。而这种选择,无论有意或无意,总归要伴随某种责任。诗歌除了承担责任和道义,也肩负着对心灵和语言的作用。诗无疑会使我们的心灵保持柔软,来对抗日益冷酷的外部现实;而对语言的净化也意味着去除我们思想和情感中某些陈腐的、芜杂的以及似是而非的东西,以便更加准确地揭示真理和存在。我不会抱怨为了写诗而放弃了生活中的某些乐趣,因为放弃即是得到,在放弃这些乐趣的同时也获得了某种精神上的享受——当然不会是成功的享受——或提升。一个精神上的追求者也许永远不会成功,他总是在路上。在这种情况下,诗歌与生活已经变得密不可分了。生活即是诗歌,诗歌也成为生活的一部分。写诗重要,活着也同样重要——也许更为重要,关键要看怎样活着。以前经常有人问到为什么我的诗中会有叙事的因素,我通常的回答是,这是出于写作上的考虑,是在寻求一种新的抒情方式。叙事的手法往往与日常化相伴,在诗中注入生活细节。关于叙事性人们谈论得很多,但日常化似乎并没有得到足够的重视。我注意到有些人开始用这一特征来概括和说明某些诗人的写作,然而却很少看到对这一诗学概念从理论上进行说明。日常化包括两个方面:口语和日常生活细节,后者也许更为重要,因为前者是由后者决定的。日常化不仅注重我们身边的现实,更刻意表现我们生活中的常态。它是对崇高的消解,是对宏大叙事的反拨,也包含着我们看待世界态度的转变,代表了20世纪后期诗风的一个转变。庞德主张:"直接对待事情,无论是主观还是客观的。"奥登说:"只有具体而特殊的事物看上去才真实,而且有同等程度的真实性。"威廉·卡洛斯·威廉斯更是在诗中注重表现生活细节,以达到一种精确的效果。他的名言是"事物之外无观念"。他告诫年轻诗人:"写那些离你鼻尖儿最近的东西。"这是指我们周围那些平凡的、具体可感的事物,使我们在摒弃了既有观念之后清醒地看待生活本身。

  日常化一方面与叙事性相关联,同时也与艺术的陌生化相对应。在描写人们感到陌生的事情时固然可以吸引读者的眼球——事实上,早就有人这样做了,如浪漫主义者的异国情调和超现实主义者的奇异意象——但在那些我们每天可见、甚至凡庸的事情中发现美和真理,难道不是一种更有效果的陌生化?有一天一位朋友突然很认真地对我说:我有一个发现,叙事是因为热爱生活。我觉得这种说法不无道理。我们或许早就厌倦了生活,甚至会感到绝望,然而这种厌倦难道不正是出于对生活的热爱,绝望难道不正是由于理想和愿望与现实的落差?叙事性和日常化从来就是诗的专利,我们考察一下史诗就会清楚叙事早就在诗中存在,而表现生活中的细枝末节不也是诗歌的惯常内容?重要的是这些与经验密不可分。我早期的诗歌写过很多雪或死亡，有人赞扬，也有人不屑，其实这些无非是出自我个人的经历。苏东坡非常赞赏陶渊明的两句诗："平畴交远风，良苗亦怀新"，他说"非古之耦耕植杖者，不能道此语；非余之世农，亦不能识此语之妙也"。说到底，陶氏也无非是老老实实地写个人所熟悉的生活而已。他亲自下田耕种，熟悉田园生活，和后世的田园诗人大不相同，后者只是把田园当成自己作秀的场所，或诗歌的一种点缀，纵有佳句，也无非是通过修辞造句得来，并不能如陶之亲切。说到底，一个人写什么，有时由不得自己，要由自己的内心、性情和人生经验做主，也同样受制于存在本身。我生活在北方，清爽的夏秋之后是漫长的冬天，景色由繁到简，更加接近黑白木刻和素描，雪在这里是寻常事物，或者说成为生活的一部分，不管你是否愿意。雪并不只是优美，也同样严酷，就像死亡一样。我对雪有时喜欢，有时反感，各种复杂的因素纠结在其中，自己也很难说得清楚。我想但丁对他出生的城市佛罗伦萨也会是这样。他在流放期间一直努力回到这座城市，但在诗中又不断地咒骂这座城市，因为他无法容忍它的堕落。我们写诗的原因之一，可能就是要表现这种复杂的剪不断理还乱的情感。诗歌来自我们共同和个别的生活，表现的是我们生命的轨迹。诗是个人的，从近处看它色彩斑驳，构成个人内在和外在生活的一幅幅图像，但如果从一个更大的视角来看，它恰好构成了我们这个时代拼图板中的若干个色块。

诗人要写自己熟悉的事物，这样才能做到真实贴切，当然也要不断地扩大自己的视野。诗歌并不存在题材狭小的问题，关键在于你的视野是否够大，或挖掘是否够深入。对诗歌稍有理解的人都会同意,诗是隐喻,一花一木都会折射出大千世界,或按布莱克的说法,一粒沙中有一个世界。诗歌的特点就是以小见大,以局部表现整体,以个别反映一般。好的诗歌总是伴随着一种发现,是在对时代感应的基础上对个人生存状态的发现,对艺术风格、趣味和手法的发现。诗歌写作的个人化特征似乎日益受到重视,但一个重要的前提是个人的情感要与普遍的经验相通。一位好的诗人,他所关注的不仅仅是个人经验,更是整个时代和人生。他的个人经验也无疑是来自他所处的时代和生活。如果没有对时代的体认和把握,如果你的写作不能上升到一个更普遍的际遇中去,那么你的个人经验可能是没有意义的,充其量只是个人微弱的呻吟和呼喊。个人化和普遍性是一枚硬币的两面,从来不会是孤立存在。一首诗既是它作为文本的自身,也有着它隐含的背景:哲学的,文化的,政治的,和人生的。我写《1965年》固然与童年时的经历有关,但放在那个动荡年代的大背景下,个人(孩子)的命运就与时代产生了某种联系。不可否认,我推崇诗歌的审美特征和真实性。后者在我看来也许更为重要,我曾把真实称为诗歌的伦理,如果诗歌需要有一个伦理的话。艾略特有句话令我深思,他说看一个作品是否有诗意,要取决于文学标准,但要看一个作品是否伟大,则要看高于文学的宗教和哲学标准。

诗歌受到人们诟病的原因是它的功用总是被缩小或是夸大。缩小是被当成了个人情绪的宣泄,或是表现风花雪月;夸大则是把诗当成了一种万能灵药,可以包治百病。有一种不切实际的看法,就是诗歌要对所有重大的事件发言,但事实上这样的效果并不很好。我不反对诗人对重大事件发表自己的看法,但并不主张诗歌对重大问题发言(尽管我不反对诗歌对这些有所体现,但这些应该是诗的而非其他)。即使同样是表现时代,诗歌也有着自己独特的规律和方式,而没有必要赤膊上阵,成为匕首和投枪。对重大事件的发言采用别的手段效果可能会更好,至少不会更差。诗能做些什么?奥登说过,诗不会使任何事情发生,也是就诗对社会政治所能起到的直接作用而言的。诗不会阻止世界战争,不会阻止奥斯维辛以及更大范围的屠杀,解决这些问题还是要靠其他的手段。奥斯威辛之后,诗歌仍在继续,因为生命仍在继续,生活仍在继续。诗歌为人们提供看待世界的角度和方式,净化人们的心灵,当然它也可以发出自己的呼声,就像米沃什那样,但它一方面要强调表现更大范围内的真实,另一方面要注重审美,否则它就不是诗而是檄文了。米沃什说过一段发人深省的话:"战时的现实是一个重大题材,但重大题材还不够,甚至反而使得手艺的不充足变得更可见。尚有另一个因素,使艺术显得难以捉摸。高贵的意图理应受到奖励,具有高贵意图的文学作品理应获得一种持久的存在,但大多数时候情况恰恰相反:需要某种超脱,某种冷静,才能精心制作一个形式。"(米沃什《诗的见证》)这也许很好地回答了题材决定论者的诘难。一向主张载道的王夫之在《姜斋诗话》中明确说过"陶冶性情,别有风旨,不可以典册、简牍、训诂之学与焉也"。马尔库塞也曾说,"艺术具有一种政治职能和一种政治潜能",同时他又强调,"艺术的潜能在艺术本身之中,在作为艺术的美学形式之中"(马尔库塞《美学方面》)。一方面清风是清风,明月是明月,器物各有所用,不必强求一致;另一方面不同的事物在效果上有时也会殊途同归。维特根斯坦是我非常喜爱的哲学家,他早期的《逻辑哲学论》和后期的《哲学研究》着眼点不同,但都围绕着语言问题展开他的哲学思考,但有论者精辟地指出:"被认为属于分析哲学的那些哲学家很少有人像维特根斯坦那样把哲学问题与人生问题紧密地联系起来,而维特根斯坦却把充满技术语言的分析哲学思考当成解决人生问题的手段。"(黄敏《维特根斯坦的〈逻辑哲学论〉》)在维特根斯坦的那本书中你根本找不到任何有关人生的字眼,人生只是作为他的哲学思考的出发点。用我们某些批评者狭隘的眼光来看,维特根斯坦显然是不够关注人生和时代的。我讲诗歌不适于对重大事件直接发言,并不意味着它不能起到某些作用(这作用或许还很重要),我们不妨思考这样一个问题,为什么暴君和独裁者们都害怕诗人,不是把他们放逐就是收买他们?伯林说过一句非常有智慧的话:康德的哲学与政治无关,但没有康德,就不会有法国大革命。这句话我想同样适用于诗歌。在一篇访谈中我谈到,法国一家杂志的编辑请德里达用两个词来形容诗歌,德里达使用了心灵和记忆。思想家——我是说真正的思想家——天生对事物有一种洞察力,他们承认事物的个别性和差异性,理解诗歌也尊重诗歌,没有不合情理地把诗与哲学或启蒙混为一谈。中国的确需要启蒙,就像同样需要诗歌和审美教育一样。启蒙主义者急于启蒙,这是好的,但如果要求一切都服从启蒙的需要,文学就会重新沦为政治工具,这种强求一致就未免有专制之嫌了,从而会使事情陷入一种新的蒙昧中去。目前一些对诗歌的批评使我想到,在上个世纪70年代末我读到了三四十年代一些诗人和理论家谈论文学的文章,深有感触,觉得历史仿佛开了个玩笑,因为当时争论的问题在三四十年代人们早就阐明了,而且当时人们的认识可能更加透彻。今天的情况仍是如此,却没有那种随时间而来的智慧。这种无益的重复实在是没有必要,却要不断地周而复始地游戏下去,实在令人厌倦。我们很多理论上的论争源于常识的缺乏和对艺术规律的无知。可能这才是诗歌发展的真正阻碍。我不是说诗歌和诗人不能批评,然而你得在真正了解的基础上进行,如果连一些基本的常识都搞不清楚,那么你又有什么权利来指手画脚、说三道四呢?我说的这些也无非是老生常谈,但基于前面谈到的情况,这样说似乎仍然是必要的,这未尝不是一个悲剧。

我的写作没有可供炫耀的成就,也谈不上有什么心得。不是没有,而是比起别人的不会更加精彩。唯一让我宽慰的是我坚持一种严肃的写作态度,我理解的严肃不是板起面孔说话,而是力求感情真挚、态度诚恳。诗可以风花雪月,可以嬉笑怒骂,但内在的出发点一定要严肃,写作态度一定要真诚。我写诗最初受到普希金等人的影响,过于注重诗意化。后来受到西方现代派的影响,有了些变化。我想这变化的重要不仅在于叙事性的使用,也不仅在于诗歌日常化的处理,更是由于对现代性的追求。这些诗大多与我个人的经历有关,也包含着对人生和历史的某些思索。上个世纪90年代我开始寻求不同语境间的转换,对当下的思考也在加强,也多了些沉思性的语调。进入这个世纪,我的作品似乎变得更加平实了,按一位朋友的说法,也多了些挽歌的味道。中外诗人中我最为推崇的有两位,一位是陶渊明,一位是但丁。他们的写作方式可能不同,但他们的语言都做到了质朴,在格调和境界上也无人可及。我欣赏但丁对专制的憎恶和对生命的悲悯,也欣赏他诗中体现出的救赎意识。陶渊明在闲适之外同样是对理想的执著。朱熹说陶诗"语健而意闲",这在我看来是很难达到的境界。在写作上我不太喜欢技术主义的提法,技术当然重要,一方面它是表达的需要,另一方面不同技术的运用会使内容发生微妙的变化。但一旦变成技术主义就容易产生偏差。"炫技"这个词我同样不喜欢,因为它有卖弄的嫌疑,这与我提到的严肃的诗歌态度并不一致。借用武侠小说中人物的话讲,剑是用来杀人的。要练杀人剑,做到一剑封喉。当然现在的武术可以在台上表演,就像少林寺的武僧们那样,诗歌或许也是这样?我不知道。我不愿意我的诗与表演有任何联系,只愿它是从我内心发生的一点微弱的呼喊,如果它能折射出我的生活,我的人生,乃至更高的存在,那就真正令我快慰了。

是否存在一种世界文学
——但丁的另一种启示

意大利人但丁·阿利吉耶里在古罗马诗人维吉尔的带领下，穿越了地狱和炼狱的熊熊火焰（尽管这两种火焰是完全不同的），又由他的同胞、也是他心目中的恋人贝特丽齐引导，完成了天堂之旅。这场想象中的奇异旅程通过他的诗歌得以成为现实，至今仍在影响着欧洲乃至全世界的读者。我们注意到，维吉尔在他的诗中同时扮演着父亲、向导和翻译这三种角色（后一种角色事实上被人们忽略了，而在但丁那里似乎也被省略[①]）。考虑到在整首诗中他们见到的多数人是意大利人，但丁使用意大利的俗语就完全是一种顺理成章的事情了。很难想象，他同时代的人们——有的既卑鄙又无耻——在地狱里面说着高雅的拉丁文会是些什么样子。

人们注意到，但丁在即将迈向地狱前曾一度迟疑、犹豫和畏缩不前，这在诗中借维吉尔之口称之为"怯懦"[②]。但我们知道，但丁

[①] 比如，在《地狱篇》中第十六章中，但丁见到了被火焰包裹着的尤利西斯和墨迪德斯并渴望同他们交谈。但维吉尔则劝但丁不要开口，由他代问，而理由只是"既然他们是希腊人，他们也许会蔑视你的语言"。

[②] 见《地狱篇》第二章。

在实际生活中并不如此,他的性格高傲而且易怒,在后面的一些章节中,他对自己的这一过失进行了反思和忏悔。① 但在这里,但丁的迟疑和缺乏自信不是没有根据。在生命还没有结束时,由一位几乎被所有诗人崇拜的大师陪伴去游历地狱,本身就是一项既艰难又荣耀的使命。在把自己置身于埃涅阿斯乃至保罗的同等地位时,任何人——即使高傲和富有才华如但丁——也不能不心存疑虑。另一方面,他是否也是在暗示他关于地狱的写作曾受到这些人的经历和创作启发,他是作为一个后来者向伟大的先驱们表示敬意?

不仅如此,但丁从不同语言和文化中借用了很多材料来构筑他的地狱和天国。在荷马史诗中就曾写到了奥德赛对地狱的游历②,而维吉尔的《伊尼德》中创建了罗马帝国的埃涅阿斯也专程去那里以听取死去的父亲对未来的预言③。当然他们对地狱的游历短暂,也没有更高的使命。但也许正是这些激发了但丁的想象,使他创作出《神曲》,并在里面第一次完整而形象地向世人们呈现地狱的残酷与恐怖(至于是否公正就见仁见智了)。

在《地狱篇》中,但丁不只是像奥德赛和埃涅阿斯那样专程去

---

① 见《炼狱篇》第十三章:"我更加害怕下面的惩罚;/ 我的灵魂在悬疑中焦虑;我 / 已经感到了第一层的沉重。"

② 荷马:《奥德赛》第 11 卷,陈中梅译,广州:花城出版社 1994 年版。在诗中写到尤利西斯在女神基耳凯的建议下,深入哈得斯地狱听取塞贝人泰贝西阿西对他未来命运的预言。

③ 埃涅阿斯在女巫西比尔的带领下进入冥界,听取父亲安奇塞斯对未来的预言。这次旅行显然对但丁有着更为直接的影响。如其中提到了斯提克斯河和忘川,摆渡人卡隆,猛犬刻尔勃路斯,林勃狱及复仇女神。这些描写成了《伊尼德》中最为精彩的部分。见维吉尔《伊尼德》第六卷。

听取里面的人们对自己未来命运的预测,他游历的主要目的是通过这一过程使灵魂得到救赎,也使我们这些读者受到启示。在《地狱篇》中,但丁更多是探讨了人类的罪恶和上帝的处罚;《炼狱篇》则集中显示了人类对自身罪愆的救赎与净化。① 而在《天堂篇》中,我们看到了人类精神境界的提升,或者说像但丁向我们指出的那样,最终得以见到至善。地狱令人恐怖和憎恨,炼狱带给人们的是感动和希望②,但天堂所代表的至高境界并非能被所有人所理解和接受。这大约也就是很多人认为《天堂篇》不及前两部写得好的一个缘故吧。

另一方面,《天堂篇》也更为复杂难懂。但丁借用托勒密的天文学体系,同时包含着大量的神学理论。哲学在这里与诗歌亲密地水乳交融(如果柏拉图亲眼目睹这一切,是否会改变他对诗人的看法?)。有人认为在中世纪理性与信仰开始分离,但在但丁这里却似乎看不到这一点。亚里士多德、阿奎纳·托马斯和圣奥古斯丁,还有大量其他圣徒的学说(不仅运用了他们的学说,还让他们的灵魂置身其中,进行说教),甚至还包括一些阿拉伯思想家的学说,成为但丁诗中的构件。天堂与其说是用神秘的光来构成,不如说是用圣哲们和他们的思想构成(他们的灵魂也像光一样澄澈透明),正是借助这些思想,完成了但丁的最后超越。贝特丽齐对

---

① 在古希腊和古罗马时代,文学的主题更多集中在人与命运的抗争上,悲剧的英雄主义色彩是那一时代的文学特征。而救赎的主题只有到了信仰的时代(即但丁的时代)才能出现。

② 当然,《神曲》中的一个次要方面被人们忽略了,但丁也要通过这部史诗来展示意大利的现实。

但丁预言在天堂中为他留有一席之地并非是随意许下的一张空头支票。

在但丁的时代,据说能够读懂希腊文的人并不多。对希腊思想的普遍重视,要到文艺复兴时期才能真正实现——但我相信其中的误读成分会更多。而但丁和他同时代的人们对希腊思想的把握和诠释,是要通过阿拉伯文转译的。在今天,阿拉伯文化离西方已经越来越远了,有谁能够想到,在中世纪,它竟然是传播西方古典思想的一个重要的链条。①

T.S.艾略特曾经谈到,但丁的诗歌具有普遍性,因而具有了一种明晰性。他说但丁的"文化不是哪一个欧洲国家的文化,而是欧洲的文化","他不仅在思维方法上与当时整个欧洲和他有同样文化的人相同,而且他所采用的表达方式在当时整个欧洲也是相同的"②。他甚至说但丁和所有欧洲诗人相比也是最欧洲化的。也许我们可以这样理解,但丁吸取了当时所能吸取的欧洲的文化精髓,而不是单纯把自己的目光局限于自身的经历和意大利的现实。

---

① 在13世纪的欧洲,亚里士多德以源自希腊和阿拉伯文的拉丁文翻译而被人所知,而在拉丁文的注释和释义中,就有一些译自阿拉伯文。就但丁而言,在这个传播链条上最重要的小站就是阿维森纳、阿威罗伊、大阿尔伯图斯和阿奎那。见《地狱篇》第十一章79—84行注释。

在雅克·勒戈夫的《中世纪的知识分子》(张弘译,北京:商务印书馆1996年版)中也提到,"基督徒的翻译家们在西班牙专心致志研究的对象……是希腊和阿拉伯的科学文献。……欧几里德的数学,托勒密的天文学,希波克拉底和盖伦的医学,亚里士多德的物理学、逻辑学和伦理学,所有这一切都是这些翻译工作者的巨大贡献"。

② T.S.艾略特:《但丁》,《艾略特诗学文集》,王恩衷编译,北京:国际文化出版公司1989年版。

联系到目前欧洲的一体化进程,我们确实可以说,欧洲各国在文化上有着一种亲缘性。而在中世纪,在信仰基督教的国度,文化上的差异也只是地域和语言的差异而已。那时知识仍被看作一个整体,因为人们相信有一种绝对的真理存在并且可以通过某种途径来把握。当然但丁的写作很明显地超出了这一范围。在写作《神曲》时,他也许并没有意识到这一点,而只是在把整个注意力集中在他所要构建的地狱、炼狱和天堂上面,就像鸟儿筑穴,或蜜蜂建造蜂巢一样。作为鸿篇巨制的《神曲》完全是一种独创性的工作,需要借用所有民族和文化中所能借用的材料。因为但丁关心的不仅仅是知识,还有面对着的苦难;同样,他所面对的不仅仅是自己的苦难,也不仅仅是佛罗伦萨和意大利诸多城邦的苦难,而是人类共同的苦难。在但丁的诗中,虽然里面栩栩如生的人物大都是他的同胞,那只是因为他更熟悉他们,可以更加便利地借用素材而不是其他。同样,假如马可·波罗早些来到中国,写下《马可·波罗游记》的话,说不定但丁会从里面借用某些中国或东方的素材。①

在交融和交流受到种种限制的古代,世界主义的倾向仍然占有一席之地;而在交往便利的今天,文化和写作上却是民族主义大行其道。这或许反而说明,写作上对民族性的强调不过是一种策

---

① 《神曲》在叙述上采用了线性结构。从但丁迷失在黑暗的森林中,到他从天堂中回归,他经历了一次灵魂的净化。而稍晚的中国的古典小说《西游记》也是唐僧师徒四人历尽九九八十一难,最终才取到了真经。取经的目的也在于净化世人的灵魂,进而拯救他们。当然《西游记》充满了世俗的情趣,然而但丁也确曾把他的这部诗歌命名为《神圣喜剧》。

略(如果我们把写作上的民族性看做是本民族对世界文学应该有所贡献似乎更为合适)。写作就是寻找差异和追求个性——差异性和世界主义看上去矛盾,但所起的作用却是互补的——至于这种差异和个性要放到哪种或多大的背景中去,则是应该认真对待的问题。

在《圣经》中提到的巴别塔是用诸多不同的语言筑成的,但也正是这诸多语言的不同,使巴别塔最终无法建成。然而但丁却用不同的文化中的材料筑成了他的世界,这世界既属于意大利和其他欧洲读者,也同样属于我们,如果我们愿意的话。即使我们不相信但丁所虚构或建造的地狱和天堂,也仍然能够在里面领受到永恒的惩罚,或是清洗罪孽,或是使灵魂得以提升。

最后,我想就《神曲》的翻译谈一点自己的想法。这也是吕同六先生为我出的题目。吕先生长期以来致力于意大利文学的翻译和介绍,在我写作之初,我就怀着很大的敬意阅读了他的精彩翻译。当代意大利诗人如蒙塔莱、夸西莫多和萨巴等人的优美诗作正是通过吕先生的辛勤工作才得以同中国读者见面。我不懂意大利文,只能靠一些英文译本来领略这部人类历史上最伟大的诗篇。我们都知道,任何翻译都无法与原著相比,但所有的翻译都是在原著基础上的(或优或劣的)批评和解读。如果说翻译能使原作者美妙的思想和意象移植到另一种语言中,并在其中得以再生,那么从这个意义上讲,这项工作有着不可替代的意义。据我所知,意大利语是一种屈折性语言,因此句法灵活多变,同时也极富音韵美。这些在英译和汉译中肯定要大打折扣。但另一方面,但丁的语言质朴有力,他追求视觉上的明晰,在平实中更显优美、深邃而有力。

这一点,又使对他的翻译成为可能。我不是学者,也不是翻译家,而只是一个诗人。在进行这项工作时,我所能做的就是尽量力求准确地把握但丁的诗意。事实上,我把对《神曲》的翻译当作是一种朝圣,一位生活在几百年后的遥远国度的诗人对他伟大的前辈表示的敬意。

但丁的奇异旅行

我不知道1300年有什么大事发生。我所知道的是,在这一年,著名的意大利诗人但丁进行了一次奇异的旅行。他分别由两位高贵的灵魂(古罗马诗人维吉尔和他一直钟情着的贝特丽齐)引导,穿过地狱的深谷,攀上陡峭的炼狱山,最终使自己洁净了的灵魂和肉体升上最高天,见到了人间无法见到的最奇妙的景色。对于这景色,但丁在他的诗中一再感慨他的描述无能为力,却仍然为我们留下了诗歌史上最为伟大的诗篇。当然,这次旅行是在但丁的想象中,确切地说,是在他根据想象创作出的不朽诗篇《神曲》中进行的,但用今天的眼光看,这一虚构事件的意义远远胜过了那一年或那一时期发生的任何重大的历史事件,而它自身也构成了人类文明史中最重要的一章。

关于但丁的生平,今天我们已无从了解到更多。他1265年出生于古老的佛罗伦萨("在美丽的阿诺河流经的/那座伟大的城市,我出生并成长"),具体的出生日期只能根据他的星座来判断:

> 那个追随金牛星的星座。
> 呵,光荣的星辰,浸在强大
> 力量中的星座,我全部才华
> 无论价值怎样,都以你为源泉:

> 当我第一次呼吸托斯卡纳的空气……

追随金牛星座的应该是双子座,因此可以推断,他是在 5 月 21 日到 6 月 20 日之间出生的。但丁的家庭被认为是一个古老的家族(在《天堂篇》中,他曾借高祖父卡洽圭达之口夸耀了家世),但显然并不显赫,至少有衰落的迹象。但丁可能很早就从事学术和艺术活动,经院哲学和神学显然为他以后创作《神曲》提供了理论上的支撑。他采用"温柔的新体"创作他的诗歌,超群的技艺使他成为当时很有影响的诗人。但从 1295 年起,他参与到政治活动中去。在错综复杂的佛罗伦萨政坛,当时存在着拥护皇帝的吉伯林派和拥护教皇的归尔甫派。当后者通过较量终于成功地把前者逐出佛罗伦萨后,又分裂成黑党和白党。作为白党的一员,但丁显露出了他的政治才能和远见卓识,并力图把这种政治才华付诸实施。这些在《神曲》中都若隐若现地表露出来。但在黑党占据了上风时,他在 1302 年被缺席判处死刑,后又被判处流放。虽然此后他为返回故乡作出了种种努力,但直到 1321 年在拉万腊逝世,他再也没能够回到他深深热爱着的佛罗伦萨。

谈论但丁和《神曲》,也许应该提到他早期的重要诗作《新生》。通过这部诗作,我们了解到,在 9 岁时,但丁第一次遇到了小他一岁的少女贝特丽齐并爱上了她。9 年后,也就是在但丁 18 岁时,他们又一次相遇,当时贝特丽齐和她的两位同伴在一起,美丽而动人。这一次贝特丽齐向他打了招呼,可但丁一时间显得手足无措。但就他所描述,当时出现了神圣的幻象。贝特丽齐后来嫁了人,死的时候只有 24 岁。《新生》就是为贝特丽齐而写的。显然,她无论活着或死去,都成了但丁心目中最圣洁的形象。而这一形象的圣洁在《神曲》中被推向了极致。她成为《圣经》中最著名的圣徒中间的一位,还受命于马利亚,参与了拯救但丁的行动,并在但丁结束炼狱之旅时,由幕后走到台前,亲自引导了但丁的天堂之行(这不禁使我们想到了几个世纪后歌德的著名诗句"永恒的女性,引导我们上升")。

还有一点必须注意,但丁写作《神曲》的时间并不是他在《神曲》中的那个超现实世界中旅行的时间。这里诗人玩了一个小小的花样,他打了个时间差,即"构想出一个早于他的流放和实际开始写作的虚构日期"(见《地狱篇》第一章注释)。一般认为,《神曲》的写作可能在1308年以前,于是,"这种提前给了他'预见'在故事发生和讲述期间重大事件的优势"(同上)。也就是说,我们得以看到书中人物准确地"预见"未来意大利发生的重大事件,使这部伟大的虚构作品融入了意大利乃至欧洲的现实和历史。

和其他伟大的史诗不同,但丁在《神曲》的开篇采用了平稳的叙述:

> 当走到我们生命旅程的中途,
> 我发现自己在一片幽暗的森林里,
> 因为失去了不会迷失的道路。

这种平稳和质朴显然与后面的令人触目惊心的超现实景象产生了张力。类似的手法我们可以在六百多年后的卡夫卡的《变形记》那里重新看到。这似乎是一种必要的调节,卡夫卡用平静的叙述和精确的细节加强了荒诞感并使之可信,而艾略特的《荒原》则把自然主义的描述和象征主义的手法揉在了一起,也达到了相同的效果。"生命旅程的中途"这样的写法似乎带有某种概述性，而不像是具体所指（尽管诗人或注释家们最终指明了具体时间，但仍给人一种高度概括的感觉）。但迷失在幽暗的林子里，找不到出路，却是一个具体的事件，即人们常常提到的写实。问题在于，但丁——长诗的叙述者——是怎样走进这片林子里的，诗中没有交代，而只是说，是在充满着睡意时走进的。这就不免使人怀疑，人即使在神志不清醒的状态下也不会一步踏到地狱的边缘。这或许更像是一种象征，或梦中的景象（整首诗以此为开端，并一直延续到结尾，这就使开头的象征意味一直弥散开来）。但另一个问题也随之出现：尽管可以把《神曲》视为在现实中真实发生的事件，而但丁本人却是如何向着这种不同寻常的旅行迈出了第一步？是他的肉身被冥冥中的命运所指使，不知不觉地走到了那里，还仅仅是他的灵魂去了那里，就像中国古代传说中的游阴？按中国的传说，游阴时人的肉体还留在人世，只是灵魂出窍，来到阴间（和做梦似乎没有什么不同）。但诗中的许多部分又确实谈到但丁的身体，可见到那里的不仅仅是但丁的灵魂（因为他的肉体和灵魂还没有分开的缘故？）。无论如何，关于但丁怎样来到这片"幽暗的森林里"，我们无法也似乎没有必要知道。但这也的确不是象征，也不是梦游，因为但丁带着他的肉体，以致当他踏上卡隆的船时，小船显得有了重量，后来其他幽灵见到了他的影子也感到了惊奇（因为幽灵们没有身体，自然也就不会有影子落在地上），在向上攀爬时，他也显然不如没有肉体负担的维吉尔来得灵活。"生命旅程的中途"按当时的说法是35岁，而时间是在复活节前一天的清晨。当发现了自己的窘境，但丁想爬上一座山丘时，三只野兽拦住了他的去路。这三只野兽被认为具有象征意义(一些注释家们认为,豹子象征淫欲,狮子象征骄傲,而母狼则象征着贪婪)。其实豹子、狮子和母狼各自表示什么并不重要,重要的是它们使人的欲望具象化了,并使之变得狰狞。此外,我们不仅要注意到这三种动物的凶残可怕,还要注意到"三"的本身。在《神曲》中,我们——如很多专家所指出的——可以看到这个数字的多次出现。《神曲》本身分为三部(分别对应"地狱""炼狱"和"天堂"),诗作本身使用了三韵句,书中的主要人物有三个(但丁、维吉尔和贝特丽齐),决定解救他的也是天堂中的三位女性(是否也是与那三种凶残的动物相对应)。甚至他通过地狱中一个人的口指出:"在每颗心上燃起大火的三粒火星是嫉妒、骄傲和贪婪。""三"主要与基督教的知识有关,或与但丁所理解的基督教知识有关。三位一体是人们经常提到的(根据第三章中地狱入口的铭文,分别代表神圣的力量、至高的智慧和原初的爱)。此外我们还可以找出与"三"相关的事物:耶稣受难时,被钉上十字架有三个人,除了耶稣本人,还有两个贼;十字架也并非由两块木板组成,而是三块。但丁有着不同的三重身份:对讲述者的但丁来说,他是一位诗人、神学家和叙述者;对到另一个世界游历的但丁来说,他是一位旅人、学生和赎罪者。

就在凶残的母狼(在但丁的笔下,她似乎比前两只野兽更具威胁,样子也更为可怕)一步步向但丁逼近时,一个幽灵出现了,他自称维吉尔,古罗马的伟大诗人,但丁本人承认从他那里汲取了使自己获得赞誉的高尚风格。而维吉尔告诉但丁他是受到贝特丽齐的委托,来带领但丁游历地狱和炼狱,然后由贝特丽齐亲自带他进入天堂。但丁(而不是贝特丽齐)之所以选择了维吉尔作为他的向导,除了对这位诗艺精湛的大师表示后辈的敬意外,还因为维吉尔第一次在他的《伊尼德》中写到过埃涅阿斯对地狱的游历,这显然启发了但丁对这部作品的写作。诗中的地狱、炼狱和天堂分别对应罪恶、过失(或涤罪)和美德。在《地狱篇》中,我们看到了上帝的正义对人世的罪恶的种种严酷的刑罚。地狱据称在耶路撒冷的正下方,形状像一个漏斗。而因为时间紧迫,维吉尔和但丁的路线基本是线性的,正如诗中提到的,只是看看就走(第三章),但仍足以使读者跟随二人认识代表着形形色色罪恶的形形色色的罪人。他们只有少数是虚构的,大多是历史上真正存在的人物,不少人但丁还认识(这样他就可以巧妙地把他的政敌放在里面)。当然,地狱中还包括基督教之外的异教中的神话人物,他们无法在天庭中找到自己合适的位置,但丁就巧妙地在地狱中赋予了他们以使命。可以想象,在当时,读者们看到自己所熟悉的人物,包括披着神圣法衣的教皇在地狱中受到刑罚,该是何等震惊!难怪当但丁走在街上时,人们在远处指点着他说,瞧,那个去过地狱的人!有人根据但丁对地狱中残酷刑罚的描写,把但丁视为一个具有强烈报复心理的人。但事实上,但丁不过以这些人们熟悉的形象作为人世罪恶的符号。他是通过对地狱刑罚的描写来展现和思考人世间的罪恶。无疑但丁具有相当强烈的感情(包括爱憎),但我们必须看到,惩罚是上帝做出的,而不是但丁,或是毋宁说,是上帝通过但丁的笔做出的。但丁其实是矛盾的,这种矛盾基于他的疾恶如仇和仁慈(维吉尔曾不止一次地因为后者训诫过他,而贝特丽齐的态度更为激烈)。比如,他同情那些在林勃狱中没有受洗就死去的婴儿,那些在基督教前生活的古代大师们(包括维吉尔本人),甚至因爱而受到地狱刑罚的弗兰西斯卡和保罗,他们说的话构成了但丁诗中最著名的警句:"没有比在痛苦中/回想起以往的幸福时刻/更为痛苦了",以及"要是/统治宇宙的他是我们的朋友"(见第五章)。

第五章是《地狱篇》中最富抒情意味也是最绚丽的一章,就像一个华彩乐段。因情欲而犯罪的灵魂们在旋转着的风中像鸟儿一样飞翔着。我们也许应该注意但丁的譬喻,他把他们比作寒风中的椋鸟,比作鹤群,后来又比作鸽子。尽管它们被风卷来卷去,但却很难引起人们多少痛苦的联想。因为在人们的意识中,很少有比鸟儿更为自由的生灵。如果说他们感到痛苦,那也无非是为爱情本身而痛苦。本章写到了迪多,在《伊尼德》中维吉尔同样写到了埃涅阿斯的地狱之行(但丁《地狱篇》的写作显然受到了维吉尔的影响,他称维吉尔为导师是恰如其分的)。在里面埃涅阿斯也同样见到了迪多,但迪多没说一句话,只是把脸扭了过去。她的痛苦仍然只是失恋和被遗弃的痛苦。在维吉尔的诗中,地狱由于还没有担负起宗教的训诫作用,因此没有也不必写得那么恐怖,充满了酷刑。而那一对恋人的命运可能令天下有情人羡慕。连但丁也感到他们"似乎那么轻地被风带来"。他们感到的悲哀不是不能与恋人长相厮守,而只是因为他们的爱情无法得到上帝的祝福。由此我们就可以理解弗朗西斯科说的"如果统治宇宙的他是我们的朋友"里面包含着的辛酸意味了。

此外,对文学前辈布鲁内托和政敌法利纳塔,但丁也充分表达了他的敬意;诗中对他父亲的堂兄的描写,虽着墨不多,但足以使人心酸；而饿死于鹰塔中的乌戈利诺伯爵，更是使人一掬同情之泪。这里面被寄以最大同情的当属维吉尔了，正如《神曲》的英译者曼德尔伯姆所说，维吉尔自身就是"愿望永远悔恨着"的那些人中的一员，他似乎意识到了他出现在炼狱中的短暂及所处位置的悲剧性反讽。像活着一样，甚至在死亡时，维吉尔就像"在夜晚行路的人，身后／带着灯——对于自身没有／帮助，却引导了那些追随者"（《炼狱篇》第三章），当维吉尔看到但丁即将获救，而自己仍然要回到地狱中去时，不禁悲伤地低下了头。这里世情和上帝的正义产生了矛盾，尽管但丁最终服从了上帝的裁决，但这一描写仍能启发人们思索和追问。可能正是这些或隐或现的矛盾，使我们感到了但丁在诗中不是一个基督教教义的传声筒，而是一位思想者。

《炼狱篇》则是另一番景象。如果说《地狱篇》中的描写令人触目惊心，甚至让人产生某种厌恶，《炼狱篇》则使人感动。这里的灵魂们虽仍然受到世间罪恶的重负，但他们有了获救的希望。他们在走着一条艰难的救赎之路，这种救赎是灵魂的觉醒和净化。这也是精神向上帝和正义的回归。在这里，但丁不仅向我们展示了世间的罪恶，更重要的是展示出涤罪的过程。傲慢、嫉妒、愤怒、怠惰、贪财、贪食、食色等七种罪恶要在这里得到净化。在诗中，展现出的每一宗罪恶都有与之相反的美德作为对应。同阴森而见不到太阳的地狱相比，炼狱的景色要优美得多，而很多段落也感人至深。在这里，灵魂们不再痛苦，而是充满了渴求。他们更乐于同但丁交谈，同时他们也奋力向陡峭的山坡上攀登——这里不是向下而是向上。攀登无论在古今中外都是一个超越自我的象征，因为攀得越高,就越是接近天堂。在这里,但丁遇到了音乐家、诗人和画家,斯塔提乌斯,一位曾受到维吉尔诗歌启示而有了获救希望的诗人成了但丁另一位临时的向导。和这样杰出的古代人物同行和攀谈无疑是一种荣耀,这种荣耀只有但丁才配享有。但在诗的结尾,维吉尔告诉但丁:

> 儿子,你看到了暂时的火
> 和永恒的火;你已到达了
> 我的力量无法明辨的地方。

这意味着但丁已达到了一种类似新生的境界,而维吉尔却要回到永恒的暗无天日的地狱中。但丁日夜思念的爱人贝特丽齐的出现,似乎也没有减弱他与维吉尔分别时的悲伤。尽管他的悲伤因贝特丽齐的说教而中止,但这种悲伤仍然弥散开来,并引发人们对罪与罚的思索。总之,但丁并不像人们所说的那样冷酷,他的内心充满了怜悯和柔情。如果说,《地狱篇》展示的是人性中接近兽性的一面,《天堂篇》展示的是人性中接近神性的一面,或人性向神性的提升。那么在《炼狱篇》中,人性得到了最充分的体现,表现出了人类渴求精神升华的一面。当然,炼狱仅仅作为一个中转站,在这里灵魂正在洗去身上的罪孽,从而升入天堂。

《天堂篇》和前两部相比,调子开始变得辉煌,哲学或神学意味也进一步加强了。在这里,但丁通过与贝特丽齐和其他圣徒们的对话,解答了自身(其实是读者)关于宇宙、天体、上帝和爱的种种疑问。尽管他仍然带着肉体,却也和那些圣洁的灵魂一样,有了向上飞升的能力。天堂的九重天分别为月球天、水星天、金星天、日球天、火星天、木星天、土星天、恒星天、原动天和最高天;后者不动,是整个宇宙的中心。美好的灵魂们按照自身的功德,分别在九重天中出现,以表示他们的幸福程度和在尘世受到天体的影响。在天堂中,灵魂们变得透明,成了一个个光体,正像在《炼狱篇》中,"火"出现得最多,"光"是在《天堂篇》中出现得最多的词。整部《天堂篇》可以被视为一首光明的颂歌。

想用简短的语言来概括《神曲》的意义显然是徒劳的。但丁通过对地狱、炼狱和天堂的描绘,并不仅仅为我们勾勒出了一个彼岸的世界,还借这个彼岸世界思考人类的现世罪恶,思考如何去清洗灵魂所蒙上的污垢,并最终达到一个完美的境界。以往各个时代理性的思考以及精心锤炼出的诗艺,甚至也包括人类社会的种种污秽的景象,都通过这部既是现实也是幻想的伟大作品体现出来,而且体现得是那么完美。对今天的读者而言,书中的有关人类的罪恶和困境仍然具有某种现实感。即使我们没有但丁的幸运,亲自去体验这次旅行,但借助但丁的眼光和诗艺,我们的灵魂(如果有的话)仍会受到一次强烈的冲击。

《神曲》没有采用当时通用的拉丁语,而是大胆使用了当时意大利的俗语,这显然与以往的史诗有很大不同。在形式上也十分严整,共分三部,每部共 33 章(《地狱篇》有 34 章,通常人们把第一章视为序诗),计 100 章。诗歌采用了三韵句(aba,bcb,cdc),语言质朴、准确而简练。卡莱尔提到了但丁的强烈感情,但是诗人没有采用激昂的音调,而是把感情寄寓于鲜明的形象和质朴简洁的语言中。说到简练,几乎没有人能超过但丁,他往往通过很短的篇幅甚至是几句话就能形象地勾勒出一个灵魂的一生。博尔赫斯也提到但丁的另一个容易被忽视的特点：雅致。雅致和柔情正好与诗句阴沉的格言式特点形成对比，从而产生张力。我们还注意到但丁在诗中很少使用隐喻，因为在某种意义上，整部诗作本身就可以看作是一个巨大的隐喻。而在使用明喻时也只是为了使诗中的形象更加鲜明可感。无论地狱、炼狱和天堂是否真的存在，在人世的我们都永远无法见到，也许正是出于这一点考虑，但丁非常重视诗中的视觉形象，目的是使他所描绘的难以描绘的形象生动可感地呈现在读者面前。他想让我们清楚地见到他所见到的。富于形象性的精彩段落在全诗中俯拾皆是。尽管但丁在诗艺上借鉴了维吉尔、奥维德和斯塔提乌斯等人，但他确实诗艺超群，即使在700年后阅读，我们仍然会受到强烈的感染。有人反感但丁在《天堂篇》中融入了太多的哲学，但这是内容的需要，而不是在卖弄学识，更重要的是，在里面，那些近乎枯燥的教义起了化学变化，变成了诗。正如艾略特所说，在把哲学融入诗中这一点上，没有人比但丁做得更好了。

  在《神曲》问世后不久，人们就把这部诗作奉为经典。同代人薄伽丘撰写了但丁的生平，并最早在大学里讲授《神曲》。思想家托马斯·卡莱尔这样赞美但丁："沉寂了十个世纪之后，终于在但丁那里听到了一声响。""但丁的话在任何时间和地点，都是对高贵的、纯洁的、伟大的人而说的。别的东西会过时，他却不会。他像是一颗明亮的星星嵌在太空，所有时代的伟大者、高贵者都用这颗星星来照亮自己；但丁永远是这个世界所有的人挑选出来的财富。"而桑塔亚纳则说："具有最细致的色彩感觉天赋和最坚实的设计艺术天赋的但丁，就把他的整个世界搬上了他的画布。从那儿看,那个世界变得完整、清晰、美丽,具有悲剧意味。它的细节生动可信,步调雄伟,异常和谐。这不是那种局部优于整体的诗。……但丁在表现一切生活和自然的同时把它们诗化了。他的想象力支配和注意着整个世界。从而,他达到了一位诗人能够追求的最高目标;他为所有可能的行为建立了标准,变成了最高诗人的典型。"他称但丁"是尽善尽美的诗人的典型"(《诗与哲学》)。700年过去了,至今还没有一部作品能够在思想和艺术上达到《神曲》的高度。《神曲》是不可超越的。

但丁与中国

——在威尼斯"但丁《神曲》在东方"国际会议上的发言

我荣幸地来到这座美丽的城市,纪念和赞颂世界文学史上的一位伟大诗人。威尼斯对我来说,是一座充满诗意的城市,水和建筑在这里巧妙地融为了一体,一切都在光影中摇曳变化,产生了一种梦幻般奇异的效果。很久以前,我在文学作品和电影中领略到了这种美丽,这也使我想起了诗人布罗茨基,他超乎寻常地喜爱这座城市,依照他的遗愿,他死后葬在了这里的圣米凯莱墓地。布罗茨基出生在俄罗斯(当时称为苏联),在他成长的阶段,和我们这一代中国人有着相同或相近的背景。俄罗斯和中国接壤,在被流放在西伯利亚时,一次他曾经游到河的对岸,而那里就是中国的土地。我之所以想到布罗茨基,不仅由于他和威尼斯有着很深的渊源,还因为同样作为诗人,他和我们所要纪念的但丁有着近乎相同的命运,他们都被不公正地放逐,终其一生也不能回到心爱的祖国。离开故国和亲人,这在感情上是一种极大的刑罚,但他们都没有屈服于命运,而是用痛苦酿造出了极其优美的诗篇。

相比之下,但丁是一位更为伟大的诗人,甚至可以说,他是人类历史上最伟大的诗人。《神曲》对于任何写作者来说,都是一座难以逾越的高峰。如果说我们今天比但丁能够看得更远,那也只是因为我们站在了这座高峰之上。作为诗人,但丁是一座永远无法超越的丰碑。然而,这并不会使我们这些后来者感到心灰意冷,望而却步,相反,却会成为我们写作的坐标,激励和校正着我们。中国汉代的史学家司马迁曾经这样赞颂孔子:"高山仰止,景行行止,虽不能至,然心向往之。"这句话同样可以用在但丁的身上。

我第一次接触但丁时,还是个十几岁的孩子。那时中国正值"文化大革命",中外优秀的文化遗产都被当作"封资修"的毒草而一概加以禁止。对于正在发育时期的我们,精神处于严重的饥渴之中。直到有一天,我借到了一本《外国文学作品选》,那是过去大学教材的参考读物,我从里面读到了奥维德的《变形记》以及《神曲》的几个章节。由于《神曲》被译成了散文,更加适合一个孩子阅读。我读了保罗和弗兰西斯卡的爱情故事,并被深深打动。使我震惊的是,在地狱更底层,我意外地看到某个人,他的肉体虽然仍活在尘世,但灵魂却已经在地狱中遭受刑罚。这是一个非常了不起的想象,也更像是一个来自遥远古代的伟大预言。

我没有考察过中西交通史,但我总是相信,意大利与中国的实际接触甚至可能早于历史文献的记载。相传在很早以前,一支罗马军团神秘地消失了踪迹,后来的一些证据表明,他们在中国西部定居下来。如果事情真的是这样,那么他们在接受了中国文化的同时,也把罗马的文化带到了古代的中国。我们一直都在津津乐道马可·波罗的中国之行,他此行的深远意义不言而喻。而且早在清朝末年,《神曲》这部伟大的作品就已被部分中国人所知晓。清政府驻意大利公使的夫人单士厘在她的《归潜记》(1910)一书中就提到了但丁(译为"檀戴")和《神曲》(译为《神剧》)。他的儿子钱稻孙后来也把《神曲》的前三个章节用骚体译出。骚体是因中国古代伟大诗人屈原的长诗《离骚》而得名。屈原是当时楚国的一位政治家,也具有外交才能,却因为政治原因受到诽谤,并被放逐,在放逐后他写下了《离骚》,后来投入汨罗江而死。我们所能读到的《神曲》的最早全本是由王维克先生翻译的。他是数学家华罗庚中学时的老师,他参照了法文和英文译本译出了这部作品,作品于1939年和1948年出版,用散文体译出。在80年代初,重新出版了翻译家朱维基先生(1904—1971)根据英国Dr. Carlyle的译本转译的诗体译本,并配有法国版画家多雷的插图。朱的译笔更为出色,重要的是他采用了诗体翻译,使我们第一次较为直接地领略到但丁的高超诗艺。

此外,我们在上个世纪90年代接触到了已故田德望先生从意大利文直接翻译的《神曲》。田德望先生当时年逾古稀,又重病在身,却以顽强的毅力从事这部巨著的翻译,并对《神曲》详加注释。这个译本,对中国读者深入了解但丁起到了非常有益的作用。

关于但丁的生平和时代背景,中国也翻译出版了一些著作。就我所知,有意大利作家马里奥·托比诺的《但丁传》和俄国白银时代的诗人梅列日科夫斯基的《但丁传》,还有商务印书馆出版的《意大利文艺复兴时期的文化》,以及思想家卡莱尔和桑塔亚纳关于但丁的论述。

也就是说,但丁在他死后的几个世纪之后,来到了东方古老的中国。这仍然是一次伟大的旅行,尽管他本人可能对此一无所知。

对但丁的景仰和介绍在中国新文化运动的著名作家那里表现

得尤为突出。对研究和介绍意大利文学作出过杰出贡献的学者和翻译家吕同六先生在一次讲座中就曾谈到：

> 胡适、郭沫若、茅盾、鲁迅、巴金、老舍都曾经对《神曲》情有独钟。三十年代的一位著名的新月派诗人王独清还动手翻译了但丁最早的一部抒情诗集《新生》。在"文化大革命"期间，巴金老人被关进了牛棚，过着暗无天日的生活，遭受了种种折磨。巴金就认为他所在的牛棚就好像但丁《神曲》里描写的地狱。巴金每天在牛棚里默默地背诵《神曲》里的诗句，把《神曲》的诗句作为支持自己度过那个黑暗岁月的精神力量。在打倒"四人帮"以后，巴金在他的很多文章中一再提到这段难忘的经历，提到但丁《神曲》对他起到的启示和鼓舞的作用。对于巴金后来一直倡导的说真话，但丁《神曲》也起到了很大的作用。

胡适提倡新文学，主张抛弃文言，改用白话文写作，他曾援引但丁不用拉丁文而用俗语写作的例子来为这自己的这一主张辩护。白话写作是一种势所必然，尽管用白话写和但丁的使用俗语并不完全是一码事，然而但丁的成功尝试无疑为胡适等新文学运动的作家提供了精神上的支持和鼓舞。五四时期另一位著名作家周作人在他的《欧洲文学史》(1918)中介绍了但丁和他的创作，他在里面写道：

> 神曲自昔称难解之书，笺释不一，据其所著《王国论》(即《君主论》*De Monarchia*)考之，约略可通。大意谓政教并立，皆以福民为事。王者以人智治国，使人能守哲理道德，得现世

> 之福。法王以神智化民,引人入于宗教信仰,得久远之福。维吉尔为人智之代表,故导但丁至乐园而止。贝特丽齐则为神智之代表,乃能导之入天国。……诗中悔罪受福之说,大抵出于托马斯·阿奎那之神学,今不具论。……神曲一书,虽为譬喻,用以宣传奥义,唯所重仍在贝特丽齐。其为此诗,亦正以言神圣之爱,犹作新生之意也。

这里谈到的还只是冰山一角。除了老一辈的新文学的创立者,当代的很多中青年作家——包括我本人——也从但丁那里汲取了营养。尽管中国和意大利有着诸多差异,但这并不影响文化上的相互理解和交流。但丁的伟大在于,他不仅属于意大利,属于欧洲,也同样属于整个人类。

但丁生活在中世纪后期,集中世纪(也包括古希腊)思想家于一身。在艺术上,他也更多地继承了古罗马一些诗人的技艺,如维吉尔、奥维德等人,当然也具有意大利当时诗歌的特色。也就是说,但丁的伟大,也是建立在整个人类文化的基础之上,而反过来又推动了人类文化的向前发展。对于意大利人和其他欧洲人来说,阅读但丁,等于重温了那一时期的历史和文化;对于中国人来说,阅读但丁,不仅可以了解到欧洲那一时期的历史文化,也同样能感受到但丁的伟大心灵和高超可以诗艺。T. S. 艾略特说但丁具有一种"普遍性",这种普遍性,不仅表现在他的语言是明晰的、朴素的,同样表现在他体现出人类的最为基本的感情,渴望超越,渴望得到净化和救赎。这种渴望,不仅是但丁所信奉的宗教所具有的,大约也是所有宗教和哲学所共同期待的。人类的知识并不只是为了使人活得更加舒适,更主要的是要使人实现对自身的超越。《神曲》的意义不仅在于但丁虚构了地狱、炼狱和天堂,更在于以此向我们展现了人性中的善与恶、高贵与卑贱、得救与沉沦,这完全是一种独创性的工作。但丁关心的不仅仅是知识,更是他所面对着的苦难;同样,他所面对的不仅仅是自己的苦难,也不仅仅是佛罗伦萨和意大利诸多城邦的苦难,而是人类共同的苦难。这些都成为《神曲》具有普遍性的基础。从中我们看到的不仅是人类身上的罪恶,更是一种崇高的精神,即渴望超越自身,向着更高的方向努力,从而使灵魂得到救赎和升华。

因此,但丁的上帝和救赎远远超出了基督教的范畴,被赋予了更加广阔的意义。时至今日,罪与赎仍是人类所面临的最普遍问题。《圣经》无论旧约还是新约都围绕着这个问题,其他宗教也大约如此。《地狱篇》写的是受到永恒惩罚的罪人,他们除了部分人外,都是罪不可赦,注定要面对永久的惩罚,直到最后的审判。因此,这一部分写得阴郁恐怖。从中我们可以看出但丁是具有强烈感情的人(并不像有些人认为的那样,只是在内心充满了仇恨。他恨的不光是一些具体的人,更是人类的犯罪。如果没有对人类强烈的爱,就不可能有这样强烈的恨)。在地狱之旅的开始,但丁被一队发出痛苦呻吟的灵魂所震惊,睿智的维吉尔告诉他,处于这悲惨命运中的,是在人世度过了无誉无毁一生的人们,还有一些卑贱的天使:"他们对神既不叛逆,也不忠诚,只顾到自己。"无誉无毁是指这些人的平庸和没有信仰。我们不要忘记但丁生活在中世纪,这是基督教极为盛行、精神生活占据了主导地位的时代。如果地狱今天仍然沿用这类标准的话,那真令人担心那里将人满为患了。这些人理所当然地为天堂所弃,因为他们有损于天堂的完美;

地狱也不见容于他们,因为"罪恶之徒还可以向他们夸耀"。他们永远处于一种悬浮状态,一种永无根基的命运。看了这一幕,但丁颇有感触地说:

> 我从来都不曾相信
> 死亡会毁掉这么多的灵魂

这句诗被艾略特引用在《荒原》一诗中,此后又被其他人更为广泛地引用。但我以为大多数人并没有理解或忽略了但丁和艾略特的本来意图。这里的死亡并不单单指肉体的死亡,因为在但丁的意识里,肉体的死亡可以代表一种新生,而这些人的症结在于精神的沦丧和灵魂的死灭。这是永劫不复的,因此这些人注定在没有痛苦的痛苦中苦苦挣扎。在我看来,没有任何一种痛苦可以抵得上这种痛苦。欧洲很多民间传说写某些人的灵魂被魔鬼用金钱或魔力换取后的痛苦(巴尔扎克的一个短篇就是借用了这类传说)。我们可以把这些传说作为象征看待。多数人在浑浑噩噩中度过了自己的一生,他们既没有善,可以显示上帝的荣光,也没有恶,可以昭示魔鬼的恶行。他们只是匍匐在地上,卑微地生活着,不施舍爱,也无从获得爱。生命的无意义在这里得到了充分体现。这种人,他们只是活着,甚至谈不上存在,遑论一种更高的存在。在活着时他们就已经死去,艾略特在《荒原》中要表达的也正是这个意思。事实上,这些人的存在,除了给世人一些警醒之外,甚至唤不起任何人的怜悯。他们真正被抛弃了,因为他们首先抛弃了生活。但人应该怎样生活,这在但丁那里也是值得探讨的。在但丁的时代,与崇尚自由思考的古希腊时代不同,与生活方式极度放纵的古罗马时代也不同,人们对上帝的崇拜超出了理性和人性的范围,教会有权对异端施以刑罚乃至极刑。有人指责但丁在诗中对政敌加以报复;也有人为但丁辩护,说这体现了上帝的公正,而且但丁的政敌在诗中并非个体,而是具有普遍的意义。对我们现代的读者来说,可能的确如此。然而但丁并没有意识到这些,他只是自然而然地做着一切,他认为应该做的一切。这是一个时代的观念和风尚在他身上的自然投射。在那个时代,凡是能代表上帝意志的,无疑是正确的,反之则是错误的或有罪的;倒过来也是一样,凡是人们认为是正确的,便是代表了上帝的意志,世俗的价值判断同上帝的惩罚成为了一体。但丁在这里丝毫没有想到去作个人的报复,也不会把具体的活生生的人当作一个抽象的概念,他只是按上帝的意志(或想象中的上帝意志)去行事。然而,由人来代替上帝的意志,往往受到(自觉或不自觉的)世俗因素和个人或集团意志的影响。一方面,他们憎恶没有信仰的人;另一方面,他们对超出信仰允许范围而进行自由思考的人加以惩戒,如哥白尼、伽利略等人,甚至使用了极为残酷的火刑。这些做法大大限制了思想的自由和科学的发展,同时,也会导致另一种更大规模的犯罪,因为他们甚至把个人的或教会的僵化的信条当作上帝的意志,从而导致"信仰犯罪"。但丁的同胞、20世纪的符号学家艾柯的小说《玫瑰的名字》中描写的便是这类犯罪。我想这类问题在今天,即使在世界上的很多国家中,仍然具有现实意义。《炼狱篇》色调要明亮一些,写一些罪人通过对自身罪恶的克服,最终净化而得到救赎的过程。人们一向认为《神曲》中最出色的部分是《地狱篇》,但托马斯·卡莱尔、艾略特和博尔赫斯等人都认为《炼狱篇》同样出色,或者可能更出色。我自己也这样认为。同样,这部分也更使我感动,在翻译时我经常泪流满面。人类的贪婪、妒忌、骄傲等罪行在这里得到了淋漓尽致的展现,而罪人们对自身的净化表现了人类向上的决心。《天堂篇》则为人类最终的获救提供了美好的前景。这里涉及很多神学和哲学问题,但一点也不乏诗意,是哲学入诗最好的范例。

通过以上的文字,不仅说明了但丁的意义所在,也多少说明了为什么我不自量力地从事起对《神曲》这部伟大诗歌的翻译。我只是位诗人,不是但丁学者,也不是翻译家。我的初衷是想通过翻译来实现一种精读,是出于对但丁的伟大诗艺的折服。但在翻译中,我不止一次地为但丁诗中所体现出的伟大精神所感动。有很多人认为诗歌是无法翻译的,包括意大利美学家克罗齐,他大约说过翻译就是背叛的话。但对于现在的大部分中国人(也许还要包括其他国家的读者)来说,阅读但丁必须借助于翻译,而但丁在当时了解希腊文学的伟大传统,也同样要通过翻译。诗不能翻译,我想主要是就音韵而言的,但丁的诗用美妙悦耳的意大利语写出,我想即使是译成另一种同样美妙悦耳的语言,在韵律上也会有所损失。但除此之外,诗的意蕴、风格和语气,如果处理得好,则会在另一种语言中得以保留。我想,愈是优秀的诗歌,就愈有抗翻译性。从另一方面讲,直接阅读原文固然很好,然而对于借鉴而言,翻译成本国的文字,也许更容易被吸收和消化。

在翻译上,一向有学者翻译和诗人翻译之分。学者的翻译带有研究性,较为严谨;而诗人的翻译在对诗意的把握和体现上则更为灵活。我在对《神曲》的翻译上一直心存疑虑。首先,我不懂意大利文,只能凭几种不同的英译进行转译。翻译本来就会使原著受到一定程度上的损失,转译就更加在所难免。我最初把《地狱篇》译成中文也只是为了让自己更好地欣赏,但由于受到了一些朋友的鼓励,才下定决心从事这一工作。另外,我觉得当时已有的译本多是用散文体,把诗译成散文,对诗意的损失不下于转译。同样,作为诗人,我觉得自己在处理但丁的语言风格上要处于更有利的位置。但丁的语言简洁而朴素,在看似平淡中蕴含着强烈的激情,我试图用中文准确地表达出这一点。反对采取意译的手法,比如,最早的把拜伦的诗译成中国的律诗体,或用《离骚》的语言来译《神曲》。翻译,尤其是诗歌翻译,如果离开了原作的语言风格,离开了原作的形式和句式,就不能很好地表达原作中最微妙的部分,也无从表达原著的整体感。我清楚,我要译的首先是诗,而且是西方诗歌,只能在语言上进行等价交换,没有必要一定要套用中国诗歌的形式而抵消它独有的风格和特点。原诗是用三韵句写成的,我没有依此押韵,因为原诗的悦耳的韵律感既然无法保持,不如索性放弃,以保证在最大限度上保持原著的语气和节奏。我力图在汉语允许范围内尽可能地吸纳一些欧化的句式。我们知道,中国直到20世纪初,一直在用脱离日常语言的文言文写作,多少有些类似但丁时代的用拉丁文写作。采用白话文即现代汉语写作是胡适等人提倡的,在上面我提到他曾经援引但丁的例子。白话文写作的历史不到百年,现代汉语在句式上并不如古汉语丰富和自如。适当地从别处引入一些富有表现力的句式,来丰富和完善现代汉语,至少是我个人想努力达到的。我的翻译完全采用了现代汉语,即经过提炼的书面化的口语,而基本上排除了文言和文言句式,如果像但丁在当初大胆采用意大利俗语一样,我想现代汉语能够更好地传达现代人的情感和经验,写作是如此,翻译也是如此。

在我开始翻译《神曲》那年,正好从报上读到但丁的骨灰在遗失多年之后被重新发现,这当然是一个巧合,但我宁愿把它看成是一种兆示,也是对我的一个鼓舞。我的一位诗人朋友还在佛罗伦萨拍摄了但丁的故居,并把照片送给我。翻译但丁对我来说是一次朝圣。我喜爱乔托和波提切利的绘画,喜爱蒙塔莱以及兰佩杜萨、莫拉维亚和卡尔维诺的作品,喜爱费里尼和安东尼奥尼的电影,喜爱意大利的足球,喜爱威尼斯这座城市,但无疑更加喜爱但丁。正是由于但丁,我远渡重洋来到了这里,并献上我的一份由衷的敬意。

米沃什诗中的时间与拯救

　　米沃什的全部诗作可以看成是一首挽歌,一首关于时间的挽歌。当面对时间和时间带来的一切:变化、破坏、屠杀和死亡,米沃什感到惶恐、困惑、悲伤,甚至无能为力。但他没有忘记、也不曾放弃他诗人的职责。他试图真实地记录下这一切,同时也在他的诗中包含了对人性、历史和真理深刻的思考和认知。

　　即使初读米沃什,人们也会注意到,对往事的追忆和对时间的思索构成了他诗歌的特色。在他漫长的创作生涯中,展现出一个贯穿始终的主题,即时间和拯救。这就使他的诗中具有了一种历史的沧桑感。时间的主题在很多作家那里程度不同地存在着,但很少有人像米沃什展示得那样充分、深入,那样复杂多变而充满矛盾。这多少与他的个人气质有关,更多取决于他的人生经历。在早期的抒情诗中,他似乎就注意到了时间和由此带来的变化:

　　　黎明时我们驾着马车穿过冰封的原野。
　　　一只红色的翅膀自黑暗中升起。

　　　突然一只野兔从道路上跑过。
　　　我们中的一个用手指点着它。

> 已经很久了。今天他们已不在人世,
> 那只野兔,那个做手势的人。
>
> 哦,我的爱人,它们在哪里,它们将去哪里
> 那挥动的手,一连串动作,砂石的沙沙声。
> 我询问,不是由于悲伤,而是感到惶惑。

这首题为《偶遇》的诗写于他出生的城市。诗中有着一个长长的时间跨越。那只"红色的翅膀"是在喻示着黎明还是"我们"的马车?但翅膀无疑与飞驰和时间密切相关。田野、野兔和手的指点不过是最普通的事物和生活细节,虽然被称为"偶遇",却在无形中被赋予了寓意。它们构成了过去或与过去相关的一切。也就是说,时间给予这些事物以意义。在这里,时间正是由一连串的动作和事件构成。这些微不足道的动作和事件一旦被赋予了时间的意义,它们的出现和消失就不再是孤立的了,而由此引发出的一连串情绪和思索也就变得合乎情理。米沃什感到惶惑,是因为时间永恒,无始无终,而它带来的事物却不能长久地延续下去。源于这种时间带来变化的"惶惑",其震撼力远远超出了悲伤,因为它展示出的正是未来的不确定性。在另一首诗中,他写到了在亚述人、埃及人和罗马人的月亮下面季节和生活的变化。一切都生生灭灭,转瞬即逝,似乎什么也抓不住。而人类社会的暴力又人为地加剧了这种变化。随着时间的推移,世事沧桑在诗人内心造成了巨大的冲撞,使他有一种劫后余生的感觉:

> 咖啡馆桌子前面的那些人中——

> 它在窗玻璃闪着霜的冬日正午的庭院——
> 只有我一个人幸存。
>
> （《咖啡馆》）

甚至他熟悉的城市也在战火中毁灭、消失了：

> 在多年沉默后。维罗纳已不复存在。
> 我用手指捏着它的砖屑。这是
> 故乡城市伟大爱的残余。
>
> （《告别》）

失去家园的感觉对于米沃什来说是双重的：地理上和时间上的。他目睹了一系列触目惊心的变化，并为之深深触动。早年的信念破灭了，许多熟悉的人和城市消失了，德国法西斯的覆亡并没有使和平真正到来，取而代之的是新的集权和冷战。但幸好这种时间的变化并没有把他引入一种虚无主义，而是使他具有了见证人的身份。到了晚年，他更是常常被往事缠绕，那些死者会出现在他的面前，有时还和他对话（出于想象还是幻觉？）："回忆降临在黑暗的水面。/那些人，似乎在一片玻璃后面，凝视，沉默。"（《诗的六首演讲词》）时间的悲剧持续上演，永不停息，并且像遥远的回声，时时在他的耳边震响，使他时刻保持着警醒。

在米沃什最初开始写作时，现代主义诗风正在欧洲盛行，年轻的米沃什也不可避免地受到冲击。在他早期的诗作中，我们可以看到象征主义和超现实主义的某些影响。但他并没有像多数现代派诗人一样，沉溺于自我，而是对现实保持着清醒的关注，对世界的未来充满了忧虑。米沃什提到的诗人奥斯卡，是他的一位本家，天主教徒,也是神秘主义的倡导者。当切斯瓦夫在巴黎见到他时,他已经不再写诗,而是致力于《圣经》的注释。他对米沃什的影响并不限于诗歌,奥斯卡"按照衰落与惩罚(用以结束一个轮环的惩罚)的范畴来理解人类的历史"①,并把神秘主义思想灌输给米沃什,使米沃什的思想发生了转向。四十多年后,在诺贝尔文学奖的受奖演说中,米沃什列举了两个对他思想产生过重要影响的人,一个是西蒙娜·薇依,一位热爱上帝但拒绝进入教会的思想者,另一个就是奥斯卡·米沃什,"一位巴黎的隐士和幻想家"②:

> 我首先却把他当作一个先知来倾听,这位先知如他所说,是"以为怜悯、孤独和愤怒所耗尽的古老的爱"来爱人民的,并由于那个原故,试图向一个冲向灾难的疯狂世界发出了警告。我听他说,那场灾难迫在眉睫,还听他说,他所预言的大火灾不过是终究会演出的大戏的一部分。

> 他看出十八世纪的科学所采用的错误方向、一个引起塌方效果的方向,是更为深刻的原因。正如同他前面的威廉·布莱克,他宣布了一个新世纪。③

布莱克是18世纪后期的诗人和画家,他的诗神秘而富有想象力,甚至有人认为他把想象力推到了极致,将其视作先知式的诗人。他影响到米沃什,也影响到后来的垮掉派诗人,包括金斯伯

---

① 切斯瓦夫·米沃什:《青年人和神秘事物》,《拆散的笔记簿》,绿原译,桂林:漓江出版社1989年版。
② 切斯瓦夫·米沃什:《受奖演说》,《拆散的笔记簿》,绿原译,桂林:漓江出版社1989年版。
③ 同上。

格。在二战期间,米沃什自学了英语,读到了布莱克的几首诗,他感到,是布莱克"恢复了我早年的狂喜,也许恢复了我真正的禀性,情人的禀性"①。

第二次世界大战爆发时,米沃什留在华沙,亲眼目睹了纳粹的种种暴行。这些噩梦般的日子日后经常出现在他的诗中,直接或戴着面具。他没有选择逃离,而是参加了抵抗运动。在这段日子,他秘密出版了一些作品,还编辑出版了一本反法西斯诗集《无敌之歌》。战后米沃什先后在波兰驻华盛顿和巴黎的大使馆工作。1951年他自我放逐,留在了法国,1960年去往美国加利福尼亚大学伯克利分校的斯拉夫语言文学系任教。1980年,诗人获得了诺贝尔文学奖。在离开故国30年后,米沃什于1981年回到波兰,受到了隆重的礼遇。退休后,他居住和往来于伯克利和克拉科夫两地,直到2004年在克拉科夫的家中去世。

尽管米沃什熟悉几种语言,一生中大部分时间又是在国外度过,但他并没有放弃用波兰语写作。这一方面是他意识到诗歌必须要使用母语才能写好。另一方面,坚持用母语写作,也是他与自己的过去保持联系的最好方式(也可能是唯一的),或者按另一位流亡诗人布罗茨基更富诗意的说法,曾经作为剑的母语,此刻在他的手中变成了盾牌。

米沃什曾经这样说过:

当我决定留在西方时,我必须做出一种选择:要么当一个

---

① 切斯瓦夫·米沃什:《厄尔罗之乡》,张子清译,见王家新、沈睿编选《钟的秘密心脏》,北京:解放军文艺出版社1997年版。

"西方"作家,要么坚持不渝地用波兰语写作,坚持我所继承的遗产。①

"遗产"既是指他不肯放弃的母语,也同时是指他个人的经历、欧洲的历史和文化。在流亡的岁月中,米沃什对欧洲(不仅仅是波兰)的历史和文化作了进一步的反思。当然,这种反思早在战后写作《欧洲的孩子》前后就开始了,但现在则变成了一种使命。他也在考虑诗歌的功用和诗人的角色。如何看待20世纪,如何看待在理想和种族旗帜下的暴行和屠杀?诗人应该如何对这一切做出回应?诗歌和时代的关系是怎样的,以及如何在诗中表现他的时代?在1956年完成的长诗《诗论》中,米沃什试图回答这样的问题。他对1900至1945年波兰的历史文化和诗歌创作进行了回顾,这可以看作他在流亡西方后对自己思想的一次清理。这部长诗受到米沃什研究者的重视,因为这不仅是流亡后他在西方写下的第一部诗歌作品,也充分体现了他的诗歌观。诗中他对两次大战前后几座城市的描写充满了深情,如1900年的克拉科夫:

> 出租车夫在圣玛利亚城堡旁打盹。
> 克拉科夫小得像一只彩蛋
> 刚从复活节的染色罐里取出。
> 诗人们穿着黑色披风在街上闲荡。
> 今天已没有人记得他们的名字,
> 可是他们的手一度真实,

---

① 《历史、现实与诗人的探索——访谈录》,全小虎译,见王家新、沈睿编选《二十世纪重要诗人如是说》,郑州:河南人民出版社1992年版。

还有他们在桌子上闪亮的袖扣。
一个侍者取来架子上的报纸
和咖啡,随后离去仿佛他们
没有名字。缪斯、拉结们拖曳着披肩,
舔着嘴唇一边别起发辫。
这别针现在和她们女儿的骨灰放在一起,
或在一只挨着沉默的贝壳和玻璃百合花的
玻璃盒子里。新艺术的天使们
在父母家中黑暗的卫生间中,
思索着性和灵魂的中间环节

(《诗论》)

他对同时代的波兰诗人也作出了评价。在指出他们缺点的同时,米沃什肯定了他们把19世纪浪漫派的波兰民族主义文学拉进现代世界的努力:

这里从来没有这样一个七星社!
然而他们的言辞中有着瑕疵,
一个和声的瑕疵,就像在他们的大师那里。
已经变化了的唱诗班不太类似
普通事物混乱的唱诗班。

(《诗论》)

也有对二战时纳粹罪行的揭露:

在这个城镇,一颗子弹留下生硬的痕迹
在靠近家制烟草口袋旁的人行道上。

> 整个夜晚,在这所城市的郊外,
> 一个犹太老人,被扔在一个黏土坑,正在死去。
> 当太阳升起时,他的呻吟才平息。
>
> (《诗论》)

由于时间和空间造成的距离,过去的一切反而变得更加明晰了,并全方位地进入诗人的视野。这种被海伦·文德勒称为"全景镜头"式的写作显示了米沃什诗歌的进一步成熟[1]。诗中保持了米沃什固有的特色:对往事的追忆,和由此带来的困惑和忧伤。但现在这种往事不再是孤立的,而是与历史文化紧密联系在一起。诗中沉思的调子和内省成分也得到了加强。而以上这些,正是构成一首挽歌的必要因素。挽歌一方面表达了生者对死者的哀悼,更主要的,是希望死者获得永生,并得到永久的安宁。当然这首挽歌并不是写给某个人,也不仅是写给二战的死难者,它更是对20世纪衰落的文明的哀挽,从这一意义上,挽歌与"新生"和"拯救"不无关联。在一首写于1945年的诗中,米沃什就提到了"拯救":

> 不能拯救国家和人民的
> 诗歌是什么?
> 一种对官方谎言的默许,
> 一支醉汉的歌,他的喉咙将在瞬间被割断,
> 二年级女生的读物。
> 我需要好诗却不了解它,

---

[1] Helen Wendler, "A Lament in three voices," *The New York Review of Books*.

> 我最近发现了它有益的目的,
> 在这里,只是在这里,我找到了拯救。
>
> (《献辞》)

米沃什抨击当时波兰诗坛上无关痛痒、含义不清和浅显幼稚的诗作。他相信诗歌的力量,认为好诗应该具有一种拯救的作用。但这种"拯救"在这时还更多停留在一种现实的层面上。我们似乎应该把这种"拯救"同他后来提出的"拯救"谨慎地区分开来。而在《诗论》中,米沃什对拯救有了更深的思考,在反复追问如何才能实现拯救的同时,也表示出他的疑虑:

> 用什么词去延续未来,
> 用什么词去守护人类的欢乐——
> 它有着新出炉面包的气味——
> 要是诗人的语言寻找不到
> 用于稍后一代的规范?
> 我们没有被传授。我们全然不知道
> 如何去联结自由和需要。
>
> (《诗论》)

在"自由"和"需要"间找到一个平衡点并非易事。米沃什深知自由对一个人的重要,但他并未忽视自己对历史和社会所承担的责任。在他看来,最可怕的莫过于遗忘。过去消逝了并不是真正消逝,如果它们还留存在我们的记忆中。但消逝的过去一旦被遗忘,那就意味着它真的消逝了,我们也就断绝了与过去的一切联系。在二战期间,米沃什就曾想到了罗马的鲜花广场,想到了曾在那里

被烧死的布鲁诺,一个当年被视为异端又在几个世纪后被视为真理的捍卫者和圣徒的人:

> 在火焰熄灭之前,
> 小酒馆重新挤满了人,
> 一筐筐橄榄和柠檬
> 重现在卖主的肩上。
>
> 当罗马和华沙的人们
> 经过殉难者的火葬堆时,
> 讲价,大笑,求爱。
> 还会有人读到
> 人性的消失,
> 读到遗忘产生在
> 火堆熄灭以前。

(《鲜花广场》)

米沃什的痛苦是双重的。他的痛苦并不在于坚持真理的先知被处死,而在于当时旁观者的无动于衷和此刻在这场战争中人们的冷漠和麻木。战争和不幸造成了时间的断裂,人们迫切需要忘记那些痛苦的经历,以便开始新的生活。这就使时间的通道被切断,过去和现在无法联结,也无法通向未来。米沃什所要做的一切,就是努力恢复过去和现在的联系。时间具有双重性。我们生存在时间中,只有当死亡到来,我们的时间才会终止,因此,时间和我们的生命密切相连;另一方面,时间的流逝无情而残酷,它带走一切美好和有价值的东西,包括我们的生命。而战争带来的暴力、破坏,又在加速着时间的这种进程。和原始的人类一样,在米沃什看来,语言具有一种咒语的力量,它通过复述可以使逝去的一切重现,并得到永存。这就使我们充分理解了为什么时间会成为米沃什的一贯主题,理解了为什么在他的诗中有着那么多对往事和死者的追怀。挽歌的意义不仅在于悲恸已逝的,更在于使逝去的一切通过词语得到再生,以战胜遗忘,使时间得到拯救("我们该怎样守护它?靠叫出事物的名字。"《一个请求》)。

在《阅读》一诗中,米沃什对历史进行了反思。尽管他再一次肯定了文字的力量("比刻在石头上的铭文更耐久")并能从中发现"真理高贵的言说",但通过和古老希腊文字的比较,米沃什得出了这样的结论:"那个新的纪元(指耶稣降生)/并不比昨天遥远。"一切都没有多大的不同:恐惧、渴望、橄榄油、葡萄酒、面包,甚至习俗。历史不断重复,今天的一切无非是昨天的重演,"二十个世纪就像二十个日子",历史并不久远,变化无常的大众渴望着的奇迹能否从天而降?

"人类的真正敌人是概括。/人类的真正敌人是所谓的历史。"在《诗的六首演讲词》中米沃什这样宣称。他在诗中提到了一位被人遗忘的图书管理员雅德维加小姐,二战时她被困在炸塌了的房屋的掩体中,但没有人能够救她,她敲击墙壁的声音一直持续了好多天,直到无声息地死去。生命是具体的,不能被简化为干巴巴的数字,或历史学家简约而冰冷的叙述。这里米沃什并不是要否定历史这一学科,而是要说明只有通过艺术才能更好地还原真实的历史。

面对20世纪数不清的灾难,陷入深深的痛苦中的米沃什也同时陷入了深深的疑惑,甚至对上帝表示出怀疑和责难:

> 上帝真的要我们失去灵魂
> 只有那样他才能得到完美的礼物?
>
> (《大师》)

> 上帝不会为善良人增加羊群和骆驼
> 也不会因为谋杀和伪证带走什么。
> 他长久隐匿着……
>
> (《忠告》)

> 在不幸中赞美上帝是痛苦的,
> 想着他不会行动,尽管他能。
>
> (《在圣像前》)

甚至天使,也"被夺走了一切:白衣服,/翅膀,甚至存在得"(《关于天使》)。而:

> 下面,一切都在瓦解:城堡的大厅,
> 大教堂后面的小径、妓院、店铺。
> 没有一个灵魂。那么信使会从哪来?

米沃什对待上帝的态度使我们想到瑞典电影导演英格玛·伯格曼。后者出身于一个虔诚的宗教家庭,在后期的作品中反复展现了人类的痛苦和绝望,并由此探询人和上帝的关系,甚至质疑上帝的存在。在这一点上他们看上去非常相似。他们的怀疑可以看作出自艺术家的良知，而一个必不可少的前提是在他们内心深处还存留着对上帝的信仰。如果从根本上否认上帝的存在，那么一切事情就变得简单了，更没有必要反复追问或疑虑（和上帝的关系问题一直是困惑人类的难题）。事实上，天主教思想和欧洲的人文传统（包括唯物论）对米沃什的思想都有深入的影响，是他思想中的两极，而这也暴露出他思想上的矛盾。在1987年的一次访谈中，米沃什借用了一位波兰诗人的话："上帝同意我做无神论者。"这无疑是一个具有自嘲意味的悖论，一方面他承认自己是无神论者，另一方面指出这是经过了上帝的允许。在米沃什的晚年，他把《圣经》翻译成波兰文，似乎也可以成为一个佐证。

当然，能否成为优秀诗人并不取决于一个人的信仰，而是取决于他是否能够忠实于自己的内心感受并真实地抒写他的时代，即使这与他的个人信仰发生矛盾。在米沃什的诗中，上帝或许只是事物存在的一个依据，他宁愿赞美理性，因为这是人类自救的一个更为适用的武器：

> 人类的理性美丽而不可战胜。
> 没有栅栏，没有铁丝网，没有化成纸浆的书，
> 和流放的判决能压倒它。
> 它用语言创立了全人类的观念，
> 引导我们的手，我们用大写字母写下
> 真理和正义，谎言和压迫用小写字母。
>
> （《咒语》）

真理和正义被用大写字母写下，因为它们代表着人类的理性和良

知。我们也许已经注意到,作为一位目睹了20世纪人类灾难的诗人,在米沃什后期的诗歌中,很少出现对法西斯主义和专制暴行的痛斥和鞭挞,他只是平静地展示和分析。这种客观和冷静反而使他的诗歌具有了一种更为明晰的理性力量。他谈到他喜欢人们把他的诗称为"哲理诗",因为"它表明了对于世界即十分真实的世界的某种态度"。他的着眼点不仅仅是揭露罪行,也是探讨20世纪的历史和人性中善与恶,这就是他的诗中有着那么多的追问,并不断对自己进行反思、自责甚至忏悔的原因:

> 当多年之后我回来,
> 我用外衣蒙住脸,虽然能够记得
> 我没有偿还债务的那些人都已不在
>
> (《城市在它的辉煌中》)

正是在这种自省中,我们看到了隐藏在平静语调后面的痛苦和困惑,也正是通过自责,痛苦的情绪才能找到通向外界的出口。

米沃什的反思源于他内心的矛盾和痛苦,但他不是十足的悲观主义者,至少他的部分诗歌并非那么沉重。他也写过一些清新优美的抒情诗,我们可以把这视为他全部作品中的华彩乐段,也可以看作他对生活的热爱:

> 在月亮升起时女人们穿着花衣服闲逛,
> 我震惊于她们的眼睛、睫毛,以及世界的整个安排。
> 在我看来,从这样强烈的相互吸引中
> 最终会引发终极的真理。
>
> (《在月亮》)

> 多么快乐的一天。
> 雾早就散了,我在花园中干活。
> 蜂鸟停在忍冬花的上面。
> 尘世中没有什么我想占有。
> 我知道没有人值得我去妒忌。
> 无论遭受了怎样的不幸,我都已忘记。
> 想到我曾是同样的人并不使我窘迫。
> 我的身体没有疼痛。
> 直起腰,我看见蓝色的海和白帆。
>
> (《礼物》)

当女人们穿着花衣服在月亮底下漫步,诗人在被她们强烈的吸引中,领悟到了一种终极的真理,即爱情;而从在花园里干活这样一种普通的生活方式中,诗人也感到了生命的充实。虽然历经劫难,但米沃什仍然相信爱("世界应有一点点友爱"),喜爱短暂的事物,因为:

> 有太多的死亡,这正是为什么钟情于
> 那些辫子,在风中鲜艳的裙子,
> 和不比我们更耐久的船。
>
> (《忠告》)

诗人主张并鼓励人们去感知、享受尘世的快乐,即使这快乐是短暂的。我们不妨把这看作一种积极的人生态度——这当然很好,但真实的情况可能是,我们从中看到他极力使自己从痛苦中挣脱出来的努力。正是经历了一连串的不幸,正是对时间的本质有着深切的感知,诗人才转向了普通人的生活:"随着渐渐消失的时代/人们学到了重视智慧和纯朴的善"(《契里科咖啡馆》),或者毋宁说,他是在遮掩或说服自己忘掉内心的痛苦。因为过去的一切不断地袭扰他,包括那些死者:"那些名字被抹去或踩在地上的人/不断探访我们。"(《契里科咖啡馆》)尽管他可能真的认为生活即是幸福("赞美生活,即幸福"),但人活着所要学会的不光是死亡,还有活着本身(这更像是一种无可奈何的抗争后的妥协):

> 我曾想:这一切只是准备
> 学会,最终如何去死。
>
> 但在我街上的一个截瘫者
> 被他们推着他的轮椅
> 从树荫到阳光下,从阳光下到树荫,
> 看着猫,叶子,汽车的铬钢,
> 喃喃自语,"美好的时光,美好的时光。"
>
> 这是真的。我们有美好的时光
> 只要时光仍然是时光。
>
> (《一个错误》)

米沃什的风格朴素而强烈。他并不过分追求形式和外在的诗意,但他的诗具有很强的感染力。这也许是理性和道义的力量在诗歌中得以体现的缘故。他常常使用散文化的句子,没有更多的修饰,显得自然流畅,有时甚至显得直率。从表面上看,他多少有些像惠特曼,但又与惠特曼有着很大的不同。惠特曼的思想更多来自爱默生,充满美洲大陆的乐观情绪,相比之下甚至显得有些自大,米沃什则更加明晰,沉郁,甚至忧伤。就精神气质讲,米沃什属于古典主义,代表着欧洲文化的传统。只要你仔细凝听,就会听到时间脚步的回声。

米沃什称得上是多产,自1933年出版第一部诗集《冰封的日子》后,他共出版了十余部诗集。1991年,他以80岁高龄出版了诗集《外省》,里面收集了他1987—1991年创作的诗歌,1995年又出版了诗集《面对河流》。里面的作品虽然明显松弛下来,但诗人仍然热情不减。对历史和社会现实的深沉思考更多让位于对早年生活的追忆。

同样,诗人也在总结他的创作:

> 呵,至高的主,你决意让我成为诗人,现在是我
> 呈上报告的时候了。
>
> 我心里充满着感激,开始明白了
> 那职业的不幸。
>
> 实践着它,我们了解了太多人类
> 奇异的品性。
>
> (《报告》)

诗人把他一生的写作称为"一次探险,不是为了搜寻完美形式的

金羊毛,/而是寻求像必需品一样的爱"。他了解人类"奇异"的品性,了解他们的弱点,错误,甚至罪行,但他没有放弃对人类的爱,似乎也没有放弃希望:

> 在每次日出时我放弃了对夜晚的疑虑,迎接着
> 一个最珍贵的幻想的新的白昼。
>
> (《报告》)

米沃什代表了人类的良知、勇气和道德力量。他可能是这个时代为数不多的相信真理和正义的作家。在看到这一点的同时,我们似乎也应该注意到他内心深处巨大的难以排解的矛盾。在米沃什的诗中,他以深刻的洞察力为我们描绘了20世纪,他挽歌式的写作使我们从中目睹了战争和专制制度带来的混乱以及人类的伤口,使我们意识到了时间的残酷性,也唤起了我们深深的思索乃至疑虑:

> 但对于我们最贵的终结在哪里?
> 同样毁灭和拯救我们的时间在哪里?
>
> (《在天堂会怎样》)

> 我知道我会用被征服的语言说话,
> 比起古老的风俗,家规,圣诞节的金箔,
> 还有每年一次的欢乐颂歌,它并不持久。

心灵的歌者：塞弗尔特

> 我相信寻求美的词句
> 好过
> 残杀和谋害
> ——塞弗尔特

当雅罗斯拉夫·塞弗尔特（Jaroslav Seifert, 1901—1986）在上个世纪 20 年代踏入诗坛时，现代主义运动正在席卷整个欧洲。出版了一部带有意识形态色彩的诗集《泪水中的城市》后，他很快就转向了先锋艺术，和一些朋友发起并成立了捷克重要的先锋性艺术团体旋覆花社。据说当时他的创作受到兰波和阿波利奈尔等人的影响，也一度关注过超现实主义和达达主义。尽管后来塞弗尔特因为政见不同被迫与旋覆花社决裂，一生也称得上命运多舛，但他始终没有放弃在艺术上的探求。透过他的诗歌和回忆录，我们可以看到他与捷克当时著名的先锋诗人和艺术家的密切交往和深厚友情，他们经常在咖啡厅和小酒馆里争论和交谈，探讨艺术和人生，也包括时局和政治。

然而这只是问题的一个方面。值得注意的是，在塞弗尔特的创作生涯中，尽管在不同时期有所侧重和变化，但他始终保持着自己独有的特色。他坚持诗歌的抒情性，并在捷克诗歌传统和先锋派文学之间达到了一种微妙的平衡。他的抒情诗看上去具有一种单纯质朴的美和歌唱的效果,但其实掺入了复杂的现代元素。从他的诗中,我们可以看到两个最为突出的外部特征,即地域性和抒情性。布拉格、少女和爱情成为他抒写的对象,并贯穿于他全部的诗歌创作,在长达六十多年的岁月中几乎没有改变。在纳粹占领时期,他也写过为数不少的揭露纳粹罪行的诗歌,而到了晚年,死亡和寂静的主题开始在他诗中出现,但在他的诗中,愤怒、痛苦和悲伤的情绪从来不曾掩盖他对美好事物始终如一的向往。这使得他有别于其他的现代主义诗人,并由此形成了鲜明的个人风格。

赞颂美应该说是浪漫主义诗歌的特征。济慈就曾说过,美即是真,真即是美。而从波德莱尔的《恶之花》开始,对生活之恶的抒写代替了浪漫派对美的赞颂。随着现代主义的兴起,诗人对时代的关注和焦虑进一步强化,虚无和颓废色彩也日渐浓重。而在表现方式上,诗歌中的经验、观念和智性因素也取代了以往的抒情。尽管塞弗尔特也大量吸收了现代诗的表现手法,但他诗中的抒情和情感因素却不曾因此而削弱,他一如既往地保持着对美好事物的向往与追求,努力从普通事物中发掘诗意。而经验和叙事成分的加入,也使得他的抒情诗有了更为坚实的基础。

在1921年出版的塞弗尔特的第一部诗集《泪水中的城市》中,明显地带有社会批判的锋芒,也可以说是当时的风气所及。他描写城市的苦难,并少有地把布拉格称为罪恶的城市:

> 工厂主、拳击手和百万富翁的城市,
> 发明家和工程师的城市,

心灵的歌者:塞弗尔特

> 将军、商人和爱国诗人的城市
> 它黑暗的罪行超出了上帝愤怒的极限:
> 上帝被激怒
>
> （《罪恶的城市》）

他同样表明了他的态度和立场:

> 只要我的一个兄弟
> 蒙受苦难,我就无法快乐
> 并苦苦地对抗着
> 所有不公,我会长期
> 坚持着,在令人窒息的烟雾中,靠在工厂的墙上
> 唱着我的歌
>
> （《开场诗》）

值得注意的是,尽管坚持一种与现实对抗的立场,塞弗尔特却并不满足于把着眼点放在愤怒和揭露上,在诗的结尾,仍然出现了优美和抒情的调子:

> 这时两位恋人走过公园,
> 呼吸着开花的山楂树的香气
>
> （《罪恶的城市》）

在关注社会现实的同时,他并不放弃指出生活中的美和柔情,希望以此来唤醒人们生活的信心和勇气。这样的调子在他后来的诗歌中逐渐演化成为主调,但并没有因此降低他作品的深刻性。在后来的诗中,他尽管写到了——也许更为深入——布拉格的苦难,

"流着眼泪,使我们的面包变咸。/我们死者的声音回响在我们耳中",但向读者展示的仍然是布拉格的美,虽然这种美因为战争和贫困而带有悲剧色彩,但并没有因此减少它的美丽和魅力:

> 当我行走在减弱的光线中
> 布拉格对我比罗马更美丽——
> 我担心从这个梦里我再不会
> 醒来,担心我再不会看见
> 那些星星,当白昼再一次来临

(《光中的长袍》)

而在另一首诗中,他这样写:

> 我是多么爱你,尽管只是用语言,
> 我最美丽的城市,当你的斗篷披起
> 广阔地展开你紫丁香的魅力

(《致布拉格》)

当"炮弹像战争的种子/被那阵风所播散",他也开始追怀以往的历史和传统,并和现实相对比:

> 穿过常青的圆顶黄杨树
> 荒唐的国王踮起脚尖
> 进入他蒸馏器的魔法花园
> 在玫瑰色傍晚平静的天空
> 回响着玻璃叶子的叮当声
> 当它被炼金术的手指触到

心灵的歌者:塞弗尔特

> 就像是被风吹动
>
> (《布拉格》)

诗中谈到的"荒唐的国王"是哈布斯堡王朝的鲁道夫二世(1552—1612),他热衷于幻想,对炼金术和文学艺术的兴趣要远远大于对权力的喜爱。在他的统治下,布拉格城堡成为天文学、炼金术、艺术和神秘主义的中心。在塞弗尔特看来,这些真正代表了布拉格的精神和文化。从他的大部分诗中,我们可以看到布拉格像画卷一样在我们的面前徐徐展开,布拉格的街道和郊外,大教堂,城堡,花园,查理大桥,佩廷山,以及他出生的日什科夫……在我的阅读经验中,还很少有诗人像塞弗尔特那样对自己的城市充满了这样深沉而炽热的情感,并写下如此众多的诗篇。事实上,布拉格在他的笔下,已不仅仅是一座城市,而是整个捷克。或者说,它更像是一个象征,一种民族精神和情感的寄托,"布拉格!/谁只要看上她一眼/就会听到她的名字/总是在他心中回响。/她自身是一首编进时间的歌曲/而我们爱着她"。布拉格真正代表了他的精神家园,代表了美、自由和独立的精神,不仅是他心灵的栖息地,还寄寓着他的理想和信念:

> 要是离开那些可爱的墙
> 永远! 曾经有些时刻
> 我相信生活不可能
> 缺少它们的影子,它们远远超出了
> 我们短暂的生命。
>
> (《我将会是多么痛苦》)

在塞弗尔特笔下,屡屡出现的还有少女的形象和对爱情的由衷赞美,在他的眼中,少女的形象也许就是美和爱情的具象化:

> 那时夏天再一次来临
> 少女们全都光彩夺目
> 施展着她们无尽的魅力
> 戴着中国绉纱的头巾
>
> (《当在这些历史书中》)

他进而指出:

> 向少女示爱,是快乐,
> 相信那种生活是甜蜜的

他把恋人比喻为"夜晚的朝圣者",他们

> 从黑暗中走进黑暗
> 来到空荡荡的长椅前
> 惊醒那些鸟儿
>
> (《夜晚的朝圣者》)

塞弗尔特相信爱情的力量,在他看来,爱情不仅使生活变得美好,而且会转化为人类战胜一切不幸的勇气:

> 地狱我们都知道,它无处不在
> 并用两条腿走路。
> 但天堂呢?
> 它很可能是那样的天堂,只是
> 一个我们

长久期待的微笑,
而嘴唇
悄悄说出我们的名字。
然后是短暂晕眩的瞬间
那时我们被允许忘记
那所地狱的存在。

(《只有一次》)

塞弗尔特对所有美好的事物都充满深挚的情感。他有一种在平凡事物和普通生活细节中发现美的特殊天赋。他深情地缅怀童年的生活:

可当我们还是孩子时
大人用胳膊搂着我们的脖子
在那些敞开的门后是多么愉快。
尿布在那里晒干
绵羊在大门口,
公羊,母羊,还有羊羔
相互间欢叫着
伸着它们的脖子。

水,变得平静,以便
把自己伪装成明亮的雪
停留在屋顶上。
假如墙上有一个空空的鸟笼

那么也会发出歌声。

(《天文台的圆顶》)

大人和孩子亲密无间,晒着的尿布暗示着婴儿的降生,一切都极为普通,同时又是那么和谐,羊的形象的出现多少带有一点田园牧歌的味道。他写下这些,既是对往事的追怀,也是用以反衬今天的现实。这些普通而美好的事物在今天已不复存在,代之而来的是驶入太空深处的航空器,"在那之上是贫瘠的空虚/使你发疯的寂静,/令人绝望的密集的黑暗"。诗人不露声色地对现代科技作了谴责。他感叹古老传统的消失,但哀而不伤,留下袅袅的回音和淡淡的怅惘。

塞弗尔特坚持抒情传统,坚持歌唱美好的事物,但如果据此把他视为一位传统的抒情诗人,恐怕就是一种误解了。在歌唱美好事物的背后不仅是对生命强烈的爱,而且有着对20世纪历史及种种罪行的深刻反思。他并非对苦难视而不见,在他很多诗作中都涉及战争和战争所带来的死亡和痛苦,只是他坚定地认为要用美来抵御和战胜丑恶。他始终坚守一位诗人的视角和职责。在一首诗中,他对这个问题作出了回答:

我写了很多十四行诗和歌曲!
有一场整个世界的战争
整个世界
都是苦难。
可我对饰着宝石的耳朵低声念出
爱情的诗篇。

心灵的歌者：塞弗尔特

> 这让我感到羞愧。
> 但不，不是真的。
> 我把一个十四行诗的花冠放在
> 你入睡时弯起的膝上。
> 它比竞赛获胜者的月桂树花冠
> 更为美丽。
>
> （《避瘟柱》）

这种态度弥足珍贵。如果我们结合塞弗尔特自身的经历来看待这些诗句，就会对这位即使在暴政之下也从不屈服，仍然坚持自己主张的诗人产生一种由衷的敬意了。他明确表示过这样的观点："逃避现实，于诗人无益。"在他看来，诗歌中的美与情感是对抗罪恶和暴行的一个途径。在他的回忆录中，他曾说过："我对鸟儿的歌声远比军歌要更加喜爱。"塞弗尔特清楚，生活远非那么美好，但诗人的使命就是发现并向读者提供那些美好的事物。当然，他的这种做法在他活着的时候就受到朋友的批评和评论家的指责，他平静地回答说："有位评论家在写到《披着光明》这本书时，责备我在诗中只是描写了布拉格的历史美，而对曾经住着布拉格贫民、工厂林立的无产阶级郊区却不予顾盼。这种责备无论在过去和现在都不符合事实，我必须为自己辩护。我出生在日什科夫，这个美丽如画的郊区过去和现在都带着它的全部欢乐和忧愁活在我的心中。即使有人将我的眼睛蒙住，我都能准确无误地说出它们的地界，我对它的街道的气氛非常熟悉，我的脚能探出它的人行道以及在没有修建房屋的空地与公园里的每一条路。"现实是多层面的，对现实的反抗也可以表现为各种不同的方式。塞弗尔特面对现实并不缺少勇气,他一直坚持自己的创作主张同样说明了这一点。纳粹占领时期,他几乎死在德军的枪口下。战后他因为批评当局僵化的文艺政策而受到公开批判。在苏联对捷克进行军事占领后,他从病床上爬起,叫了一辆出租车来到作协大楼,成立了独立作家协会并当选主席。后来独立作协被解散,他也失去发表作品的权利,但在病中仍然坚持写作,并在地下刊物上发表作品。纵观他的大部分创作,我们会发现他的思想是十分复杂的,绝非一个简单的抒情诗人。恰好是复杂的思想和他近似单纯的抒情形成了一种巨大的张力。仅就诗艺而言,一些诗人也许可以做到像塞弗尔特那样轻松、优美、富于音乐性,但在这些之上再加上凝重和深刻就不那么容易了。而塞弗尔特确实做到了这一点。他的诗不乏各种现代元素,深深打下了现代诗风的烙印,只是他把这些巧妙地统一在抒情方式中了。评论者们更多的是称赞他诗歌中的歌唱性,他大量运用各种韵律,这些也许很重要,但在我看来,更为重要的是他能够真正用诗行抒写他的内心真实,他的理想和他的爱,并将其升华到一个更高境界。读他的诗,我们会感受到他敏锐的感受力和奇妙的想象力,他不仅有一种化平凡为神奇的能力,能够在极为普通的事物中发现诗意,也在诗中加入了叙事的因素,有些诗歌勾勒出了他的生活片段,这些诗同样可以作为回忆录来读。1984年,塞弗尔特"由于他的诗充满了新鲜感、敏锐的感觉和丰富的创作力,为人类不屈的意志与无尽的智慧描绘了一幅自由奔放的图画",而获得诺贝尔文学奖。对中国读者来说,塞弗尔的诗同样充满了魅力,他用一种平静的语调和纯净的抒情风格为我们展示了诗歌的另一种可能。

塞弗尔特的"夜莺之歌"

1977年,捷克诗人塞弗尔特在长期沉寂之后推出了诗集《避瘟柱》。此时诗人已届老年,但创作力依然旺盛,诗中的情感更为深挚,技艺也更加精湛。除了保持早年诗中对布拉格、女人和爱情的抒写外,他的诗增添了一个新的主题:寂静。在一首诗中,他这样说:

> 直到晚年我才学到
> 喜爱上寂静。
> 有时它比音乐更令人激动
>
> (《坎奈尔花园》)

这种寂静并不代表声音的消失,恰恰相反,它源自某些声音,或者毋宁说,它是通过某些声音体现出来的:

> 夜幕降临时在树丛中我甚至
> 经常能够听到鸟儿的心跳。
> 有一次在教堂的墓地
> 在一座墓穴深处,我听见了
> 棺材裂开的声音
>
> (《坎奈尔花园》)

鸟儿的心跳和棺木开裂的声音,是平时我们难以觉察的,但借助于寂静,被诗人敏锐地捕捉到了。而反过来,寂静也通过这些极为细微的声音得以显现。这些近乎超验的声音不光要用耳朵,更重要的是要用心灵去感知,并借助寂静,最终"会听到那些/时间设法抹去的名字",和记忆一道,会与时间和遗忘抗争,并且使一些美好的事物保存下来。

声音和寂静在这里构成了一组对立项,并被赋予了某种象征意味。诗人巧妙地用声音衬托出寂静,并将其转化为形象,引发出记忆。而记忆在这里与死亡联系在一起,并形成对立。在集子里一首题为《夜莺的歌》的诗中,这一特点被发挥到了极致。诗中写到了一只夜莺,确切说是用磁带录下的一只夜莺的歌声。我们知道,玫瑰和夜莺是浪漫派诗歌中最为常见的形象,济慈就写过著名的《夜莺颂》。但由于后来用得太滥,以致被 20 世纪的诗人们所诟病。塞弗尔特的独特性在于,他参与了先锋派运动,从中吸取了现代的创作手法,但却不曾从根本上与传统决裂,而是审慎地继承浪漫派诗歌的抒情性,摒弃其中的浮华和矫饰,并掺杂以现代的技艺。他也不像波德莱尔以降的现代诗人们那样热衷于发现生活中的丑陋和恶,而是一如既往地讴歌生活中美好的事物。和浪漫派诗人不同,这只夜莺不是那种泛泛的近乎抽象的代表美的符号,而是一只具体、真实的鸟儿,或者说一只具体、真实的鸟儿发出的声音。在塞弗尔特看来,真正有价值的还不是歌声本身,而是他所崇敬的作家扬·聂鲁达亲耳听到过的一只夜莺的歌唱。这使我们想到了另一位 20 世纪作家茨威格,他同样有收藏癖,收集了大量珍贵的名人的手稿和物品。他没能来得及见到歌德,但认识了一位童年时见过歌德的老太太,她是歌德保健医生的女儿,并曾当着歌德的面受洗。茨威格不由得发出惊叹,"到了1910年,世间还有一位受到歌德神圣目光注视过的人"(茨威格《昨日的世界》)。现在,这录下的聂鲁达听过的夜莺的声音在塞弗尔特看来弥足珍贵,夜莺所代表的自然和聂鲁达所代表的文化和历史被紧密地联系在一起了。同样珍贵的还有录下的他的诗人朋友约瑟夫·霍拉(1891—1935)葬礼上的号角,以及他母亲下葬时泥土在棺材上发出的声音。接下来诗人又提到了一些歌手的磁带,他们代表了那个时代不同时期的文化,而这些,又在最大限度上与时代和生活相关联,也会唤起人们的某些记忆。在这首诗中,词语召唤来声音,而声音又唤起了场景。在诗的结尾,诗人写道:

> 是的,你也许是对的:
> 性爱之后的寂静
> 就像是死亡

(《夜莺的歌》)

死亡和性爱本来是两个不同的概念。性爱是生命的狂欢,但在这种狂欢之后,同样具有和死亡一样的寂静。生命和死亡在这里找到了共同的特质。

雅罗斯拉夫·塞弗尔特(1901—1986)出生在布拉格近郊日什科夫的一个工人家庭,母亲是一位娴静、温和的天主教徒,父亲则是社会民主党人,在回忆录中,他说小的时候喜欢跟着父亲去参加政治活动和群众大会,也同样喜欢跟着妈妈上教堂,唱很长的圣母颂①。他早期的创作受到十月革命的影响，出版了《泪水中的城市》等诗集，但很快转向了先锋诗歌。当时的达达主义和超现实主义都对他产生过影响。不同于其他现代诗人，他坚持抒写生活中美好的事物，保持一种歌唱的调子，但这并不妨碍他在三四十年代写下一些揭露纳粹暴行的诗作。战争结束后，他经常批评当局僵化刻板的文艺政策，并因此受到批判。1968年8月，苏联的坦克出现在布拉格街头，身患重病的塞弗尔特拄着拐杖，登上一辆出租车，来到作家协会大楼。他被选为独立作家协会主席，但一年之后，作协解散，他也被免职。当时的作家或是出国，踏上流亡之路，如米兰·昆德拉，或是在悔过书上签字，如霍拉巴尔，但塞弗尔特选择了第三种道路，在家中写作，他的作品不能公开出版，只能在地下刊物中发表②。1984年，他获得了诺贝尔文学奖，获奖理由是："由于他的诗充满了新鲜感、敏锐的感觉和丰富的创作力，为人类不屈的意志与无尽的智慧描绘了一幅自由奔放的图画。"两年后，诗人离开了人世。在他活着时，他被称作捷克的最后一位先锋诗人。

《避瘟柱》可以视为塞弗尔特对诗坛的一次回归，而这回归的道路却显得异常艰难。诗集最初只能以打字稿的形式在地下流传，直到1981年才得以公开出版，而写于两年之后的《皮卡迪利的伞》却先于这部诗集出版。这两部诗集，加上1983年出版的《身

---

① 塞弗尔特：《世界美如斯》，杨乐云、杨学新、陈韫宁译，北京：中国青年出版社2006年版。
② Editor's Introduction：The Poetry of Jaroslav Seifert, Translated by Ewald Osers, Edited and with prose translations by George Gibian, Catbird Press, 1998.

为诗人》，构成了塞弗尔特后期的创作。

尽管塞弗尔特的创作生涯长达60年，但总的说来，他的风格变化并不很大。他稳定而持续地发展着他诗中的主题，仿佛一条缓缓流动的河流，搅起时间和记忆的泥沙，只是在我们熟知的事物间偶尔会带来一些新景色。纵观塞弗尔特后期的诗歌，他写作的题材拓宽了。除了继续抒写生活中的美与爱情外，追怀往事以及对老年和死亡的沉思明显增多。这不仅是因为他的生命到了暮年，也不仅仅是因为他经历了包括两次大战在内的残酷历史，更是由于时间的变化使他的思想和诗艺变得更加沉邃和精湛了。他的调子更加富于沉思，更加沉郁，也或多或少带有一点虚无的色彩：

> 当一个人老去
> 就连洁白的雪也使他厌倦
>
> 而当我在夜晚注视着天空
> 我不曾寻找着天堂。
> 我更加害怕那个黑洞
> 在宇宙边缘的某个地方；
> 它们比起钟声自身
> 还要更加可怕

（《在一个空房间里》）

尽管经历了20世纪许多巨大的动荡和重大历史事件，但正如塞弗尔特英文诗选的编者乔治·吉比亚所说的，塞弗尔特一生都陶醉在物质世界的美中。他谦和并毫不张扬地用生命中的爱和快乐来感染读者①。他是一位感性的诗人,而非超然的、焦虑的、恐惧或战栗的诗人。他并不是博学或理性的诗人,但却是一位具体、可感的诗人。没有理论化和抽象,但生命的感觉和情感价值引发了他对人的关注和赞美。他诗歌的主调是抒情,用全部生命赞美爱情、女人、布拉格和诗歌:

> 一朵芳香的花
> 和一个女人发光的裸体
> 在这悲惨的大地上
> 是比任何东西更为可爱的
> 两种事物。

(《手腕上的花环》)

以及:

> 当我行走在减弱的光线中
> 布拉格对我比罗马更美丽
>
> 关于爱情,也许,或也许关于女人
> 人们会说得更多,
> 但我们谈起诗歌,
> 谈起诗的美丽,
> 语言的神秘,

---

① *Editor's Introduction*: *The Poetry of Jaroslav Seifert*, Translated by Ewald Osers, Edited and with prose translations by George Gibian, Catbird Press, 1998.

塞弗尔特的"夜莺之歌"

同样没有止境

(《月亮的铁器》)

诗歌的美与谎言和矫饰无关。塞弗尔特十分清楚这一点。他执著地在生活中发掘美,并用朴素的语言来表现。吉比亚认为塞弗尔特具有阳光般的诗歌品质,就像莫扎特一样。但他只说对了一半。的确,塞弗尔特的调子在整体上是抒情的,也确在一定程度上显得轻松明快,但他的诗中,尤其是晚年的诗中,并不缺少阴郁和悲哀,更不缺少对罪恶的谴责和对历史的思考,尽管这些并没有构成他诗歌的主调。把他说成是阳光的诗人未免有些以偏概全,塞弗尔特十分清楚,生活远非那么美好,有丑恶和罪行存在,但他向读者提供那些美好的事物,并试图以此来对抗罪恶和暴行。在回忆录中他这样说过:"我对鸟儿的歌声远比军歌要更加喜爱。"也许还要加上一句,在他看来,至少在他看来,鸟儿的歌声的作用并不比军歌逊色。歌颂美和谴责恶是一枚硬币的两面,都很必要,而且在塞弗尔特诗中都有体现,只是可能他更加侧重前者。事实上,塞弗尔特并不缺少面对现实的勇气,这从他的生平和创作中都可以看出。而他能坚持自己的创作主张也同样说明了这一点。他歌唱生活和美,但也从来不曾回避和掩饰时代所面临的问题。米沃什在谈到美国诗人弗罗斯特指出:"他不曾弱化人类生活残酷的真相。"[1]这句话同样可以用在塞弗尔特的身上,他写战争的残酷,写纳粹对犹太人的迫害,这些在他的诗中并不是偶尔发生的孤立的

---

[1] 切斯瓦夫·米沃什:《米沃什词典》,西川、北塔译,北京:生活·读书·新知三联书店2004年版。

事件,这使得他的诗歌具有一种沉郁的调子。现在他写到了老年的寂静——死亡。寂静不仅是他抒写的内容,也成为他写作的风格。他的声音变得更加富于沉思,更加沉郁,也或多或少带有一点悲观和虚无的色彩。在《一把来自皮卡迪利的伞》中他说:"一把脆弱的伞怎能/对抗着宇宙?"甚至——

> 我全部一生都在渴望着
> 自由。
> 最终我发现了通向它的
> 那扇门。
> 那是死亡。

> 哎,我道路的尽头
> 很快接近了。
> 总是逃避人们脚步的地平线
> 停了下来等我。
> 时间到来只是为了一声叹息:再见……

然而,尽管心存疑虑,他却不愿放弃现世生活,并肯定生活中的爱情与美:

> 我全部一生都在寻找着天堂
> 它曾经在这里,
> 我找到过它的踪迹
> 只是女人的嘴唇上
> 在她们肉体的曲线中

> 当它因爱情而热烈
>
> (《一把来自皮卡迪利的伞》)

真挚和诚恳是塞弗尔特诗歌中突出的品质,在他晚年的创作中尤其显得突出。老年的塞弗尔特,像是处在一个旁观者的位置,思考人生,追怀往事。他坚持诗歌的抒情性,却去掉了浪漫派的矫饰和华丽,这使得他的诗在抒情之外获得了一种冷静和客观的调子。抒情在浪漫派诗人那里达到了极致,他们执著于个性化,张扬自我,流弊所至,导致了诗歌的夸饰和浮华。庞德和艾略特针对这种自我执迷和放纵,提出了客观化的主张。艾略特提出,诗歌不是情感的放纵,而是情感的逃避。他试图用"客观对应物"来代替直接抒情,导致了诗歌创作中智性化的出现。问题是,完全排除诗中的情感与诗的主旨相违背,也做不到。事实上,在一些现代诗人那里,并没有放弃表现自我和抒发情感,只是他们一方面矫浪漫派之偏,另一方面也对艾略特的诗风进行了反拨。叶芝是这样,塞弗尔特也是这样。他坚持诗歌的抒情性,但在诗中加上了叙事的因素,用朴素平白的语言来进行白描,并用生活细节来降低抒情的浓度。戴维·洛奇曾经指出拉金是一位换喻诗人,塞弗尔特也与拉金多少有些相似。如果我们回顾文学发展的历史,就会发现,一种方法的出现,与社会生活和时代审美风尚紧密相关,也和代表诗人个人的艺术追求与审美趣味相一致。开一代风气的诗人,总是在对时代的感召和体认下实现自己的艺术主张。这主张既顺应了时间的需求与审美风尚,也体现了自己的个性与趣味。艺术只有效果,只有为达到某种效果的策略,而没有铁定不变的原则。我们看到,塞弗尔特的夜莺不同于浪漫派的夜莺,同样美丽,但也许更加真实可感,带有 20 世纪的特征。塞弗尔特的诗歌在传统的抒情和现代技巧间,在赞美和谴责间,在阳光和阴影间寻找到了一种平衡,并把这些精心打造成独具风格的诗篇。在今天看来,他的创作更有启示性。

布罗茨基的贡献

布罗茨基最初被介绍到中国是在1987年底,那一年他获得了诺贝尔文学奖,《外国文艺》刊载了他几首诗的中译。我相信,在这之前,几乎没有中国读者知道他的名字或读到过他的作品,但这个完全陌生的名字却吸引了不少诗人和读者。几年后,一部布罗茨基诗文集的中译本得以出版,书名是《从彼得堡到斯德哥尔摩》。这是一个比较全面然而又不太完美的译本。彼得堡是诗人出生和成长的城市,也是他诗歌创作和一系列幸运与不幸的起点,而作为诺贝尔奖的颁发地,斯德哥尔摩或许可以标明他事业上的成功——诺贝尔奖的殊荣无论对于布罗茨基还是对于他的读者来说都很重要,如果没有获奖,恐怕我们在相当长的时期内都无从认识这位诗人,更不要说能够读到他的作品——但这也无非是他人生和写作的一个中转站而已,哪怕是一个重要的中转站。无论如何,斯德哥尔摩并不是他旅程的终点,也难以代表他后来与之结缘的所有城市。像尤利西斯一样,布罗茨基一生有将近一半的时间在漂泊中度过,不同的是,尤利西斯是通过漂泊返回故乡,而布罗茨基却是在一步步远离家园,而且无论生前和死后,都不曾再踏入家乡半步。

这也许是为诗歌付出的代价,在他的额头既有桂冠也有荆棘。

布罗茨基与米沃什都是流亡诗人,也都在流亡之后写出了非常优秀的诗歌,并获得了诺贝尔文学奖,使名望和作品远播开来,但布罗茨基从来就不是一位政治诗人,尽管他的诗中不乏对20世纪社会历史的深入思考,并把这些成功转化为艺术。他同样是一位出色的散文家,他用英文写作的散文集《小于一》充分显示出他思想的深邃和语言的天赋。布罗茨基出生在苏联的列宁格勒,这是一座美丽的城市,原来叫圣彼得堡,十月革命后改为列宁格勒,苏联解体后又改回了原来的名字。他是犹太人,在读中学时就因为受到歧视而退学,这多少显示出他喜爱自由、反抗暴政的天性。15岁时他开始工作,过早地进入了社会,当过火车司炉工、钣金工、医院陈尸房工人、地质勘探队的杂务工,但写诗却是他唯一的喜好。

1961年,在一位写诗朋友的带领下,布罗茨基认识了诗人阿赫玛托娃,阿赫玛托娃当时境遇很糟,作品无法发表,前夫被斯大林枪毙,丈夫和儿子也被关进了集中营。他们的年纪相差50岁,而后来布罗茨基被认为是阿赫玛托娃最好的继承者。

由于在地下刊物发表作品,布罗茨基在1964年遭到逮捕并受到审判,罪名是不劳而获的社会寄生虫,在经过一场闹剧式的审判后,他被判五年流放。据说当时在法庭上就有很多作家和群众对此提出了异议。由于阿赫玛托娃等人的活动,他只在流放地呆了20个月,但这段经历给他的生命打下了很深的烙印,他的创作也就此引起了西方世界的关注。

1972年,就在美国总统尼克松访苏前夕,他作为"不受欢迎的人士"被驱逐出自己的祖国。当时苏联当局准备把他送往以色列,但他选择了西方。他到了奥地利,诗人奥登给了他无私的帮助,把他介绍给西方的新闻界和文学界,并带他出席了在伦敦召开的国际诗歌节,最后安排他去了美国。他成为密歇根大学的驻校诗人,后来又在密歇根大学和纽约大学讲授诗歌。1977年,他加入美国国籍,任美国艺术与科学学院和全国艺术与文学学会会员,巴伐利亚科学院通讯院士。在获得诺贝尔文学奖(1987)后,他还担任过国会图书馆的桂冠诗人。由于长期遭受磨难,布罗茨基患有严重的心脏病,做过几次搭桥手术,加上烟又抽得很凶,1996年1月28日,他死在纽约的寓所。据说他是在睡梦中死去的,根据他的遗愿,他的遗体被安葬在他最喜爱的城市——美丽的威尼斯。

布罗茨基的思想和写作风格都很复杂,并不容易说得清楚,但有两点始终体现在他的创作中:一是坚持用诗来表达个人独特的感受,并以此对抗人性的泯灭,并且在诗中重构时间;二是他坚信诗歌审美的力量,他甚至提到,美学高于伦理。他认为人首先是一种美学的生物,然后才是伦理的生物,用他的话讲,"美学的选择总是高度个性化的,美学的感受也总是独特的感受"。诗歌是一种情感教育方式,诗人用间接的方式改变社会。他反对把诗歌等同于政治,沦为政治观念的传声筒,他说诗歌(poetry)与政治(politics)的相同之处也只是在于 P 和 O 这两个字母上。

布罗茨基诗歌的题材相当广泛,涉及个人的生活经历和 20 世纪一些重大的历史事件,也借用了一些来自古希腊和古罗马的神话传说,甚至在一首诗中,还虚拟了一封中国的明朝的来信。但这些并不是用来表达他的政治见解,而是传达个人情感和经验。他认为诗歌是保持个性的最好方式,而保持个性则能够对抗人性的消失。在《诺贝尔奖受奖演说》中他这样说:"如果艺术能教授些什么(首先是教给艺术家),那便是人之存在的个性。作为一种最古老的——也是最简单的——个人投机方式,它会自主或不自主地在人身上激起他的独特性、单一性、独处性等感受,使他由一个社会化的动物转变为一个个体。""一个人,一个个体在玄学的形而上学的层面上发生了什么事情,才是让我感兴趣的东西。"这种高度的个性化和独特的感受意味着更为持久和恒定的人性,是对时间和体制化的对抗。如果我们对浪漫主义文学有一个最基本的了解,就不会对布罗茨基的这一观点感到陌生。在这一点上,他更接近浪漫派的主张而非现代派诸如艾略特的非个人化的观点。伯林在谈到浪漫主义起源时就曾谈到,启蒙主义试图把人类经验导入某些理性秩序之中,毫不理会活力和激情、创造的欲望等。他引证了德国哲学家哈曼的观点:"启蒙主义的整套理念正在扼杀人们的活力,以一种苍白的东西替代了人们创作的热情,替代了整个丰富的感观世界。"过分强调规范和大一统将会导致个性的消失,最终会使人成为"社会化动物"。正如当年浪漫主义者用情感来对抗理性的规范,布罗茨基试图用个性来抑制世界范围内的一体化。说到保持个性,的确如他所说,除了艺术,没有别的更好的方式了。

然而布罗茨基并没有成为浪漫派诗人。尽管强调个性化,但他很少直接描述个人经历和苦难,而是把个人的生活经历放在一个大的背景下,使之沉淀、净化,更具有普遍性,就像把葡萄酿成美酒。他的诗既是概括的,又是具体的,不乏细节;既富有思辨色彩,又不乏抒情因素和奇思妙喻。他的很多诗都写得节制、清晰而忧伤,内在激情和表面上冷静的言辞达成了一种张力。尤其应该指出的,思辨和抒情在布罗茨基的诗歌中融合得异常完美,以至于水乳交融,无法区分。因此我们既不能说他是一位理性的诗人,就像奥登,也不能说他是一位纯粹的抒情诗人,就像他的前辈普希金等人。他的诗人朋友,也是他的传记作者洛谢夫曾说他代表了"丰富、复杂的智性—情绪世界",这一表述无疑是准确的。也有人指出,布罗茨基同时继承了两位前辈的遗产,阿赫玛托娃和奥登的。这个说法并不十分恰当,至少并不完整,他喜爱的俄国诗人还有茨维塔耶娃和曼德尔施塔姆,美国诗人中还有弗罗斯特和艾略特等人,且不说他也从古罗马诗歌中汲取了养分。这个说法毋宁说带有象征含义,就是说,他同时继承了俄罗斯诗歌中的抒情传统和欧美现代诗歌中的现代技法。他的魅力正在于此。

在布罗茨基早期的创作中,我们仍然能够看到其中一些模仿的痕迹,尽管个人的特点也很突出,充分表现出他对事物具有的敏锐的感受力和新鲜的表现力。他的一首受到很多人喜爱的描写一匹黑马的诗作代表了他诗艺的趋于成熟。在这首带点寓言意味的诗中,他写到了一匹黑马出现在深夜的篝火旁,"它的身躯漆黑如虚空,/比黑夜还黑"。这匹黑马既可以是现实中的事物,也可以看成是一种象征。但诗人没有刻意去强调其象征含义。它是黑暗的具象化,还是戴着面具的死亡?但我个人并不很喜欢这首诗。它并不能代表布罗茨基的一贯风格,而且全诗在一连串描摹黑马的"黑"上花费了太多的力气和篇幅,而结论只是"它想在我们中间寻找骑手?"这未免显得有些简单。我更喜欢他的《献给约翰·邓恩的大哀歌》和《六年以后》。这两首诗充分显露出他过人的才华和独特的诗艺。前者堆砌了大量的名词,实践了他写诗"多用名词少用形容词"的主张。这些名词在诗中作为事物的命名,构成了一个完整的宇宙,现在这些随着邓恩的死亡而沉寂。据说在写这首诗时,布罗茨基并没有读到邓恩的诗,但这并不影响他写出这首绝佳的诗作。后者大约是写给他当初的恋人马丽娜·巴斯马诺娃(M.B)的,每个诗节在重复之中寓以变化,奇妙的比喻和哀伤的情绪在诗中得到了很好的交融。说到底,这也是一首哀歌。哀歌是古希腊和古罗马一种盛行的诗体,用来抒写爱情的欢乐和悲哀。布罗茨基的风格很适合这类诗体。事实上,他最好的诗作都具有哀歌的风格:忧伤,哀婉,富于音乐性。这一特点即使在译文中也能很好地得到保留:

> 过去二十年对几乎每个人都难能可贵,
> 除了死者。但也许对他们也是如此。
> 也许全能的上帝已变得有点儿布尔乔亚,
> 还使用一张信用卡。因为要不是这样时间的消逝
> 就毫无意义了。因此有回忆,追思,
> 价值,风度。我们希望自己不至于
> 把母亲或父亲或双亲或三两位知己都完全花光
> 当他们不再纠缠我们的梦。我们的梦
> 与这城市不一样,它们随着我们日渐年老
> 而愈加稀疏。这就是为什么永恒的安息
> 取消了分析
> ……

在其中我们读到了哀伤,但诗人并没有过分渲染这份哀伤,而是用

一种讥诮的口吻说出。同时这哀伤并没有因此而减弱,反而显得更加沉痛。

他的诗具有古典主义的节制和均衡,并大量运用现代技法。在布罗茨基后期的诗作中,智性成分似乎加重了,技艺也更加圆熟,但贯穿于他全部创作中的最为显著的特点也许要数机智和妙喻了。说到机智这一点,他似乎并不比他所崇仰的文学前辈——邓恩、奥登等人——逊色:

> 我曾经以为,森林——只是劈柴的一部分。
> 既然有了姑娘的膝盖,何必还要她的全身?
> 厌倦了世纪风暴掀起的灰尘,
> 俄罗斯的眼睛将在爱沙尼亚的尖顶小憩。
> 我坐在窗前。我洗刷好碗碟。
> 我曾有过幸福,但幸福不再。

机智,哲思,日常生活的细节,也许还要加上某种自嘲。机智和哲思是奥登的诗中的鲜明特色,但自嘲似乎并不常见。而在布罗茨基笔下,我们经常可以看到这种手法,在自嘲后面则是深藏于其中的沉痛:

> 我是二流时代的公民,我骄傲地
> 承认,我最好的思想全是二流的,
> 我把它们呈献给未来的岁月,
> 作为与窒息进行斗争的经验。
> 我坐在黑暗中。这室内的黑暗
> 并不比室外的黑暗更糟

长于机智的诗人在西方不乏其人,除了17世纪的玄学派诗人,还有蒲柏和德莱顿,当然也包括后来的奥登,但西方的机智往往长于理,回味不足。布罗茨基的机智与他们稍有不同,更加感性,也更俏皮,同时包含着强烈的个人情绪。在我看来,他也多少吸收了古罗马诗歌这方面的特点。他善于在平常小事中发掘诗意,然后又巧妙机智地加以表现。布罗茨基的技艺有时显得过于炫人眼目,但他并非缺少朴素和表现深挚情感的才能。在这方面他做得同样出色。在诗集《言辞的片断》中,有一首诗非常动人:

> 在林莽丛生的省份,在沼泽地的中央,
> 有座被你遗忘了的荒寂的村庄,
> 那儿的菜园终年荒芜,从来用不着稻草人,
> 连道路也只有沟壑和泥泞的小径。
> 村妇娜斯佳如今想已死去,
> 彼斯杰列夫恐怕也已不在人世,
> 假如他还活着,准是醉倒在地窖内,
> 或者正在拆下我俩那张床的靠背,
> 用来修补篱笆门或者大门。
> 那儿冬天靠劈柴御寒,吃的只有芜青,
> 浓烟冲上冰冷的天空,熏得寒星禁不住眨巴眼睛,
> 没有新娘坐在窗前,穿着印花布的衣裙,
> 只有尘埃的节日,再就是冷落的空房,
> 那儿当初曾是我们相爱的地方。

诗里提到的村庄是诺连斯卡亚,布罗茨基当初就被流放到这里。

诗人只用几个细节就把这个小村庄的贫穷和人们的潦倒描绘得异常生动。这里远离文明,甚至连生存都无法保证,但即使在那样的环境中仍会有爱情,或对爱情的向往。诗的结尾提到的相爱让我们感到了一丝温暖,无疑使全诗得到了升华。爱——如同诗歌——成为战胜苦难的方式。这首诗难得写得质朴、深挚而又哀伤。这里面有对逝去爱情的哀挽,也有对往事的追怀。随着诗人回忆的展开,人生的苦难弥散开来,使整首诗的意义向外延展。

布罗茨基很注重修辞和锤炼诗句,他的语句有时高度浓缩。我很喜欢他这样的句子:

> 欧洲的城市在火车站中交叠

这其实是说他乘坐火车经过很多欧洲的城市,但这种表达方式无疑增添了诗意。他也长于使用隐喻,如:

> 当"未来"被说出时,成群的老鼠
> 冲出俄罗斯的语言,啃吃一片
> 成熟的记忆,它比真正的奶酪
> 布满多一倍的孔洞

> 我只是厌倦夏季。
> 你伸手去拿抽屉里的衬衣时日子已经荒芜。
> 但愿冬天来了用雪窒息着
> 所有这些街道

布罗茨基坚信诗歌的力量,艾略特称马维尔的诗具有一种"文明的品质",这句话同样可以用在布罗茨基身上。他是一位富有独创性的诗人,但在我看来,他的独创性更多来自他对复杂的对立因素的综合。在他的诗中,综合了俄罗斯的诗歌传统和现代主义的诗风,综合了古典精神和现代的技法,也综合了智性因素和抒情性。他的成就不在于在更大范围内吸取了诸多有益的因素,而在于他能把这些有机地统合起来,使之成为他本人的独有的特征。

斯特内斯库的明澈抒情或突围

对于习惯于阅读英美当代诗歌的读者或批评者来说,初读斯特内斯库的作品,会获得一种全然不同的体验,同时也不免产生某种疑惑:作为罗马尼亚当代最具代表性的诗人,斯特内斯库诗中独特的品格是什么?在他那简洁而又澄澈得近乎透明的诗句后面,又蕴含着怎样的力量,以致使他获得了世界性的声誉?他又是怎样在诗中体察人类的命运和捕捉我们这个时代的本质特征的?

以上这些是一位优秀诗人必须具备的品质,也是我在阅读斯特内斯库诗歌时所刻意追寻的。早在80年代,我就接触到了斯特内斯库的部分诗作,但它们没有引起我足够的注意。这也许是因为,当时我,也包括很多诗歌爱好者在内,把自己的兴趣点放在了实验性较强的英美当代诗歌上。同战后颇为沉寂的东欧诗坛相比,英美诗歌显得更加自由而开放。如果用"现代性"和"复杂多变"作为两个关键词来概括英美诗歌,我想一定会得到大多数人的同意。同样,日常性的生活细节也被大量运用在诗里,用以增强诗的质感,以弥补因抒情而带来的浮泛。如果采用这样的标准和眼光来看待斯特内斯库的诗歌(也包括大部分东欧诗人的作品),那么这些诗歌就会显得创新不足,似乎走得还不够远。借用布罗茨基的诗句,就是有了姑娘的膝盖,谁还会去要大腿?

但经过一场急风暴雨的喧嚣后,诗人们开始从注重诗歌的实验性而回归到关注诗歌的本质上来,东欧诗歌正好进入了人们的视野。这不仅因为,东欧诗歌有着和我们近乎相同的社会背景,更为深层的原因是,我们都同样面临着在继承自身遗产和接受西方影响之间做出自己的抉择的问题。在这种情势下和斯特内斯库重新相遇,我们自然对他有了更加深入的理解,能够深切感受到他的历史处境和他在当时情境下所作出的努力和贡献。

尼基塔·斯特内斯库出生于罗马尼亚的普洛耶什蒂,这座城市以盛产石油和天然气而闻名,距离首都布加勒斯特只有五十多公里。尼基塔的名字和他祖父相同,他的父亲来自罗马尼亚乡下,母亲是俄国人。斯特内斯库在战争中度过了自己的童年,社会主义的罗马尼亚共和国成立时,他只有 14 岁。尽管父母希望他成为工程师,但他在初中时就义无反顾地喜爱上了文学,并开始写诗。最终他违背了父母的意愿,放弃报考工学院,进入布加勒斯特大学语言文学系。在大学期间,他结识了拉比什和楚尔库列斯库,前者是具有创新意识的年轻诗人,后者是一位抽象派画家[①]。他们对斯特内斯库后来的创新、至少是坚定他的这一信念想必起到了某种作用。斯特内特斯库的诗最初只是在朋友间传颂,1957 年,他因为发表了爱情诗《清晨别离》和《二人游戏》而被批评界指责为"现代主义的复活"[②]。这在今天看来也许匪夷所思,但如果考虑到当时整个东欧都是以社会主义现实主义作为唯一的创作方法,

---

[①] 冯志臣:《罗马尼亚文学》,北京:外语教学与研究出版社1999年版。
[②] 同上。

而把表达个人情感或在创作上进行探索统统看成是离经叛道,这一点也就不难理解了。然而这似乎没有影响到他的决心,他仍在继续着自己的探索。大学毕业后,他在《文学报》担任诗歌编辑,并在周围聚集起一些真正热爱诗歌、勇于探索的同事和朋友,他们大胆而审慎地打破旧的桎梏,为诗坛注入了一股清新的空气,终于在60年代形成了所谓的"抒情诗爆炸"的局面,使诗歌真正成为诗歌。他对诗歌的特殊贡献使得他享誉诗坛,并成为1979年诺贝尔文学奖的候选人。

罗马尼亚诗歌与东欧诗歌有着几乎相同的遭遇和发展经历。20世纪初,东欧诗歌受到现代主义文学思潮的深刻影响,战后则在相当长的时间内切断了同西方创作上的联系。由于受到僵化的教条主义的禁锢,诗人们或是沉默,或是成为政治口号的传声筒,失去了个人的声音。"五十年代罗马尼亚文学在崇尚模式、主题先行、追求预先规定的社会效应的过程中,出现了背离传统的扭曲的文学现象。抒情诗、景物诗、爱情诗、哲理诗均被逐出文艺园地。"[①]其结果正如美国天主教大学英语和比较文学大学教授维吉尔·P.奈默里安努所说,这种文化禁锢"压制了艺术的自由,导致了超过十年的诗歌的贫瘠"[②]。首先打破这种局面的正是斯特内斯库。"在更加自由的六十年代才真正带来诗歌的复兴。尼基塔·斯特内斯库,一个具有改变日常现实非凡能力的诗人,成为一代人中的领袖人物,他们致力于实验并对摆脱了意识形态干预的

---

① 冯志臣:《罗马尼亚文学》,北京:外语教学与研究出版社1999年版。

② Vigil P. Nemolianu, "Romanian Poetry", *The New Princeton Encyclopedia of Poetry and Poetics*, Princeton University Press, 1993, p. 1077.

现实进行隐喻性描述。"①用今天的眼光来看,这种变化是势所必然的,因为很难想象一个国家、一个民族乃至一种语言离开了诗歌,会变成什么样子。问题在于,"抒情诗爆炸"一开始虽然对沉寂的罗马尼亚诗坛进行了突围,但更多体现在对主题和题材的拓展上,即由原来的概念化地抒写对祖国和人民的爱转化为个人间的爱,由集体的发声转化为个人的音调。但无论如何,这在当时的历史条件下仍然是一个了不起的突破,使得诗歌得以向着自身的本质回归。可以说,斯特内斯库既幸运又不幸,一方面这人为设置的不必要障碍为他的突破与创新提供了种种可能,这样的突破并不需要多少技艺上的难度,只要有足够的勇气;但另一方面,这种争取来的空间也颇为有限,只能在方寸间跳舞。诗人们的巨大努力只是恢复了罗马尼亚诗歌自身的传统,并延续了20世纪上半叶现代主义所进行的尝试(仍然有限),如果想要创作出真正有价值的诗歌来,则需要更大的勇气和更多的探索。斯特内斯库在二者间巧妙地达到了一种均衡,并显示出巨大的才能。在他的诗中,我们可以看到法国超现实主义诗歌和俄罗斯诗歌的影响。也许是环境使然,也许是出于策略上的考虑,他的诗歌——也包括罗马尼亚其他诗人的创作——与英美当代诗歌主流在写作上拉开了距离。他的诗中很少有被米沃什称为"阴郁"的品质,也很少像当代西方诗歌那样,受到各种社会和文化思潮的影响,更没有那种无休止的形式上和语言上的实验,并且拒绝日常细节。相反,他保持和发扬

---

① Vigil P. Nemolianu, "Romanian Poetry", *The New Princeton Encyclopedia of Poetry and Poetics*, Princeton University Press, 1993, p. 1077.

了传统抒情诗歌的明朗与简净,更多的是从生活本身来提炼诗意,来表达人生的意蕴。

因此,我们可以把明澈看作是斯特内斯库诗歌的一个突出品质。如在《害怕》一诗中,他这样写:

> 只用一击,
> 我就能将她杀死。
> 她朝我笑着,
> 微微笑着。
> 她朝我的眼睛
> 抬起她那闪烁的眼睛。
> 她向我伸出手。
> 她笑着,微微笑着
> 甩动黑黑的辫子。
> 可我,只用一击,
> 就能将她杀死。
> 此刻,她开始说出
> 美妙、天真、诙谐的话语。
> 她好奇地望着我,
> 稍稍皱了皱眉头,
> 然后重又
> 笑着,微微笑着,
> 明亮的眼睛
> 望着我的眼睛。
> 当我凝视她的时候,

> 只用一击,
> 就能将她杀死。
>
> （高兴 译）

这首诗不禁使我们联想到法国诗人艾吕雅的《恋人》：

> 她站在我的眼睑上
> 而她的头发披拂在我的头发中间
> 她有我手掌的形状
> 她有我眸子的颜色
> 她被我的影子所吞没
> 仿佛一块宝石在天上
>
> 她的眼睛总是睁开
> 不让我睡去
> 在大白天她的梦
> 使阳光失了色，
> 使我笑，哭了又笑
> 要说什么但却什么话也说不出
>
> （徐知免 译）[1]

二者在风格和写法上的确有异曲同工之妙。艾吕雅的《恋人》是一首具有超现实主义色彩的优美的爱情诗，而斯特内斯库的作品

---

[1] 艾吕雅:《恋人》,《雨——现代法国诗抄》,徐知免 译,北京:外国文学出版社1989年版,第85—86页。

同样具有超现实色彩,也同样优美,却并不仅仅是抒写爱情。读了这首诗,人们不禁会问,"她"是谁?诗人又为什么"害怕"?在诗中,"她"的神态被惟妙惟肖地刻画出来,异常生动。也许"她"真的是在现实中存在,或只是想象的产物,但我们却很难满足于仅仅把她看作作者的意中人。因为诗人在反复强调着"只用一击,/我就能将她杀死"。这种上下文配置上的突兀和不相称使得"她"的形象超出了自身,而具有了某种象征性。美好的总是转瞬即逝,总是那么脆弱、不堪一击,无论是人还是物。有时人们一个稍稍过分的举动就会使其毁坏,无论是出于善意还是恶意。出于这样的考虑,诗人的担心乃至害怕也许就不难理解了。这里面包含着他对现实的某种感悟,使得全诗的意义从爱情向外拓展,被赋予了一种微妙的人生哲理。

由此我们也看到了斯特内斯库的写作策略。他正是以爱情诗作为抒情的突破口,从这里开始了他的突围。这是因为,爱情是人类共同和普遍的情感,是抒情诗的一个最为基本的母题。即使在最为恶劣严酷的条件下,也无法窒息爱情的生长。另一方面,这种爱情诗又是极为个人化的,由爱情可以引发出人生的境遇和命运。一首好的诗歌必定是心灵的产物,它将发出独特的声音,并使之升华到一个普遍性的意义上。但斯特内斯库并不满足于写出具有个人风格和色彩的好诗,他关注的是罗马尼亚的诗歌创作并站在一个更高的角度来对其进行审视,希望体现出一种鲜明的民族个性而不仅仅是诗人的独特个性。他指出,"写诗的原因之一是为了表现人的最本质的东西,……诗表现的是人的最特殊的内容,具有千差万别的外貌,亦即民族特点"①。在他看来,诗在国际间充当着思想交流的角色,"例如,罗马尼亚当代诗歌,我个人认为,正在将重点从诗的语词转向比较容易译成国际通用语言的诗的意境。此类超语言性质的倾向试图将语词不是看作目的,而是视为手段。可以看到,将语词当作交流工具来使用,语言的通俗化,从提炼句子走向提炼情感意境,这种趋势越来越加强"②。如果我们细细体味这段话的意思,就会明白他追求明澈诗歌的更为深层的动机。

斯特内斯库的明澈更多是属于风格和语言上的,而不是诗意的单纯。相反,他的一些诗在单纯的意象中也能挖掘出复杂的情思和哲理。他的诗视觉形象十分鲜明,哪怕是抽象的思绪,也会披上形象的外衣,显得异常生动。例如,在一首看上去乐观向上且音调高昂的对人类的颂歌中,诗人使用了自然界最为常见的物象,如树木、岩石、空气和太阳等:

> 在树木看来,
> 太阳是一段燃烧的木头,
> 人类——澎湃的激情……
> 他们是参天大树的果实,
> 可以自由自在地漫游!
>
> 在岩石看来,
> 太阳是一块坠落的石头,

---

① 斯特内斯库:《文学的作用》,《世界文学》,陆象淦译,1984年3月21日。
② 同上。

> 人类正在缓缓地推动……
> 他们是作用于运动的运动,
> 你看到的光明来自太阳!
>
> 在空气看来,
> 太阳是充满鸟雀的气体,
> 翅膀紧挨着翅膀,
> 人类是稀有的飞禽,
> 他们扇动体内的翅膀,
> 在思想更为纯净的空气里
> 尽情地漂浮和翱翔。
>
> (《人类的颂歌》,高兴译)

诗中体现了一种巧妙的对应关系。树木、岩石和空气都分别从各自的角度来把太阳和人类引为同类,并给予了至高的评价。人类和太阳被并置在一起,人类又高于太阳,而树木、岩石和空气这三者又各自具有不同的性质,这就从各个不同侧面完成了对人类的赞美。

这首诗同样具有很强的音乐性,这或许与斯特内斯库早年喜爱音乐不无关系。三节诗在形式上并列而又在内容上层层递进,这种重复而又递进的写法正是强化诗歌音乐性的一个必要手段,也是斯特内斯库最为常用的方法。在《充饥的石头》中,同样运用了类似的方法,但更具超现实主义意味。

值得注意的是,斯特内斯库本人似乎对诗歌的音乐性有着更为深入的看法,在一篇文章里,他这样说:

> 借助语音(音乐)的效果来表意的诗是幼稚的、顺口溜式的诗,显然是比较粗糙的。……借助语词的变换来表意的诗像一头单峰驼,它的背上仍然立着装饰得十分美丽的音响型诗的驼峰。
>
> 我觉得更接近诗的本质的,是借助语句组合表意的诗。借助语句组合表意的诗像双峰驼。在音响的驼峰之外,一般又加上了语词变化的驼峰。诗的全部武器聚集在一起了。[①]

从这段话我们可以看出,尽管他的诗中有着突出的音乐性,但他反对单纯追求音韵效果,他希望能够达到一种整体上的和谐,即音韵和意义的完美结合。他的诗中总会出现重复的语句,并在不断地重复中,引出一个语言链条上的其他的词,使得意义不断地得到强化和变奏,将诗意向着纵深推进。

斯特内斯库的一些诗作中也充满了忧伤,但并不滥情,而是借助带有象征意味的形象一步步地把读者带入他的情感核心。在一首《忧伤的恋歌》中他这样写:

> 天很高,你很高,
> 我的忧伤很高。
> 马死亡的日子正在来临。
> 车变旧的日子正在来临。
> 冷雨飘洒,所有女人顶着你的头颅,
> 穿着你的连衣裙的日子正在来临。

[①] 斯特内斯库:《诗中的词语和非词语》,《世界文学》,陆象淦译,1984 年 3 月 18 日—19 日。

斯特内斯库的明澈抒情或突围

一只白色的大鸟正在来临。①

这些诗句让我深深地感动。诗中仍然出现了"你",但诗人的忧伤并不仅仅是出于爱情,而是出于对消逝或正在消逝着的美好事物的留恋,确切地说,这是一首生命的悲歌。马和车在诗中代表了传统中美好的东西,而"所有女人顶着你的头颅,/穿着你的连衣裙的日子正在来临"则有些费解,这也许是说"你"已不复存在,同消逝的马和车一样;或是意指在现代社会中人们失去了个性特征(这无异于死亡)。但"白色的大鸟"这个意象无疑代表了死亡。这样,诗人的忧伤有了更为广阔的背景,而不是仅限于爱情的伤感。他的一首题为《诗》的诗也恰到好处地体现出他创作上的特点:

> 诗是哭泣的眼睛。
> 是哭泣的肩膀,
> 哭泣肩膀的眼睛。
> 是哭泣的手,
> 哭泣的手的眼睛。
> 是哭泣的脚跟,
> 哭泣脚跟的眼睛。
> ……②

在斯特内斯库后期的诗中,他更加深入到内心世界,抒情成分有所

---

① 斯特内斯库:《忧伤的恋歌》,《世界诗库》第5卷,高兴译,第645页。
② 斯特内斯库:《诗》,《世界诗库》第5卷,高兴译,第646页。

减弱,哲理性则增强了,孤独和焦虑感也变得突出,我们从中看到了一种明显的现代特征,但仍然保持着明澈的特点:

> 我是一匹用来对付自己的特洛伊木马。
> 我的肩膀占领了我的肩膀,
> 我的眼睛掠夺了我的眼睛。
> 我的心跳
> 淹没了
> 我的心跳,
> 我朝天空发出的声音
> 窒息了
> 我朝天空发出的声音。
> 我的生命
> 由于我的生命
> 无法存在。
> 我的爱情用我的爱情之马
> 驮着我的爱情
> ……

在他最后一部诗集《绳结和符号》(1982)中,我们可以读到这样的诗句:

> 我的眼睛不再用泪水
> 而是用眼睛哭泣——
> 我的眼眶不断地生出眼睛——
> 为了让我平静,如果我能平静。

啊,我叫喊,
你们,我的手,
别再用手哭泣!

啊,我叫喊,
我的身躯,你别再用身躯哭泣!

啊,我叫喊,
我的生命,你别再用生命哭泣!

这首诗似乎可以和前面那首《诗》对照着来读。似乎他在很多诗中都写到了眼睛和哭泣。眼睛代表对外部世界的追索,而哭泣则体现了一种内在的强烈情感。他抒写的对象仍然是生命。我们看到,诗人的激情并没有随着时间而减弱,相反,他不仅仅是哭泣,而是在发出呼喊。通过这些,我们更能感受到诗人的这种生命的悲歌。

诗的本质即抒情,即对我们的世界传情达意。而这种情和意深藏于我们的内心,并被我们所感知的外部世界所激发。一首诗的产生必定会经历一个由外到内、又由内到外的过程。真实地表达了内心最深切的感受,也就在一定程度上折射出我们这个时代的某些特点。斯特内斯库的诗歌在内与外、现代与传统、个人与时代、以及民族性与世界性上达到了一种很好的平衡。他的努力使罗马尼亚诗歌重新焕发出光彩。诗人是用自己的生命来写作,这样的作品注定会感人并获得生命力。1983 年,诗人完成了自己生命的历程,但他的诗却仍然活在这个世界上。和很多欧美诗人一样,斯特内斯库也喜欢在诗中写石头,在一首诗中,他这样向我们发问:

> 我将我最美的东西向你展示,
> 那是诗歌,我将诗歌向你展示,
> 并且发问:
> 你觉得它像块石头,你觉得吗?

艾略特《荒原》的用典

在美国影片《蜘蛛侠》中，一位科学家谈到了当年恋爱时的情形。他的女友是学文学的，于是他向她解释爱因斯坦的相对论，而女友则帮他理解艾略特的长诗《荒原》。他说，《荒原》比相对论更难读懂。

这当然有些过甚其词。诗歌应该用心灵去感知，不像科学理论那样，要用头脑和逻辑来推论和接受。但《荒原》的难懂却是一个公认的事实，对于没有受到现代诗歌训练的人来说无异于天书。当然，难以读懂并不等于无法读懂，这是两个不同性质的概念。

解读《荒原》，要从三个方面来把握。一是这首诗使用了神话传说作为框架，二是采用了戏剧化的结构，而大量的用典也是本诗的一个特色。

用典对于熟悉旧体诗的中国读者来说并不陌生。许多旧体诗，如果我们不了解其中的典故，大约就很难读懂。唐代李商隐就是其中的一个。他的诗不惟典故多，且含义隐晦。如《锦瑟》一诗，至今众说纷纭，莫衷一是。李商隐的诗体在后世发展为"西昆体"，以致后来的诗人元好问在一首诗中就大发了一通牢骚：

望帝春心托杜鹃，佳人锦瑟怨华年。
诗家总爱西昆好，独恨无人作郑笺。

近代诗人陈三立(著名学者陈寅恪之父)的诗也很难解,因为他不但大量使用了典故,而且多是今典,今典是指在当下发生的事,与古典相对。陈三立的儿子陈寅恪对二者做了说明:"自来诂释诗章,可别为二。一为考证本事,一为解释辞句。质言之,前者乃考今典,即当时之事实。后者乃释古典,即旧籍之出处。"(《柳如是别传》)古典可以通过旧籍来查到,用了今典,除非加以注释,否则别人难免会一头雾水了。

但无论如何,像李商隐这样的例子并不多见。中国古典诗尽管大量用典,但大都限于本国典籍,有书可查,有注可依。但艾略特是现代派,精通多门外语,知识广博,所以用起典来就不像中国古诗那么单一,而是五湖四海,花样繁多。其中不仅引用的内容众多,语种也多种多样,引用的方式也各有不同。有的是直接引文,有的是还经过一些改动。如果不借助翻译,一般读者怕是很难直接阅读,更别说理解了。有人讥诮这种掉书袋的做法说:艾略特除了会引用别人的诗外,不知道自己还会不会写诗。当然艾略特是非常优秀的诗人,不但会写,还写得非常之好,但《荒原》也确实称得上是大杂烩了,不过是非常好的大杂烩(我本人更愿把这首诗比做一个万花筒)。

不少人用典只是卖弄学问,以示渊博。而且学问多了难免会炫耀一下,说到底也是文人本色。但艾略特有所不同,他用典主要是为了强化诗的效果。对一位好的写作者来说,一切都要服从写好这个目的,也就是武侠小说中所说的杀人剑。学习武功,目的是为了克敌制胜,每一招式间决定着生死。当面对着强敌,必须全神贯注,集中精力,如果只是玩些花样,拉些花架子,是上不了杀场的,只能是走江湖卖艺而已。写作也是这样,艺术效果是最高原则,离开艺术效果去炫弄技巧,充其量只是一种卖弄。我们从《荒原》的用典上,不仅能更好地理解这部作品,更可以看出艾略特的匠心所在。

艾略特在《荒原》中用典的特点,一是数量和语种多;二是引用的方式多,这其中包括直接引用原文、套用原文、用事、用词等;三是以此来达到不同的艺术效果。

先说数量和语种。中国古典诗词讲究用典,但由于诗词有固定的格律和形式,加上容量有限,直接引用原文的例子并不是很多,顶多引用个把原句。而艾略特写的是自由诗,又很长,不但可以引用大段的诗,大段的文,还有歌词和戏剧的台词。有人做了大致的统计,据说在这首四百余行的诗中竟然引用了36位作家、56部作品和6种外语。这其中包括西方文化中的经典作品,如《圣经》《神曲》,还有乔叟和莎士比亚等人的作品。语种包括德语,法语,意大利语,还有希腊语和拉丁语,甚至还有几段梵文。

再说引用的方式。直接引用的例子如第一章就用了瓦格纳歌剧《特利斯坦和绮索尔德》的一段歌词原文:

> 风吹着很轻快,
> 吹送我回家走,
> 爱尔兰的小孩,
> 你在哪里逗留?

这是瓦格纳歌剧《特利斯坦和绮索尔德》中的歌词,是剧中船上水手唱的一首情歌,表现剧中主人公还保持着纯洁的情感,被原封不动地引用过来。艾略特在描写荒原的荒凉、残酷与堕落之后插入了这首诗,用以表明对人类青春时代美好的回忆,造成了一种巨大的反差。

后面的那句"荒凉而空虚是那大海",也是直接引用,借以表现现代人的无望和无助。这一章的结尾还引了波德莱尔的诗句:"你!虚伪的读者!——我的同类——我的兄弟!"

在第三章中艾略特引用了莎士比亚《暴风雨》中的诗句:

  这音乐在水上悄悄从我身旁经过

也包括对斯宾塞著名的《结婚曲》中迭句的引用。这类的例子不少,套用的例子就更多了。要引用的作品有时未必完全吻合作者的意图,需要适当加以改动,使之更为贴切,就像把别人的衣服加以修改,穿起来更为合身一样。这样的例子中国古人也有,江西诗派就善于"点石成金"。当然,点金成石的例子也不乏见,如唐人王建有句诗"鸟鸣山更幽",宋代的王安石把这句诗改成了"一鸟不鸣山更幽"。后一句诗曾遭到批评,认为不如原诗有味,当然,这是另外的问题了。

在第二章"对弈"的开头,出现了这样的句子:

  她所坐的椅子,像发亮的宝座
  在大理石上放光

这是套用莎士比亚戏剧中《安东尼与克莉奥佩特拉》中的诗句,原句是:

  她所坐的游艇,像发亮的宝座

> 在水上放光

莎剧中的女主人公是埃及女王克莉奥佩特拉,而艾略特在诗中把描写克莉奥佩特拉的诗句用在现代一位贵妇身上,不无嘲讽意味。

第三章"火诫"也有类似的例子。"但是在我背后我时常听见/喇叭和汽车的声音",这个句子是根据马维尔的《给他羞怯的女友》中的句子改写而来的。原句是:

> 但是在我背后我总是听到
> 时间的战车飞驶而来

用"喇叭和汽车的声音"来替换"时间的战车",是暗示现代人已经不再关注时间这类较为严肃的问题,而是把注意力集中在生活琐事上,而"喇叭和汽车"和这个时代也更加贴近,更有现代感。

用事是指仅仅借用事件而不牵涉原文。我们读苏东坡词,有一首《永遇乐》,是他在彭城的燕子楼里住了一夜之后写的。在唐代这里有位官员叫张建封,养了一位爱妓关盼盼,盼盼能歌善舞,"雅多风态",用现在的话讲,就是才艺双全了。而苏东坡先生也是位情种,据说他在夜里曾梦见了这位盼盼女士,他在词中写道:

> 燕子楼空,
> 佳人何在?
> 空锁楼中燕。

这里用的是张建封事。后来有位叫晁无咎的评论说:"只三句,便说尽张建封事。"

艾略特的用事也是灵活多样的。比如他运用翡绿眉拉姐妹被强暴的典故,是完全用自己的话来交代的。用词也是一样,用词就是使用典故中的某个或某些关键词语来进行指涉或暗示,比如,在"火诫"一章只用了象声词"吱吱吱,唧唧唧唧唧"就代表了翡绿眉拉的故事。在"对弈"一章中则用"田野景物"来引入弥尔顿《失乐园》中的一段对田园风光的描写。

用词的方式与用事接近,是用一个词或一句话来指向原典。如《荒原》中的这一段:

> 她回头在镜子里照了一下,
> 没大意识到她那已经走了的情人;
> 她的头脑让一个半成形的思想经过:
> "总算完了事:完了就好。"
> 美丽的女人堕落的时候,又
> 在她的房里来回走,独自
> 她机械地用手抚平了头发,又随手
> 在留声机上放上一张片子。

这一段描写了现代荒原中人们的有欲无爱和精神空虚。其中"美丽的女人堕落的时候"原是歌尔斯密《威克菲牧师传》中的一句:

> 美丽的女人堕落的时候
> 发现男人的负心已经晚了,
> 什么妖术能减她的忧愁,
> 什么妙计能洗刷她的贞操?

只是引用其中的一个句子,意思却指向原作,原作的内容与现在的文本交互作用,使意义得到了拓展。用事和用词当然会造成作品的含义不清——尤其对引用的原文出处和内容不了解时更会如此——但却简省,也起到暗示作用,避免了直陈,使作品的内涵更为丰富。

《荒原》的用典为西方诗歌开创了一个特例(可能也启发了庞德)。用典一方面造成了这首诗的晦涩难懂,如果不看注释,大约是无法理解这首诗的。艾略特自己也说过:

> 我时常想把这些注释去掉,可是现在它们说什么也不能被拆开。这些注释几乎比诗作本身更受欢迎。

注释已成为诗歌不可分离的一部分了。另一方面大量用典也为这首诗造成了一种光怪陆离的效果,像一幅拼贴画一样。谈到艺术效果,我想《荒原》的用典,至少起到了下面几种作用:

一、加强纵深感。在《荒原》的开头,他引用了一位叫玛丽·拉里希伯爵夫人回忆录中的一段话:

> 夏天来得意外,在下阵雨的时候
> 来到了斯丹卜基西;我们在柱廊下躲避
> ……

这份回忆录出版于1913年,自然是散文体,但艾略特把这一段分解成诗行,嵌入诗中,除了引文的字面意思外,由于原作者的特定身份,不可避免地会带入一些其他的东西,引发人们的联想,使意义向外辐射。读了这段文字,人们感到,这是上流社会的生活,空虚乏味,缺少活力。而这些,正是造成荒原的原因。

在描写荒原景色的一段中,艾略特大量援引《圣经》的典故,这种引用与前面的又有不同,这一方面是借用,用现成的词语来形容荒原,另一方面也注入了宗教的内容,使现代社会的荒原与旧约中先知的预言产生了某种联系,这样,荒原就不再是一般意义上的荒原,甚至也不完全是精神意义上的,而是成为与整个西方文化传统相关的象征。

二、对比和参照。典故本身就具有强烈的时代特征,也带有个性色彩,在行文中引入典故,不可避免地会造成对比,甚至会出现反讽的效果。如在第二章中,诗中描写了一位贵妇的生活,由于用了克莉奥特佩拉的典故,于是对比和参照开始出现了。克莉奥特佩拉是位女王,在传说中她被描绘得智慧而美丽,但因为爱上了罗马统帅安东尼奥,感情用事,被屋大维打败,最后用毒蛇自杀。这是不爱江山爱美人的古代女性版。以致后来 17 世纪的哲学家帕斯卡尔说,假如克莉奥特佩拉的鼻子再高几寸,历史就会是另外的样子。艾略特笔下的这位贵妇人过着像克莉奥特佩拉一样奢华的生活,但他的笔调轻轻一转,写到她的小瓶里暗藏的合成香料,会使男性感觉局促不安,迷惘,被淹没在香味里,这位现代女人的狐狸尾巴就露了出来,让我们感到俗气而放荡。与后面诗行中现代人只有欲望而没有爱情的描写呼应起来。

在"火诫"一章中,艾略特把笔触伸向 20 世纪的泰晤士河边,当游人散去,那里一片狼藉。我们注意艾略特笔下的细节(在现代诗中,细节很重要,细节里往往包含着很多东西),他写到了被破坏的树木搭成的帐篷、树叶、空瓶子、三明治的薄纸、绸手绢、纸皮匣子、香烟头,等等。这些都带有鲜明的时代特征。诗中的讲述者(不一定是诗人本人)看到这人去楼空的落寞景象,感到伤感,这时 16 世纪诗人斯宾塞的《迎婚曲》中的迭句开始不断出现,古代欢乐的气氛与现代人的空虚无聊造成了强烈的对比。

三、增强作品的暗示性,使意图变得隐晦。典故本身往往是由相对完整的人物和事件(或故事)构成的,或者确切地说,是一个自足的场景,那么,即使把它嵌入到另外的场景中去,它自身的特质也并不因此而失去,相反,它会将自身的意义向外辐射、渗透,造成一种暗示的效果。这有些像互文的作用。我们看苏轼的《江城子》一词:

> 老夫聊发少年狂,
> 左牵黄,右擎苍,
> 锦帽貂裘,
> 千骑卷平冈。

这里写的是出猎的场面,"黄"是指猎犬,"苍"则是指苍鹰。杜甫有句诗说:"素练风霜起,苍鹰画作殊。"这里用两个表示颜色的形容词来替代鹰犬,很巧妙。但这里用的是梁代张克的典故。张克年少时喜欢外出打猎,出猎时"左手臂鹰,右手牵狗"。我们了解了这个典故,才能真正理解第一句所说的"聊发少年狂"的来意。而后面苏东坡又写"亲射虎,看孙郎"、"持节云中,何日遣冯唐",孙郎即三国时的孙权,我们看《三国演义》,不是太喜欢这个人,但在宋代,他在一些文人的眼中却是大英雄。辛弃疾在一首词中就感叹"千古江山,英雄无觅孙仲谋处"。孙权一次打猎时,被虎伤了马,他投出双戟,杀死了老虎,苏轼用孙权射虎的典故,说自己年纪大了,但仍有少年的气概,可以像孙权那样,成就一番事业。冯唐是西汉时的官员,当时有位太守镇守边关有功,但因上报战果数字有误,被罢了官。冯唐就向汉文帝提意见,说不该这样用人。汉文帝听取了他的意见,赦免了那位太守,还升了冯唐的官。苏轼一生在不断地被贬官,他用冯唐的典故,显然是在发泄自己的不满,也是在企望被重新起用,施展自己的抱负。

爱尔兰诗人叶芝一生都在追求女演员毛特·冈。后者是位激进的民族主义者,参加了爱尔兰的独立运动。她鼓吹暴力,与叶芝的主张相悖。她多次拒绝了叶芝的求婚,叶芝对她的感情显然是很复杂的,可以说是既爱又怨,再加上政治观念的不同,因此在一首诗中,他把毛特·冈比作特洛伊战争中的海伦,海伦是当时的绝世美人,但因为她的缘故,发生了长达十年的希腊联军和特洛伊之间的战争。他说:"唉,她就是这样,又能做些什么,难道还有一个特洛伊为她燃烧?"批评中有赞美,赞美中也有批评。既抒写了自己的感情,也多少发泄了一点怨气。如果不是用了典故,而采用直说的方式,恐怕是达不到这样的效果的。同样,在诗中恭维毛特·冈如何美丽高贵,听了的人恐怕要感到肉麻,远不如这种方式来得巧妙。

在运用典故达到暗示的效果上,艾略特做得一点也不比上面谈到的两人差。比如,他用了但丁的一句诗,"我没想到死亡毁坏了这么多人",就造成了强烈的暗示,把人间比作了地狱,失去了精神信仰和生活目标的现代人如同地狱中的鬼魂一样,茫然不知所措。又如上面我们提到的用鸟叫声来暗示翡绿眉拉姐妹的不幸遭遇,同样也暗示了现代人仍然屈从于暴力。

在"对弈"一章的结尾,长长的几段交谈之后,是这样一些告别的话:

> 再见。明儿见。明儿见。
> 明天见,太太们,明天见,可爱的太太们,
> 明天见,明天见。

这些话乍看上去只是临别的寒暄,除了寒暄之外恐怕很难有别的意思。但当我们了解了它的典故之后,就会感到事情远不是那么简单。这段话来自《哈姆雷特》中奥菲利亚当父亲被杀、哥哥又远在他乡,身陷绝望、即将疯狂时说的一段台词。这是向生活告别,向人世告别。那么它是否在暗示着诗中的那些夫人太太们也面临着同样的处境呢?我们至少感到她们的前景不妙,她们离开了真正的生活。

四、情景和身份的转换。由于典故自成体系,嵌入一个典故,就等于把一个情境加入到里面。在过去一般都是用暗示和比喻,当我们说"亲射虎,看孙郎"时,我们不会认为这是真实的场景,而只是一个比方。但在《荒原》中,我们很难辨清一个典故是主体还是喻体(毋宁说是象征)。如开头一段引自玛丽·拉里希伯爵夫人的一段回忆录,就不好看成是比喻。而瓦格纳歌剧《特利斯坦和绮索尔德》中歌词的加入,也只是再现了剧中的场景,一旦插入的部分不再是喻体,它自身所代表的情境和人物便具有了真实性,介入到作品中,发挥自己的作用。在"对弈"一章中,当艾略特写到"那古旧的壁炉架上展现着一幅犹如开窗所见的田野景物"时,"田野景物"是运用了弥尔顿的诗句,原诗为:

> 上面长着
> 高不可攀的巨大树荫,

> 柏树，松树，杉木与棕树的枝干纵横
> 一幅田野景物，一层一层上升
> 一层层的树荫，像林木构成的剧场
> 最庄严的景象

在艾略特的诗中，这一段本来是对室内的描写，按我们的理解，诗中写的应该是壁炉架上的一幅画，但诗人由画中的弥尔顿式的"田野景物"而联想并转换到了翡绿眉拉姐妹的悲惨故事，把场景拓展开来，其中的转换是很巧妙的。

《荒原》表达了人们对于文明世界的感受，他们的忧虑和绝望。大量使用西方文明中的典故，除了用以与今天的现实加以对比外，我们似乎可以感到一种历史纵深感。事实上，西方世界沦为荒原是一个渐进的过程。这种历史纵深感表现出的可能正是这一点。用典为全诗增加了多种维度，使诗歌更具一种笼罩感。耐人寻味的是，艾略特在这首诗中的用典方式与中国古典诗歌有很多相同之处，不知是有心的借鉴，还是无意的巧合？

珀涅罗珀的花毯或叙述诡计
——从《珀涅罗珀记》看神话的颠覆与重构

在荷马史诗《奥德赛》中,原本在《伊利亚特》里作为次要角色出现的奥德修斯一跃而成为全书的主要的人物——甚至是全书中唯一的主要人物。他在回乡途中因为受到海神波塞冬的阻挠,经历了长达十年的历险,从而完成了世界文学史上最早的漂泊或回归的主题。

而他的那位默默在家守候的妻子珀涅罗珀,同他相比只是一个微不足道的配角。除了苦苦的等待,还要面对众多求婚者无休止的纠缠。她的存在,或许只是映衬着时间的漫长和男主角回归的艰难,以及为他后来的复仇制造动机和借口。对这位婚姻的牺牲者来说,书中最为精彩的描写是她与女仆串通,把白天织成的花毯(织物)在夜晚悄悄拆掉,来拖延对求婚者们的答复。而按罗兰·巴特的说法,织物即文本[①]。织物和文本的相同点在于,它们一方面实现了对时间的延宕,另一方面,织与拆的过程也可以视为

[①] 罗兰·巴特:《文之悦》,屠友祥译,上海:上海人民出版社2002年版,第76页。德里达也表述过类似的意思。法语中 TEXT 可以解释为"织物"或"作品",罗兰·巴特强调了 TEXT 在"织物"语义上的含义。

对故事的颠覆与重构。

在加拿大女作家阿特伍德(Margaret Atwood)颇见才情的小说《珀涅罗珀记》(The Penelopiad)中,这个在荷马史诗中受到忽视的女性形象得以被重新塑造。同样,这部作品既是对英国的一家名为坎农格特出版公司发起的"重写神话"项目的回应,也可以看作是对古老神话的一次颠覆与重构。这意味着阿特伍德重新拣起了那条几乎被人们遗忘的珀涅罗珀的花毯,而在现代的织布机上借用21世纪的工艺来完成了这件似乎永远也无法完成的作品。

"重写神话"是一个很有意思的命题,由于众多作家和出版公司的参与,它已转化或正在转化成为一种写作类型。然而,它也向我们提出了这样的问题:何谓神话?何谓重写?又如何重写?重写神话这一行为又将意味着什么?

对于现代人来说,神话只是代表了一种古老的传说。似乎人们已经普遍接受了类似的看法,神话是蒙昧时期人们对于世界的种种解释和猜想,正如弗莱指出的那样,在"历史"和"故事"两个词中间,"'神话'一词倾向于仅仅属于后者,因此它的意思是'非事实的'"[1]。按照这种观点,神话与历史无关,更与事实不符。然而对于最早的神话创造者和接受者来说,事情却并非如此。对他们来说,神话不只是供人们在火炉旁讲述的带有消遣性质的内容,它的本身就包含着历史和某种真理。同样,神话也不只是神的谱系的说明,更带有神启色彩,是对世界和历史事件产生原因的带有

---

[1] 诺思洛普·弗莱:《伟大的代码——圣经与文学》,郝振益等译,北京:北京大学出版社1998年版,第54页。

象征性的解释,或给人们暗示某种正确的生活态度和方式。在原初的人类那里,世界不仅仅是人类生存的空间,也是众神活动的场所。那些古老的神话之于他们,正如今天《圣经》或佛经中的某些章节对于虔诚的信徒来说是值得信赖的:它不是虚幻,而是真实;它不是故事,而是历史,并带有某种神圣性。如果我们稍加考察,就会发现,神话的内涵在历史上发生过很大的偏移,随着科学的发展,神话不可避免地由神的事迹或训诫而衍化为今天的关于神的传说故事。然而,只有当神话不再被认为具有神圣性,或按照亚里士多德的说法,只是作为故事、情节和叙述,它才在"神话"的意义上得以成立。也只有在打破了它的神圣性之后,神话才具有了某种被重新阐释乃至改写的可能。

对神话的重新认识始于意大利人维柯,尤其是随着20世纪研究热潮的兴起,人们得以各自从新的角度来审视那些很久以来只能引起文学爱好者兴趣的古老神话。弗雷泽从人类学的角度解释了神话的本质和来源,列维—斯特劳斯从结构主义出发,指出了神话的历时性和共时性,而弗莱则认为,"正如现实主义是一门含蓄的明喻艺术,神话则是一门含蓄的通过隐喻表现的同一的艺术"①。神话隐含的意义被重新发掘,它"证实了在我们自己的日常言语中存在着某些远古的、丰富的表达形式"②,它也不再是带有传奇色彩的传说故事,而是作为一种"通过想象力和创造力的

---

① 诺思洛普·弗莱:《批评的剖析》,陈慧等译,天津:百花文艺出版社1998年版,第150页。
② 列维-斯特劳斯:《生食与熟食》,《结构主义神话学》,叶舒宪编选,西安:陕西师范大学出版社1988年版,第68页。

思考而产生的形式"①，一种语义系统，甚至是一种原型，"为作家提供一个现代的十分古老的框架，使作家得以究竭心计地去巧妙编织其中的图案"②。这种对神话意义的重新发现和评估显然为作家们的创作提供了新的可能，激发起了他们的写作热情和灵感。我们注意到，隐喻是诗的重要特征，如果不是唯一的特征的话。说到底，一切文学作品从本质上讲都带有隐喻的色彩，因为它们展示的不仅是自身，还有着向自身之外辐射的内容，因此文学不过是一种"有意识的神话"③。同样，按照弗莱的看法，神话与自然主义构成了对立的两端④，那么创作方法从现实主义向现代主义过渡就意味着从转喻到隐喻的转化。也许正是由于这样的原因，被视为"通过隐喻表现"的古老神话重新引起了抛弃了现实主义写法的作家们的极大关注，使重写神话成为一种可能。

"重写神话"中的"重写"一词，或多或少使我想到了利奥塔关于"重写现代性"的提法。至于古老神话和现代性之间的关系，我将会在后面提及，这里我只想借用利奥塔对"重写"一词所做的阐释。在那个著名的命题中，利奥塔赋予了"重写"以哲学上的意义。他认为，后现代性隐含在现代性之中，现代性与后现代性并非真正对立，它的真正对立项应该是古典主义，因此有必要对现代性

---

① 诺思洛普·弗莱：《伟大的代码——圣经与文学》，郝振益等译，北京：北京大学出版社1998年版，第60页。

② 诺思洛普·弗莱：《虚幻文学与神话移位》，《诺思洛普·弗莱文论选集》，吴持哲编，北京：中国社会科学出版社1997年版，第124页。

③ 诺思洛普·弗莱：《加拿大文学史的结束语》，《诺思洛普·弗莱文论选集》，吴持哲编，北京：中国社会科学出版社1997年版，第268页。

④ 诺思洛普·弗莱：《批评的剖析》，陈慧等译，天津：百花文艺出版社1998年版，第151页。

进行重写。他这样解释"重写":"重写可以是我刚才提到的让时钟重新从零开始、把过去一笔勾销的姿态,这一姿态一举开始了新的时代和新的分期。'重'的使用意味着回到起始点,回到按说是摆脱了任何偏见的开端";另一方面,"'重'字根本上是与写作联系着的,它完全不意味着回到开始,而是弗洛伊德所谓的'彻底体验法',这种体验附属于一种思想,它有关在事件和在事件意义里在本质上是对我们隐藏起来的东西,这些东西不但是由过去的偏见隐藏起来的,而且是由以计划、以设计好的展望、甚至以心理分析的建议和提议为特征的未来的那些方面隐藏起来的"①。这或许也是神话"重写"的意义所在。这里提出了"重写"的两种不同方式。这种重写,不再是简单地重复叙述,而是从不同的角度重新发现那些隐藏起来的未被人们发现的东西。说到底,文学与哲学虽然在表现方式上不同,但殊途同归,都旨在为存在命名。

关于文学上的重写,或许可以举出几个不同的例子来加以说明。前两个是神话中的例子:一个是阿尔忒弥斯即月亮和狩猎女神的祭品,既可以是阿伽门农的女儿,也可以用一只鹿来替换。另一个是讲罗马神坛中狄安娜的神庙,任何一个奴隶,只要能够逃出并折取神庙附近的一棵树上的枝条,就获得了同庙里祭司决斗的权利。他在成功地杀死祭司后,就可以取而代之。这也是著名的《金枝》一书名称的来历。这两个例子与列维—斯特劳斯共时性的横轴可以用其他情节因素来替换的说法互为映衬,很多不同时

---

① 利奥塔:《重写现代性》,《后现代与公正游戏——利奥塔访谈、书信录》,谈瀛洲译,上海:上海人民出版社 1997 年版,第 155 页。

期不同民族的神话就是这样形成的。另一个例子是德里达所说的"痕迹",他指出"灰烬"是"在踪迹和写作中抹掉了其铭写的东西"。但"抹去不仅仅是铭写的对立面,人们还用灰烬在灰烬上写作"①。在美国画家马克·坦西的一幅画中,站在梯子上的男人正在用滚筒来涂抹掉墙上的米开朗其罗的壁画,这样做的目的是为了在上面画上自己的作品,但当他完成自己的作品后,我们仍然会说,他是在米开朗其罗画过壁画的墙壁上作画。事实上,文学作为人类记忆的产物,它的痕迹是无法完全消除的。在任何一部看似创新的作品中,都不可避免地存留着以往作品的痕迹,新的痕迹和旧的痕迹往往会混杂在一起。而重写,一方面是有意识地对一些情节因素进行某些置换,就像用鹿换掉阿伽门农的女儿,另一方面是在被部分抹去的旧有痕迹上进行新的铭写。

应该指出的是,关注神话并把神话作为自己创作的素材,一直为作家们情有独钟。但丁借助神话创作出《神曲》,弥尔顿取材《圣经》写下《失乐园》《复乐园》和《力士参孙》。在浪漫主义诗人那里,神话更是成为他们创作灵感的源泉。施勒格尔曾经把神话提升到这样的高度:"现代诗人必须从自己的内心来创造艺术,许多诗人也卓有成效,然而迄今为止他们仅仅是在孤军奋战,每一件作品仿佛是一个从头到尾从虚无中新创造出来的。我认为,我们的诗缺少一个中心,就像神话之于古代人的诗一样。现代文学落后于古典文学的所有原因,可以概括为这样一句话:因为我们没有

---

① 德里达:《不存在一种自恋》,《一种疯狂守护着思想》,何佩群译,上海:上海人民出版社1997年版,第16页。

神话。"①然而无论但丁、弥尔顿,还是浪漫主义作家,他们都是把神话看成文学的传统,并借用神话的片断加以想象,从而构筑自己的作品。以但丁为例,他在《地狱篇》中从荷马和维吉尔史诗中人物游历冥界的描写中汲取了灵感,而在叙述中,还大量运用了奥维德《变形记》中的神话。

当然,这只是对神话素材的运用,而不是真正意义上的重写。重写神话是随着20世纪的现代主义文学的兴起才得以实现的,并以追寻现代性作为主要特征。关于现代性,有着关于社会学和政治学方面的诸多解释,而对于文学,人们普遍认同波德莱尔现代性在审美方面的观点②。简单说,现代性意味着关注当下经验,与人们的生存处境和生存状态紧密相关。而这种当下经验,与历史有着不可分割的联系。在对神话的重写上,首先应该提到的是乔伊斯的《尤利西斯》和艾略特的《荒原》。在那部同样以《奥德赛》中人物命名的鸿篇巨制中,乔伊斯不仅延续了史诗的漂泊主题,也借用了原著的结构、形象和象征,甚至在一些章节上也基本遵循了史诗的情节和场景描写。乔伊斯的意图非常明显,是要通过在神话结构中注入20世纪的元素,将古老的传说和20世纪现代人的生活加以平行地对照和映衬,其反讽意味是不言而喻的。正像艾略特指出的那样:

---

① 施勒格尔:《关于神话的谈话》,《雅典娜神殿断片集》,李伯杰译,北京:生活·读书·新知三联书店2003年版,第230页。
② "现代性,就是那过渡、短暂、偶然,就是艺术的一半,另一半是永恒和不变。这种过渡的、短暂的、变换如此频繁的成分,你们没有权利蔑视和忽略。"波德莱尔:《现代生活的画家》,《波德莱尔美学论文集》,北京:人民文学出版社1987年版,第485页。

> 在使用神话,构造当代与古代之间的一种连续性并行结构的过程中,乔伊斯先生是在尝试一种新的方法,而其他人必定也会随后进行这种尝试。他们不是模仿者,就像一个科学家利用爱因斯坦的发现,从事自己独立、更为深入的研究一样。它只是一种控制方式,一种构造秩序的方式,一种赋予庞大、无效、混乱的,即当代历史,以形状和意义的方式。①

艾略特指出这种尝试"其他人必定也会随后进行",真的是很有预见性。事实上,在他的长诗《荒原》的创作中,就明显地受到了乔伊斯这类方法的启示。在彼得·阿克罗伊德的《艾略特传》中,作者提到,艾略特完全理解乔伊斯的意图,因而在《荒原》中,他也创造出某种同样的秩序。② 诗人将渔王寻找圣杯的古老神话传说作为全诗的总体隐喻,展示出20世纪人类精神和心灵上的荒原。在作者的注释中,艾略特特别提到了这来自魏士登女士的《从祭仪到神话》一书中有关圣杯的传说,并得益于另一部重要的人类学著作《金枝》③。作品中弥散的神话特征触目可见,光是从长诗的第一章《死者葬仪》的标题中就可以看出。葬仪是神话仪式中最重要的部分,与神话密不可分,这一点在弗雷泽的《金枝》中得到了很好的阐明。艾略特还大量引用了《圣经》和《变形记》中的神话来讽喻20世纪的现实,如在"对弈"一章中,他插入了一段古罗马诗人

---

① T. S. 艾略特:《尤利西斯:秩序与神话》,《艾略特诗学论文集》,王恩衷编译,国际文化出版公司1989年版,第285页。
② 彼得·阿克罗伊:《艾略特传》,刘长缨、张攸强译,北京:国际文化出版公司1989年版,第109页。
③ 见《荒原》作者原注。袁可嘉等选编:《外国现代派作品选》,赵萝蕤译,上海文艺出版社1980年版。

奥维德的《变形记》中翡绿眉拉姐妹被强暴时的描写。当姐妹俩实施了报复后被残暴的国王所追赶,分别变成了夜莺和燕子。诗中有这样的一句:

> 她那不容玷辱的声音充塞了整个沙漠,
> 她还在叫唤着,世界也还在追逐着
> (filled all the desert with inviolable voice
> And still she cried, and still the world pursues)①

在原文中,"充塞"(filled)和"叫唤"(cried)按叙述的正常要求,使用了过去时,但"追逐"(pursues)一词却用了现在时。通过这一方法,诗人巧妙地把古代的罪行引入了现代世界。

此外,卡夫卡的作品和托马斯·曼的《魔山》,也被一些学者指出具有神话结构。② 20世纪的现代主义以及后来出现的后现代主义文学的一个突出特征就是叙事的改变。在一些作家那里,无论是作为作品隐含着的结构因素,还是作为总体隐喻,都不约而同地完成了这种对神话的重写。这些与以往的借用神话的创作方法应该是大相径庭的。

这种重写展示了叙事策略的改变。作家们不再是摹写现实,而是把纷纭变化着的现实纳入到古老而恒定的神话系统中,从而完成从转喻到隐喻的过程。这样可以达到一种重塑现实的目的,

---

① T.S.艾略特:《荒原》,赵萝蕤译,见袁可嘉等选编:《外国现代派作品选》第一册,上海:上海文艺出版社1980年版,第98页,原文引自《the Norton Anthology of American Literature》。
② 叶·莫·梅列金斯基:《二十世纪文学中的"神话主义"》,《神话的诗学》,魏庆征译,北京:商务印书馆1990年版。

并赋予现实一种历史感,或者毋宁说,给古老的神话传说注入了现代性。这无疑造成了一种吊诡:把现实生活纳入古老神话的结构,并不意味着现代性的减弱或丧失,恰恰相反,正是以期达到对现代性的寻求。从上面两篇作品的例子中我们可以看出,20 世纪人们的生存状态和心灵处境借助神话结构,通过参照、对比和映衬,被有效地得以凸显。

在后现代主义作家那里,神话的范围被扩大了,手法也更加灵活多变。如巴塞尔姆的《白雪公主》套用了同名童话的结构,罗布·格里耶和布托尔代表的法国新小说,借用了侦探小说的因素,小冯尼格的小说带有浓重的科幻色彩,罗伯特·库弗除了借用童话,还把真实历史事件和人物与虚构的情节加以拼贴,以造成一种似真还幻的效果。而海勒的《上帝知道》,不仅把《圣经·旧约》中大卫王的故事重新加以演绎,还竟然在里面加入了科隆香水、胭脂口红和空气清新剂这些现代的玩意儿,并且煞有介事地品评莎士比亚的戏剧和弥尔顿的《力士参孙》,甚至还谈论起了中东战争和石油。这种有意打破和混淆时空界限的做法更具有颠覆性,但仍然是一种"重写",把神话(历史)和现实并置于同一个平面,使我们清楚地看到,古代人的困境也正是现代人所同样面临的。

上述的重写,确切地说是一种改写或仿写,而阿特伍德的"重写"无疑更加具有策略性。作为后现代作家,她不仅有别于乔伊斯和艾略特这类现代派作家,与其他后现代派作家也大相径庭。对于前者,神话只是作为隐含结构若有若无,为作品划定边界,并像命运一样笼罩着人物,暗中支配他们的行为;而在后者那里,现实和神话(或历史与想象)被杂糅在一起,难分彼此,造成一种亦真亦幻的效果。表面看上去,阿特伍德只是在原原本本地讲述那个古老的神话,甚至把神话当作历史来考证,言必有据,中规中矩,在人物关系和主要"事件"上与《奥德赛》和罗伯特·格雷夫斯的希腊神话没有任何出入,基本上符合"事实"——当然是神话中的事实。从这一点上看,她所进行的不像是作家的工作,倒更接近一位学者(她从弗莱那里也借鉴了很多),并带有一点考证癖:

> 《珀涅罗珀记》主要取材于企鹅经典版(penguin classics)荷马的《奥德赛》,E. V. 里欧(E. V. Rieu)译,D. C. H. 里欧修订(D. C. H. Rieu)(1991)。罗伯特·格雷夫斯(Robert Graves)的《希腊神话》(The Greek Myths)也是不可或缺的。关于珀涅罗珀的家世——如特洛伊的海伦是其堂姐,包括她可能做出的不贞行为——都以此书为依据。①

当然这只是一种障眼法。如果我们细读这部作品,就会发现,阿特伍德在不知不觉间完成了对古老神话巧妙的颠覆,融入了现代女性的观念,并作出重新的阐释。这里面既有利奥塔提及的回到原初的起点,也有用全新的思维对神话进行的审视。

"该轮到我编点故事了。"在故事的开头作者这样写。"我"是谁?无疑是珀涅罗珀,一个曾经受到屈辱和折磨的女性,现在是一个死人,一个回顾往昔的叙述者。而对于死人(确切说是幽灵)来说,是无所不知的,甚至在一定程度上是无所顾忌的。这多少使我们想到了但丁在游历地狱时那些幽灵对他讲述自己的过去的情

---

① 玛格丽特·阿特伍德:《珀涅罗珀记·后记》,韦清绮译,重庆:重庆出版社2005年版,第166页。

景。"编点故事"带有一点调侃的味道,不仅道出了文学创作的本质,也可以看作是对伪造过自己某些经历的丈夫的嘲讽:

> 关于那些事情,很多人相信他所讲述的版本是真实的:引发或参与了几起谋杀,几位勾引男人的美丽女子,几个独眼怪。甚至我也时不时地信了他。我明白他狡黠得很,说谎成性。①

虚构是故事的本质性特征,但我们在读一篇故事时,总是假定故事是真实发生过的,而谎言则是虚构故事里的假定真实中的虚假成分。上面的话几乎推翻了关于奥德修斯的全部神话,也表明了话语权的回归——"所以我要讲自己的故事了"。这意味着经过千百年沉默之后,作为女性和次要角色的珀涅罗珀终于等到了发言的机会,她开始由沉默转为发言,从幕后走向前台。

我们注意到,这篇小说使用了第一人称进行叙事。第一人称的叙事一般有两类,一类是由不相关的或次要的角色发言,另一类是从书中的主要人物的视角出发。这里显然是后一种。"叙述者的身份,赋予文本以特征"②,由于说话人改变,故事的叙述视角也会随之变化。使用第一人称,虽然在叙述时会受到某种限定,但它可以更加深入地展示叙述者的所思所感,以及丰富而复杂的内心世界。珀涅罗珀是作为一个死去的人来讲述往事,这样她的叙述

---

① 玛格丽特·阿特伍德:《珀涅罗珀记》,韦清绮译,重庆:重庆出版社 2005 年版,第 2—3 页。
② 米克·巴尔:《叙述学》,谭君强译,北京:中国社会科学出版社 2003 年版,第 19 页。

就至少有了两个层面：一是她活着时的视点；另一个视点则是在死后的冥界边，她一边叙述一边审视以往的情形。由于叙述者的声音和视点完全统一，我们即使不相信故事中事件的"真实性"，那么至少有理由相信这是叙述者的真实看法。这种视角的改变，使女主角在叙事上占有很大的优势，可以进行申诉和辩护，也使得读者的关注点（和同情心）得以转化。此外，故事的主体也发生了偏移。在《奥德赛》中，故事有着两条平行的线索：一条是奥德修斯在海上的不同凡响的经历，这是故事的主体部分；另一条是珀涅罗珀在家机警地与求婚者周旋，这条线索只占了全书的很少一部分。而在《珀涅罗珀记》里，这一情况得到了翻转，虽然就整体上看并没有违背原有的情节，但由于是由珀涅罗珀作为故事的叙述者，因此使主体转移到了她的故事上面。由于《奥德赛》中珀涅罗珀的故事写得简略而概括，留有大量的空白，这种侧重点的变化，为阿特伍德赢取了大量想象和创作空间，使她真正能够得以"讲自己的故事"了。就像电影《罗生门》所表现的一样，由于叙述主体的不同，得出的结论也完全相异。透过珀涅罗珀的视角，我们看到了原来被我们忽视的一面，在这个原本类似于楷模道具的人物的内心事实上充满了矛盾和痛苦。由于这些普遍情感的出现，古老神话中的角色与一位现代女性的内心世界产生了对接。

这一举动无疑动摇了神话原有的基础，不仅颠覆了奥德修斯的神话，甚至也颠覆了神话本身。我们知道，神话有两个明显的特点：一是神话从来都不以第一人称进行叙述，二是神话从来都避免描写人物更深层的心理活动。原因很简单，神话向来以传奇性和英雄事迹来吸引读者，神和英雄在各个方面都远远优于常人，按照弗莱的说法,神话的主人公在性质上比其他人优越,也比其他人环境优越①,如果使用了第一人称,或过多地涉及神或英雄的内心活动,就会拉近读者与主人公的距离,神的优越性就难以保持,不利于神或英雄的形象塑造。阿特伍德的这一做法,使古老神话褪去了它的神圣性和经典性,回复到了平凡,从而衍化成为一个带有现代女性主义色彩的文本。

由此我们得以看到她忠贞柔顺之外的另一面,甚至是全然不同的、也许是更为真实的一面。我们知道,忠贞温顺是《奥德修记》中刻意突出的,也是后世读者对她的一贯印象。而在这本书里,我们却可以看到她的孤独无助。也许因为是在死后冥界的叙述,也许是出于叙事策略的考虑,珀涅罗珀的"控诉"真正做到了哀而不怨。罗兰·巴特说过这样的话:

> 一个故事愈是以合乎规范、妙语连珠、不施狡黠的方式,用恰到好处的口吻来讲述,便愈是易于颠覆它,破坏它,翻转来阅读它②。

珀涅罗珀或阿特伍德正是自觉不自觉地做到了这一点。她用平静的、略带嘲讽的口吻讲述了她的故事。由于不动声色,更加衬托出了男权社会的残酷。她似乎漫不经意地谈到在她出生时她的父亲、斯巴达国王伊卡里俄斯曾下令把她扔进海里,因为他听信了一

---

① 诺思洛普·弗莱:《批评的剖析》,陈慧等译,天津:百花文艺出版社1998年版,第150页。
② 罗兰·巴特:《文之悦》屠友祥译,上海:上海人民出版社2002,第36页。

位神使的话,认为珀涅罗珀将织出他的寿衣①。丈夫和她结婚后,却想着海伦,在归途中与其他女人鬼混。当面对求婚者的纠缠,儿子对她不是同情而是误解,甚至"对他最好的解决办法就是我体面地死去,这样他不用受任何谴责"②。归来的丈夫也对她心怀猜忌,并残酷地杀死了她身边的12个女仆。

作为一位女性,她非常清楚自己的处境,也能感到自己所蒙受的屈辱。这种处境像命运一样,是她无力改变的。她不仅要继续忠于漂泊在外过着花天酒地生活的丈夫,还面临着求婚者和儿子的双重压力。父亲、丈夫和儿子虽然都是至亲骨肉,但他们带给她的却是痛苦,恰好反映出男权社会对女性的压迫,尽管这种压迫有时是出于一种无意识的举动。正是这些刻画,使我们透过女性的眼光看到了男权社会的残酷。

写到这里,我们恐怕就不难理解珀涅罗珀的"睿智"了——这也许是本书中这一形象唯一得以保留的品质。而所谓的睿智,实际上正是出于一种生存需要。她是在用睿智同各式男人们周旋,并保持着自己的生存权利和尊严。在《奥德修记》中,她对归来丈夫的考验,一直被视为她忠贞的表现,而在阿特伍德的笔下,这只是珀涅罗珀为了避免猜忌和更为悲惨的下场所玩弄的一个小小手腕。在她的内心,充满了对丈夫的轻蔑和嘲笑:

> 歌中说,我没有任何觉察,因为雅典娜使我分了神。如果

---

① 玛格丽特·阿特伍德:《珀涅罗珀记》,韦清绮译,重庆:重庆出版社2005年版,第10页。
② 同上书,第92页。

你相信这个,那么任何鬼话都可以相信。事实上我背对着他俩偷偷地乐。①

甚至对至高的神祇,她也表露出自己的不满:

> 神不愿让我饱受煎熬,得了吧。他们只会戏弄人。我不过是一条流浪的狗,他们用石块砸我或是点燃我的尾巴,不过是为了取乐。他们想味品的不是动物的肥肉骨头,而是我的苦痛。②

通过这些独白,使我们得以透视那个所谓的忠贞温顺女人的真实内心。丈夫欺骗了她,她又反过来以其人之道还治其人之身:

> 我们两个——从我们供认的情况来看——都是技艺高超而不知羞耻的骗子,且历来声誉卓著。我们俩竟还能相信对方的片言只语,这真是奇迹。……或者说我们是这样告诉对方的。③

在阿特伍德的笔下,奥德修斯由一个神一样的英雄沦为了说谎的骗子,而历来被"描画为一位堪称楷模的妻子,以睿智和贞洁闻名"④的珀涅罗珀也向我们揭示了她不为人知的一面。她既是受害者,却又不是那么无辜。至于后者是如何造成的,我们自然心知肚明。

---

① 玛格丽特·阿特伍德:《珀涅罗珀记》,韦清绮译,重庆:重庆出版社2005年版,第116页。
② 同上书,第10页。
③ 同上书,第143页。
④ 同上书,第11页。

珀涅罗珀的花毯或叙述诡计

不止如此。作者还依照古希腊悲剧的传统,别出心裁地穿插进了一个由女仆组成的合唱队。正如有人指出的那样,在古希腊的悲剧中,合唱队是由男人组成,而这次,成员却被置换成地位低下的、同时又是受害者的 12 个女仆。她们和女主角一样,同样成为故事的讲述者,而她们的命运更为凄惨。然而,她们的讲述同她们的女主人有很大的出入。她们不仅愤怒地谴责了暴虐地杀死她们的奥德修斯(不单是嘲讽),也道出了珀涅罗珀的不贞:

你那出了名的织机据称正绕着细线,
其实你在床褥里与情人缠绵!①

这无疑使叙述和事件出现了另一维度,也使得女主角的某些说法变得可疑。尽管女主角在书中一再辩称她没有失贞,但现在看来她可能并不是那么无辜。事实上,这里阿特伍德沿袭了她的一贯特色,在描写两性对立的同时,女性既被写成是悲剧的牺牲品,也被赋予了同谋的角色。

这可以视为又一种颠覆,当然在某种意义上,也可以说是一种还原。因为据格雷夫斯的研究,当时的一些神话中,是有关于珀涅罗珀失贞的传说的(在《后记》中,阿特伍德提到了关于珀涅罗珀"可能做出的不贞行为"是以格雷夫斯的《希腊神话》为依据②)。当然,我们大可以把女仆们的这些话看成是她们对当时流言蜚语的描绘和回应,但这确实为奥德修斯在杀死可恶的求婚者后又吊

---

① 玛格丽特·阿特伍德:《珀涅罗珀记》,韦清绮译,重庆:重庆出版社 2005 年版,第 123 页。
② 同上书,第 166 页。

死她们作出了一个合乎情理的解释,回答了"什么把她们推向绞刑架"的问题,即这是一场"为了保全名誉的杀戮"①。这意味着奥德修斯毕竟棋高一着,他在欺骗妻子的同时,也清楚妻子在骗他,他反过来又欺骗了妻子和世人,这并不是出于爱,而是出于保全自己名誉的考虑。和她早期的作品一样,"婚姻被描写成是占有,是陷阱,甚至是消费"。相比之下,珀涅罗珀仍然处于弱势,仍然是受到屈辱和损害的对象。这也是她不愿重回人世的原因:

> 世界仍然和我的时代一样凶险,只是悲惨和苦难的范围比以前更深广得多。而人性呢,还是一如既往的浮华。②

这里,阿特伍德跳出了她既有的女性主义的立场,把她的谴责和苦难推向了一个更大的范围,使小说的意义向外层层扩散。

当然,我们也可以这样理解,作者或许是要向我们表明,真实是永远无法知晓的,谁具有了话语权,谁就占据了于自己有利的地位。神话和历史一样,"横看成岭侧成峰",永远无法得出唯一的结论。这或许是阿特伍德,也是很多作家的共同看法。反过来说,这也进一步证明了神话或重写神话的魅力。

以上我们看到了阿特伍德对珀涅罗珀故事别具匠心的处理,和所做的巧妙的颠覆。小说表面上读起来简洁明快,但下面却暗潮汹涌,具有复杂的语义性。这也显露出阿特伍德在神话学研究上的造诣。她甚至通过 12 这个数字(奥德修斯射穿 12 个斧柄;以

---

① 玛格丽特·阿特伍德:《珀涅罗珀记》,韦清绮译,重庆:重庆出版社 2005 年版,第 162 页。

② 同上书,第 157 页。

及12个女仆)来证明珀涅罗珀是一位月亮女神的女祭司长,12个女仆被奸污和吊死代表了母系的月亮文化遭到了颠覆,被野蛮的男性社会夺去了王权。作者还借人物之口嘲弄了现代的学者:"我知道关于整个特洛伊战事的解释都变了。如今他们认为你(指海伦)不过是个神话。战争其实都是为了贸易路线,学者们就是这样说的。"对应韦尔斯的《世界史纲》中的一段话:

《伊利亚特》说得很明白,特洛伊城之所以被毁,原因是特洛伊人拐走了希腊的妇女。要是我们的学究们写,一定会写清是这妇女是海伦(可能还要拙劣地叙述一下事情的经过)。但头脑里具有近代思想的近代作者(注意里面微妙的讽刺)却试图证明希腊人袭击特洛伊的目的是谋取通向科耳基斯的商路,或者是谋取诸如此类言之成理的商业利益。果真如此的话,那么《伊利亚特》的作者十分巧妙地掩盖了书中人物的动机。如果要说荷马时代的希腊人和特洛伊人打仗目的是大大地抢先在柏林—巴格达铁路线上设立一个车站的话,也是同样有道理的。荷马时代的希腊人是一支健壮而又野蛮的雅利安,对贸易和"商路"的观念非常模糊;他们之所以和特洛伊打仗,原因是他们对这种拐掠妇女的事极为恼火。根据米诺斯王的传说和克诺苏斯城遗址所提供的证据,事实相当清楚,克里特人绑架过或拐走过青年男女去当奴隶、斗牛士、竞技者,或者还作祭品。他们同埃及人公平贸易,但他们可能还没有了解到希腊蛮人增长起来的力量;他们凶暴地同希腊人"贸易",结果引起干戈,玩火自焚。①

我想阿特伍德提到的"学者们"也就是韦尔斯在这里所嘲讽的。不同的是,韦尔斯是在探讨历史的真相,而阿特伍德是借这一公案来达到某种真实的效果,或者说,把神话还原为历史。

正如加拿大评论者琳达·哈切恩所指出的那样,"她明显地留有接受过诺思罗普·弗莱文学训练的学术痕迹"②。早在她的《女占卜者》一书中,她就已经开始借助神话和艺术建立秩序了。总之,通过重构珀涅罗珀的故事,阿特伍德完成了一次对神话的重写,使我们意识到既有的事件会有不同的一面。她的实践,无疑为重写神话提供了一种新的方式,是值得关注的。

---

① 赫·乔·韦尔斯:《世界史纲》,吴文藻等译,北京:人民出版社1982年版,第203页。
② 琳达·哈切恩:《加拿大后现代主义——加拿大现代英语小说研究》,赵伐、郭昌瑜译,重庆:重庆出版社1991年版,第191页。

翻译与中国新诗

　　翻译对文学的影响说起来很复杂,来自其他文化与语言的异质成分一旦进入到陌生的语境中,自然会发生微妙的反应。有时在本国看上去很平常的东西,在其他国家会显得稀奇。而作品中真正优秀的品质,也会与固有的文化产生碰撞和交融,最终形成共同的标准和尺度。当年中国读者对小仲马《茶花女》若痴若狂的阅读,无疑会成为前者的例证①,而经典对后世的影响力则更为突出。英国浪漫派诗人济慈在读贾浦曼翻译的荷马史诗时就充满喜悦,写下一首十四行诗。在诗中他说,"于是我的情感／有如观象家发现了新的星座,／或者像科尔特斯,以鹰隼的眼／凝视着太平洋"。② 在济慈的眼中,荷马史诗有如天文学家发现的一颗新星,

---

　　① 小仲马的《茶花女》作为第一部外国文学作品被译介到中国。叶兆言在《林琴南》中写道:"国人谈起中国人心目中的法国文学,总忍不住一种轻蔑,说你们喜欢《茶花女》。喜欢大仲马还算有些品味,毕竟有一部《基督山伯爵》,有《三个火枪手》,小仲马有什么呢,一部描写艳情的小说,写了一个交际花,害得文明之邦的中国人如痴如醉,神魂颠倒。法国文学是法国人的骄傲,在世界文学中举足轻重,仅仅喜欢《茶花女》,显而易见是对法兰西的不尊重。平心而论,法国人的观点不是没道理,但是它仍然有问题。《茶花女》影响确实不小,作为一种流行,却是一百年前的事情,当时正赶上戊戌变法失败,人心沮丧,改良的路行不通,大家只好将就着胡乱看小说。'茶花女'在中国本土的诞生,是生逢其时。"见叶兆言:《陈旧人物》,上海:上海书店 2007 年版。

　　② 济慈:《十四行诗:初读贾浦曼译荷马有感》,查良铮译,见《英国诗选》,上海:上海译文出版社 1988 年版。

尽管这颗星事实上已经存在很久了,但对于他来说,无疑等同于打开了一个"纯净安详"的新世界。丁尼生根据荷马史诗中尤利西斯的形象和但丁《神曲》中的立意,写下了《尤利西斯》,乔伊斯则更加大胆,以荷马史诗作为小说的框架,把尤利西斯的历险同20世纪人们卑琐的日常生活加以衬应,成为20世纪的文学创作的典范。博尔赫斯在谈到文学上的继承和影响时曾经说过这样的话,"我们可以断言,有两个人,少了他们现代文学就不是现在这个样子,他们是上世纪的两位美国人,一位是惠特曼,由于他,才出现了我们现在所谓的平民诗,出现了聂鲁达,出现了这么多好的和坏的作品;另一位就是埃德加·爱伦·坡,从他开始才有了波德莱尔的象征主义。"[1]惠特曼之于聂鲁达,坡之于波德莱尔,都是在异质文化和另一种语言文字中产生影响。上面谈到的影响显然都是通过翻译作品获得的,其功效并不下于母语中前辈对后来者的影响。

说起翻译对中国文学的影响,情况也许要更为特殊。首先是翻译对象和接受对象各自处于两种全然不同的文化体系中,异质性显得更加突出,不同文化间的碰撞也会更为强烈。其次是中国文学几千年来很少受到外来的影响,尤其是在文化的重大转型期引进了文学译作,并以此作为样本,其产生的效应也自然要强烈得多,甚至不限于文学本身。

人们大都同意把东汉明帝时期的佛经翻译看作是中国翻译史

---

[1] 博尔赫斯:《谈侦探小说》,段若川译,见《作家们的作家》,昆明:云南人民出版社1995年版。

的开端①,如此说来,翻译的存在至少可以追溯到近两千年前了。这也许是我们有据可查的大规模引进外来文化的第一个范例。但当我们审视这段漫长的历史,却会惊讶地发现,佛经的翻译虽然在时间上有较为长久的延续,却在范围上几乎不曾向外扩展。在相当长的时期内,在语言上很少超出梵文,在内容上也很少超出佛教经义。说来惭愧,偌大的一部中国翻译史,直到近代之前,确切说只是一部佛经的翻译史。尽管佛经的翻译和引进在中国思想史上产生过不可低估的影响,其中的佛本生故事也开启了六朝的志怪文学的源头,但这种对文学的影响毕竟是间接的,而在真正意义上对中国文学形成影响的文学翻译,直到上个世纪初才出现。形成这种现象的原因也许可以简单地解释为我们对自己的文化一直充满自信,一方面以为自身俱足,可以不必借助于外来的影响;另一方面出于维持儒家思想的纯正与正统地位的考虑,也不会允许外来文化的介入。②闭关锁国的重点不仅在于商业贸易,更是在于思想文化。此外,文学自身在我们的传统中不具有独立性大约也是一个重要原因,孔子说过,文以载道;又说,言而无文,行之不远。在这种正统意识看来,文无非是道统的附庸或载道的工具,为器为小,也自然不值得劳师动众。从这个意义上看,出现于 20 世纪初期的文学翻译就显得意义重大了,它是在文学产生了三千多年后、

---

① 据《四十二章经序》,汉明帝夜梦金色神人,遂派使者去大月民国,写取佛经四十二章,在十四石函中。见任继愈主编:《中国佛教史》,北京:中国社会科学出版社1985年版。

② 佛教的传入当属意外,最初统治者之所以感兴趣,只是因为想将其作为黄老神仙之术的补充,引入后在民间扎根,但在相当长的时间内受到道教的反扑。见任继愈:《中国佛教史》,北京:中国社会科学出版社1985年版。

翻译产生近两千年后才得以出现的。它的出现,意义显然不能限于翻译自身。

林纾一向被认为是文学翻译第一人,才气和文学功底固然无可挑剔,但他本人不懂外文,只是凭别人口头译出后加以润色。他使用的是文言,又有随意改动和添加的喜好,虽然钱锺书戏称他的译文比起原文来要更为生动,读起来更为开心①,但这毕竟是改写,而非忠实的翻译。无论林译如何生动有趣,但翻译的要义应该是以忠实为主,在内容、形式和风格上要做到和原作最大限度的接近——如果不能完全接近的话。严复提出的翻译的三字箴言"信达雅"一向被奉为圭臬,但深究起来也似乎有些问题,其中的"雅"在很多人那里被理解为雅化,即通过生花妙笔使原文由拙变巧或由朴变雅,这大约无论如何算不上是"信"(如后来的诸如把电影 *Waterloo Bridge*《滑铁卢桥》不着边际地译成《魂断蓝桥》无疑是这种雅化的极端)。意译并不能充当真正的意义上的文学翻译,毕竟文学的内容和形式是密不可分的,形式一经改变,内容也会随之产生微妙的变化,而信本身更应该包括风格上的忠实。当然这不应看作是林纾个人的问题,当时多数人大都倾向于这种充其量是意译的改写,比如把《神曲》译成《离骚》体,或是把拜伦译成古歌行体。这颇符合中学为体、西学为用的原则,但这种脱离了原有形式和风格的翻译无非只是使读者了解到西方也有一位屈原式的诗人或是写古体诗的浪子,却很难凭借译文去认识文学史上真正的

---

① 钱锺书:《林纾的翻译》,《七缀集》,北京:生活·读书·新知三联书店2002年版。

但丁和拜伦——当作者失去了自己的形式和风格,但丁和拜伦还会是他们自己吗?译作只有在忠实于原著的内容、形式和语言风格诸方面同时入手,翻译所具有的影响力才会真正得以实现。但无论如何,林译毕竟唤起了人们对西洋文学的兴趣,这种兴趣为大量引进西洋文学提供了基础,也最终摧毁了林纾等人所墨守的文言,建立起了与日常生活更加密切相关的白话文体。反过来,正是由于白话文体的使用,更是由于新文学运动所带来的对文学的重新认识,在一定程度上忠实于原作的译品才有可能真正出现,通过译文较好地了解其他国家的文学才会成为可能。

文学翻译为人们打开了一扇窗子,透过这扇窗,人们第一次看到了外面的世界,现实的和文字虚拟的世界。它向我们提供了世界各国的文学经典,而且在经典之外使我们第一次形成了世界文学的概念。同样,在我们旧有的文学传统之外也提供了一个新的传统。更为必要和重要的是,它使得文学进一步获得了独立意识和更为广阔的视野。当然,无论如何,它的存在仍然取决于翻译,它的优劣也同样取决于翻译,即作品的选择和译本的优劣。

回顾新文学运动的历史,我们注意到,文学翻译与新文学运动一直是携手并行,影响也是互相的。二者有共同的基础,同时又相互依存。一方面,翻译为文学创作提供了范本和尺度,另一方面,文学创作也为翻译提供了语言上的基础和保证。我国新文学运动的一个重要特征是,它不是对传统的反叛,而是对传统的摒弃。在这一点上,我们的先贤做得相当彻底。在他们看来,旧有的文学传统已经无法适应新文学运动的需要,需要建立的是一个全新的文学传统,它将伴随着思想上的启蒙,概括地说,是一种"活的文学"

和"人的文学"①。这一举动是相当大胆的,也困难重重。新的传统在相当大的程度上借鉴了外来的因素,用鲁迅的话说,就是奉行了拿来主义。鲁迅曾经告诫年轻的读者不要去读中国的作品,很多人认为过于偏颇,其实鲁迅的真实意思在于,中国旧有的文学传统已经不合时宜,必须与之彻底决绝,而新文学运动作为初生的婴儿,还一时不足以拿出具有足够影响力的作品。读外国书,在当时无疑是一种矫枉过正的不得已的做法,是一种必要的纠正。

当然外国书(在很大程度上是译文)更多带来的是全新的、开阔的视野,更是一种普泛意义上的文学的标准和参照。翻译作品应该算是新文学运动这个孩子的奶妈。仅以新诗为例,胡适在思考用白话文写诗时经历了一个艰难的过程。从他的日记中我们了解到,他的这一主张曾遭到周围人的强烈反对,其中不少人在其他方面都是他志同道合的朋友②。而事实上,他的《尝试集》尽管对新诗写作有开创之功,但实际成就并不可观。一方面可能是作为学者的胡适不那么具有诗人的才具,更重要的是,当时新诗从形式到内容纯属草创,只是一片荒漠,既没有形式和技法上的前例可供参照,也没有前人的经验可资借鉴,一切都有待尝试。胡适的诗作既借鉴了西方自由诗的格律,也在很大程度上不自觉地残留着旧体诗的痕迹(在鲁迅、周作人等人的新诗中,这种痕迹同样明显,这也体现出新文学运动复杂的一面)。因此里面的诗显得陈旧、稚嫩也就不足为怪了——胡适把他的集子题名为"尝试",其实是

---

① 胡适:《中国新文学大系·建设理论集导言》,《中国新文学大系》影印本,上海:上海文艺出版社2003年版。
② 曹伯言整理:《胡适日记全编》,合肥:安徽教育出版社2001年版。

再合适不过的。

另一个值得注意的例子当是戴望舒。戴望舒在新诗史上的地位似乎没有得到足够的评价，但他的成就远远超出了在当时影响更大的徐志摩，又影响到稍后的穆旦和卞之琳等人，可以说是新诗写作的一个重要转折点。他真正达到或接近达到了语言上的成熟，也使文学风尚和趣味与西方趋于同步。他在语言上的贡献在于他采用了平白洗练的汉语，并提供了一种现代的语感。他前期的作品如《雨巷》等虽然受到称道，但旧诗词影响的痕迹尚在，他的成熟，与他的翻译和借鉴现代诗歌不无关系。王佐良在谈到戴望舒的翻译时曾这样写：

> 他初期的诗作和初期的译诗在语言上——同时也在意境上——并不新鲜。例如这样一节：
>
> 霏霏窗外雨，
> 滴滴淋街宇，
> 似为我忧心，
> 低吟凄楚声。
>
> （魏尔仑《泪珠飘落萦心曲》）

中国旧诗的味道太重了，没有传达出法国象征派诗人的风貌。然而后来他译了古尔蒙，译了波德莱尔，最后又译了西班牙的洛尔迦，译笔变了，出现了这样的译文：

> 亚伯的种，你的插秧
> 和牲畜，瞧，都有丰收；

> 该隐的种,你的五脏
> 在号饥,像一只老狗
>
> （波德莱尔《亚伯与该隐》）

> 带着漆布似的灵魂,
> 他们一路骑马前来。
> 驼着背,黑夜似的,
> 到一处便带来了
> 黑橡胶似的寂静,
> 和细沙似的恐怖。
> 他们随心所欲的走过,
> 头脑里藏着
> 一管无形手枪的
> 不测风云。
>
> （洛尔迦《西班牙宪警谣》）

无论在韵律、形象和语言上都远离了中国旧诗了。同时,他在创作上也从《流浪人的夜歌》《雨巷》之类进展到《我的记忆》《秋蝇》《我思想》,又变化而写《断指》《元旦祝福》《我用残损的手掌》。①

王佐良本人就是一位出色的诗歌译者,他对戴望舒译诗的理解称得上是目光独具。乍看上去,戴望舒对魏尔仑的翻译称得上

---

① 王佐良:《谈诗人译诗》,《论诗的翻译》,南昌:江西教育出版社1992年版。

达意,音韵也很美——魏尔仑本人就胜在音韵——但用词过于典雅,不脱旧体诗的窠臼,从而显得陈旧——语言的陈旧势必造成意境的陈腐。在后面的两个例子中,戴望舒使用的语言平白如话,又不失凝炼,真正成为了现代诗。他同样注意到了这种变化和戴望舒本人的创作之间惊人的一致。戴望舒早期的诗作《十四行》《雨巷》等和他翻译魏尔仑在用词上颇为接近,而他成熟期的《我的记忆》《断指》则使用清新成熟的口语。译笔和写作的变化反映出他诗歌观念的变化,但很难确定是他的翻译影响到他的创作,还是他的创作影响到他的翻译。说二者间是相辅相成的也许更为恰当。

戴望舒是在新诗史上风格和语言最早达到成熟的诗人。比之于胡适草创新诗时的作品,戴的成熟令人惊异。在短短20年的时间里,新诗从草创趋向成熟,一方面要归之于诗人们的努力,另一方面与学习和借鉴西方现代诗歌不无关系。而这借鉴中,最好的方式之一就是阅读和翻译。诗歌是这样,其他文体也是这样。翻译固然是创作之辅助,但在开创文学风气时却往往走在创作的前面。将一种异质的新的因素注入不同的语境中,会产生出微妙的意想不到的变化。在新文学运动以后,没有受到(直接或间接)翻译影响的作家和文学运动可能极为少见。可以说,阅读和翻译首先影响到译者本人,然后波及其他读者。这一点,不仅戴望舒如此,在穆旦、卞之琳等人的创作经历中同样得以体现。比如,穆旦对奥登的借鉴,卞之琳对更多现代派诗人的借鉴。在《雕虫纪历自序》中,卞之琳承认他受到了欧美诗歌的广泛影响:

> 我前期最早阶段写北平街头灰色景物,显然得指出波德莱尔写巴黎穷人、老人以至盲人的启发。写《荒原》以及其前

短作的托·斯·艾略特对于我前期中间阶段的写法不无关系;同样情况是我前期的第三阶段,还有叶芝、里尔克、瓦雷里的后期短诗之类;后期以至解放后新时期,对我也多少有所借鉴的还有奥顿中期的一些诗歌,阿拉贡抵抗运动时期的一些诗歌。①

这是就风格和手法而言,在诗体上卞之琳可能也是在新诗史上尝试较多的人,他同样提到,他"在前后期写诗,试用过多种西方诗体"②。卞之琳的情况在其他一些有成就的新诗作者身上也同样存在。正是由于这种刻意的努力,新诗才逐步在形式和技法上得以成熟起来。

也许有人会认为,过多地强调西方诗歌的影响会贬低中国诗人的努力和中国诗歌的独立价值。但这毕竟是事实,而且接受外来文化的影响无论在中国还是在西方世界都是客观存在而且是必要的。当然这些影响并不一定都是通过翻译作品来获得的,但其功效却是一致的,而且当一个人阅读自己母语之外的文字并影响到他用母语的创作时,其中也不可避免地含有翻译的成分。只是像这样全方位的受到外来传统影响的例子在整个文学史上并不多见。新文学运动以来,大量西方文学作品乃至流派纷纷涌入,时代不同,国别不同,流派不同,选择接受哪些,放弃哪些,如何将其转化成另一种语言文字,都是需要眼光、勇气和能力的。这也是不得已而为之,是出于他山之石可以攻玉的考虑。新文学本身缺少自

---

① 卞之琳:《雕虫纪历》,北京:人民文学出版社1984年版。
② 同上。

身的传统,必须从外部借鉴。这种借鉴不仅带给了中国新诗以全新的形式,更赋予新诗一种现代性,一种全新的对自身的认识。一些人习惯于把世界文学同民族传统对立起来,正如把独创同借鉴、创新和继承对立起来一样。事实上,这种对立在一定程度上意味着相互依存,非此即彼就不好了。在很多国家文学的某个特定阶段,都出现过民族文学,但不要忘记,这种对民族文化中的特质和资源的强调正是出于一种对世界文学的观照。文学最终与时代和人的生存相关,它反映出的问题往往带有普遍性,是人类共同的境遇或处境。衡量文学作品的优劣并不在于其是否具有民族特色,而所谓的民族特色在我看来也只是一种写作上的策略,其用意只是在世界文学的大潮中寻找到自身的独立品质。但要做到这一点,起码要在同一起跑线上才能进行。另一方面,文学自身的发展需要接受外来的影响,这样才不至于一潭死水,才能保持生机和活力。

中国新文学发展的特殊经历在于,以往的传统丢弃了,或无法应对当下的局面,造成了一种断裂,代之而来的是西方文学的传统,不是部分地吸收,而是大量的引进、选择和借鉴,并在此基础上形成了一种属于自己的全新的文学传统。这种传统与五四时期提倡的科学民主精神是一致的,它虽然稚嫩,却带给人们一种全新的感受,是真正来自时代和心灵的产物,也为文学的发展提供了更为广阔的视野。如果认真审视,新文学运动所经历的阶段,仅就吸收和借鉴外来文化而言,经历了由被动到主动、由全面接受到有选择的借鉴的过程,一路走来,可谓筚路蓝缕。新文学运动在较短的时期内,从拓荒到取得可观的成就,很大程度上取决于这种他山之石的攻玉。同样,优秀的外国文学作品也为我们提供了审美标准和尺度。后者几乎同样重要——也许更为重要。现在新诗已日趋成熟,一些诗人开始强调回归中国诗歌的传统,发掘传统中好的东西,这些都是必要的,反映出我们创作上的成熟。但大可不必指责当时新文学运动过于偏激,更没有必要片面地以中国传统来对抗或贬低外来传统。同样是中国古典诗歌的传统,为什么我们今天接受起来和清末民初大不一样,所产生的效应也大不相同?为什么我们的前辈诗人一度如此果决地摒弃了这一传统?未必不是事出有因。我们今天之所以能够做到公平地对待传统文化,正是因为我们的先驱者们已成功地建立起新文学的传统,建立起新诗牢固的形式,不会再回到五七言的老路上去,有了更多的抵御其中陈腐内容的能力。同样,旧的传统也不再是强加给我们的唯一传统,而是如有的评论家指出的那样:"中国传统被放在了一个更大的思想背景中来看待,开始被平等旋转于人类'诸神'谱系,同时也被融入了切己的生命来感觉。"[①]即使从主张恢复中国诗歌传统的论述中,我们也可以看出,他们对这一传统是经过了精心选择的。即使对所选中的诗人,也带有明显的现代观照。比如,同样是向杜甫致敬,我们致敬的杜甫不再是那个"每饭不忘君"或"致君尧舜上,再使民风淳"的杜甫,也不再是所谓的具有"人民性"的杜甫,而是更多着眼在他与时代的关系上。他与时代的关系也正如奥登评论卡夫卡时所说,卡夫卡和但丁、莎士比亚等人与时代的关系是

[①] 钱文亮:《脚越多越软弱:关于新世纪,关于诗歌之中国》,《中国21世纪初实力诗人诗选》,武汉:长江文艺出版社2009版。

一致的。正是站在这个基点上,我们才能重新审视并发现传统中好的东西,使之成为我们创新的因素,而不至于回到原来的老路上去。从这一点上说,翻译和借鉴可以说是功不可没。有一个现象值得注意,新文学运动的参与者及后继者,其中大部分能够直接阅读外文,足以供他们借鉴,但他们都不曾放弃从事翻译。"鲁迅、郭沫若、茅盾、巴金、冰心、曹禺、戴望舒、艾青、卞之琳、冯至都搞过翻译"①,这当然是老一辈了,而今天在这个名单之外我们也许还应加上更多的名字。也许,他们看重的并不是翻译本身,而是翻译所产生的效果。作家莫言这样说:"我作为一个在上个世纪八十年代出道的作家,亲身体验到了向外国文学学习的重要性。如果没有杰出的翻译家把大量的外国文学翻译成中文,像我们这样一批不懂外文的作家,就不可能了解外国文学所取得的辉煌成就,如果没有我们的翻译家的创造性的劳动,中国的当代文学就不是目前的这个样子。"②由于中国文学的这种特殊性,在我看来,翻译和创作几乎处于同等重要的地位,创作上的探索有赖于翻译来扶持;而翻译家和创作者的作用也同等重要,或许他们的贡献并不下于创作者。

学习和借鉴的目的是为了创造。在今天,诗人们从各个方面包括从中国古典诗中汲取养分,这些都是必要而有益的。在我看来,接受外来的影响仍然必要,只是目光要更加开阔,借鉴要更为审慎。自80年代以降,诗人们对国外诗歌的关注点已发生了微妙

---

① 王佐良:《谈诗人译诗》,《论诗的翻译》,南昌:江西教育出版社1992年版。
② 莫言:《翻译家功德无量》,《世界文学》2002年第3期。

的变化,兴趣点由西方主流文学中诗人的诗歌转移到了非主流文学中诗人的诗歌,如卡瓦菲斯、阿米亥、扎加耶夫斯基、赫伯特、阿多尼斯和达维什等人的作品,同时,很多诗人也投身于翻译队伍。当然,翻译本身的问题仍然存在,一是我们对经典名作的翻译远远称不上全面,二是我们的译文在很大程度上也存在着问题,无愧于原著的译作并不多见。这些都应引起足够的重视并加以解决。

内与外：心灵的视境
——文乾义的诗

文乾义是一位值得关注的诗人。这不仅在于他从 70 年代就开始诗歌创作，默默坚持了几十个年头，这种执著精神本身就让人敬佩；更为可贵的是，他始终保持着一种旺盛的活力，不断求索并超越自我，完成了从外部描摹到内心审视、从坚持传统诗风到写出具有强烈现代意识作品的巨大蜕变——这种变化有人终其一生也难完成。在最近由太白文艺出版社出版的《文乾义诗歌》(西安：太白文艺出版社 2007 年版)中，我看到了他的另一个变化，这种变化也许还只是初见端倪，算不上突出，但无疑兆示出一个颇为可喜的发展前景。

谈起这一变化，首先应该提到他的另一本诗集——《别处的雨声》(北京：人民文学出版社 1999 年版)。这部集子里的作品比起他今天的创作可能要显得逊色，但对研究文乾义的诗歌却很重要，因为它像化石一样记录下了他的蜕变过程。作者似乎有意在和读者玩捉迷藏的游戏，刻意隐去了每首诗的写作时间，但在我们阅读时，仍然会感到其中巨大的差异。据作者本人讲，这个集子中的作品包括了 1995 年到 1999 年的创作，其中 1997 年可以作为时间上和篇目上的一个中点。不仅如此,1997年之前和之后的作品各自呈现出不同的特点,而且这些特点还颇为鲜明。

从这个集子可以看出,文乾义1997年以前的诗歌更多停留在对外部现实的摹写上,其中北方特有的风物与他早年的生活息息相关。里面虽然不乏精彩之作,但总的来说让人感觉略有些浮泛,形式和手法也略显陈旧。在一首题为《马莲花》的诗中,诗人这样写:

> 马莲花总是悄悄地开的
> 在路旁,门口。一簇簇地开放
> 这儿的马莲花太多了
> 和这群人一样的多
> 后来,谁也没有注意谁
> 就分别了
> 再后来是隐隐约约地想念
> 淡紫色的花瓣儿,一闪一闪的
> 并没有芳香

应该说,这首诗写得并不差,甚至可以称得上诗意盎然。诗人把淡紫色的马莲花和插队的伙伴们加以映衬,人和花最终在诗人的印象中变得混淆起来,这种不动声色的叙述中自有一种淡淡的感怀和哀伤。但如果从更加严格的标准来看,由于缺少在内心和经验层面的更深挖掘,诗的意境没能得以更好地拓展。但文乾义无疑有着坚厚的生活基础,丰富的生活经验多少弥补和掩盖了因缺少内心审视而产生的浮泛。他的诗作也常常在经意或不经意间流露出浓郁的北方特色,这些既与他的生活相关,也多少体现出他当时的诗歌追求。他的诗情感真实深挚,不时会出现一些警策的句子。如:

> 炊烟升起的地方
> 雪照样急照样猛
> 而炊烟消失的地方
> 雪,停了

(《炊烟》)

或者:

> 连早霞和晚霞都熟悉这些誓言
> 连土地和天空都熟悉这些誓言
> 誓言里生活着一群人——
> 等誓言们纷纷散去了
> 这群人也散去了

(《誓言》)

事实上,出现在文乾义笔下的草原、落日、雪野、老树、炊烟,并不单单是一种外在景观,文乾义是在有意识地通过这些景物描写捕捉北方特有的文化品格,以突出一种地域文化与民俗特征。在很多年前,乾义就开始做起了北方文化史志的研究,这或许是出于某种个人兴趣,也应该是出于诗歌创作的考虑,他曾不止一次地对我提起,他是在有意识地通过这些来寻找自己诗歌的独特的内涵和表现方式。但这样做仍不能完全避免由于缺少内心审视而带来的缺憾。

在诗集的后半部分，变化开始出现了。诗人开始由注重描摹外部事物转移到对内心的审视，诗中的现代性明显增强。这一由外到内的变化表明了诗人的成熟。在我看来，这不能简单地看成是一种写作方法上的转变，而应视为对诗歌本质的回归。从本质上讲，诗歌是心灵的产物，一首诗，无论是追怀往事，还是在描摹当下的现实，无论是看似主观还是客观，都应该是内在心灵对于外部世界的观照。如果外部的景物不能同我们的内在更为深层的经验和情感融合在一起，那么这些景物就很难传情达意，只能成为一种装饰。诗人可以用不同的方法进行创作，但真正优秀的诗人无一不是深入到自己的内心，从中汲取情感和经验，并以此来观照外部事物。就这个意义上讲，一首诗的空间代表着心灵的空间，一首诗的深度也体现着内心自我挖掘的深度。说到现代性，一般说来，我们把现代性理解为用现代人眼光去关注和审视世界，那么这种现代性正好表明了这种内与外的契合。我们过去总是强调一部优秀的作品应该具有鲜明的时代特征，这并不错，但问题在于，我们往往把这一时代特征简单地理解为对外部世界的描绘，而忽略了内在的审视。如果离开了人，离开了人的内在经验和情感，只是机械地摹写外部世界，那么依然无法完整地呈现一个完整的世界。从文乾义身上体现出的这一变化恰好代表了朦胧诗以降中国诗歌的发展轨迹，只是这一诗人种群上的变化集中体现在了他一个人的身上。这个过程无疑经历了漫长的追寻和磨砺，也与他这一阶段大量的阅读和思考有关。在这个集子之后发表在一些杂志上的诗作中，我们可以清楚看到他沿着这一轨迹稳步地行进着的背影。

在《文乾义诗歌》这本薄薄的诗集中，我们一方面清楚地看到了这一现代意识的集中体现。这个集子里面的诗作简净、内敛,早年那种浮泛的描写与抒情已不复存在,代之而来的是内心经验透过外部事物的呈现。可贵的是,诗人仍然保持着他一贯平稳的语气和谦和的态度:

> 让我回到地面。和尘土一起
> 和垃圾一起。和许许多多的脚步一起
> 在大街走,然后,睡眠。然后醒来
> 死亡像早晨的云霞,温暖地牵起我的手
> 一块走向中午,然后,再一块走进夜色
> 它是那么优美和安静

(《让我回到地面》)

这首诗可以看成是诗人的一个宣言。死亡永远伴随着我们,生活中有垃圾和尘土,但诗人仍然愿意回到地面,和许许多多人一样,平静地走过漫长或不那么漫长的一生。诗中的早晨、中午和晚上,暗示着人生的各个不同阶段,和"地面"一样具有象征的意味。对于死亡,作者的态度也相当平和,尽管死亡无时无刻不伴随着人们,但死亡赋予了生命以意义,作者的态度达观积极,丰富的人生意蕴被容纳进短短的几行诗中。

另一首短诗《那里》在立意上和前面提到的《马莲花》有着几分相像:

> 灵魂像白色的花瓣的一些碎片
> 在黑夜的照耀下发光。他们很轻松
> 在突出海面的集散地散步,一闪一闪

> 他们相互并不熟悉。他们从不同的地方
> 带着不同的仇恨、友谊和爱汇集而来。而
> 一切都结束了。有人在若明若暗的阴影里
> 注视着他们的谈话，或回忆。静无声息

这是一首非常出色的作品。虽然立意与前面的一首接近，但意境却更加开阔而深邃。诗中有一个具体情境，形象也更鲜明。在诗的结尾，镜头拉开了，在这个情境之外我们看到还有一个观察者存在，这就使诗歌出现了另一个语义层次。重要的是，这首小诗的空间并不小，里面包含着很深的人生经验和意蕴，融入了诗人对人生的思考。这些被压缩在短短的几行诗中，却并不使人感到单薄，相反，我们的思绪并不随着这首诗的结束而终止，而是随着诗意向外辐射。

另一方面，我们也能约略看到我在文章开头提到的变化。文乾义似乎并不满足于现代意识的获得，他力图在诗歌创作中获取更多独特的个人品质。从《文乾义诗歌》中，我们可以看到他在向早期诗中出现的北方风物回归。尽管在诗中出现的依然是丁香、湖泊、草原和雪地，但这已是由内向外的观照，是内心经验的表达，而不再是对外部世界的简单描摹。那些具有北方特征的景物，在诗中成为具有文化意味的象征符码，并且渗透了诗人的深层思考。如：

> 坡地上，晚霞划出两条斜线，又粗又亮
> 红松已经年迈，率领它的残缺家族，依然
> 坚守着土壤。在它们下面，龙骨在生长，金属在生长
>
> （《北方村落的傍晚》）

> 鸟的声音是唯一的声音
> 天空在水面上,像空气一般纯粹
> 我不敢说话,甚至不敢呼吸。流水
> 从水柳群落根部流淌出来
> 照亮我眼睛内部的混浊
>
> (《希望》)

与他早年的对北方风物的描写相比,不仅情感更为凝重,地域特征也刻画得更加准确,重要的是,这些与他内在的经验和思考浑然一体。其结果是个人经验得到了强化,文化意蕴也更加突出。

即使是对他生活着的城市的书写,北方的特征也十分鲜明:

> 这条街,中间铺着有轨电车的轨道。欧式的
> 建筑,或橱窗,使这条街把欧洲夜色铺在人行道上。
>
> 然而——
>
> 扩音器里的叫卖,生硬
> 而又尖厉。包子!街两旁,灯光落下的响声
> 像这雪片起飞的响声一样没有声音
> 只能倾听。粥!……
>
> (《街》)

在一些近期的诗作中,诗人有意识地把他对北方地域和民俗文化的理解写进了诗中,在诗中增加了历史的维度。在一首名为《依兰》的诗中,我们看到他对历史和文化的深沉的思考:

> 三姓是它的名字,五国城也是。
> 城墙残缺,像它的一段一段的经历——
> 高大茂密的杨树固守着它。
> 一条河流选择在这里并入另一条河流。
> 在时间内部,美女和血泪无人知晓。
> 有一口井已被填平,但很著名——
> 两个帝王的伤感埋在下面已近千年。

经历了由外到内之后,诗人又开始由内到外的尝试。这不是以往那样简单的对外部世界的描摹,而是把自己的经验和思考渗透进外部事物的形象中,通过内心的观照对历史文化进行考察,这使得他的诗作进一步获得了冷静客观的品质,也进一步扩大了他诗歌的心灵视境。

文乾义对待诗歌的态度十分严肃,在他身上有着50年代生人的某些特点,带有某种理想化的色彩,较少虚无主义,而其中又掺杂着他沉静务实的个性。在新潮诗歌盛行的时候,他没有去迎合时尚,仍然写着自己心目中的诗歌,这并不意味着他的态度保守或缺少这方面的能力,而是因为他忠于自己内心的感受,坚持自己的创作个性,没有放弃自己的思考和探索。他的变化并不是出于一种盲目的热情,而是根据自己的切身体会一步一个脚印地走过来的。在80年代中期,他曾自己油印了一本小册子,标题就叫《脚印》。其实他的全部诗作也可以视作一行行的脚印,这些脚印清晰,坚定,发人深省。

《动物园的狂喜》序

我相信任何读过这部诗集的人——无论是否喜欢里面的作品——都会意识到当代汉语诗歌在语言和形式上所进行的种种艰苦的努力,或者更确切地说,意识到这些作品在新诗创作中所达到的高度和深度。1985年一个偶然的机会我和开愚开始通信,那时他住在四川的一个县城,刚刚步入诗坛,在信中雄心勃勃地谈起他的抱负,更多的是谈论他对诗歌创作的一些看法,这些观点虽然在以后的岁月中不断地被调整和完善,但无疑为他的思想和艺术的发展提供了一个完整的轨迹,而这些更为完整地体现在他的诗歌创作中,从这本近乎选集式的诗集中可以清楚地看出。十年或更久一点的时间过去了,现在没有人会怀疑肖开愚是当代中国诗坛上不可忽视的重要诗人——也许是少数几个最重要的诗人之一——而且,这种重要性将会随着时间的流逝而日益显现出来。

谈论开愚的诗至少对我来说是困难的。这不仅因为他的诗中集结着种种复杂的因素,这些表面上对立的因素在为诗歌取得巨大张力的同时也使得作品略显晦涩,最后一点一直是新诗的一大罪状,为那些读不懂或不愿读懂的人提供了口实。另一方面,开愚的诗在形式和风格上变化的幅度很大,即使同一时期写的诗也显得是那么不同,这并非是不成熟的标志,而恰恰体现了作者的活力和诗歌天赋。但如果认真阅读的话,你会发现这些作品所具有的共同点:对传统的痴迷和对当代性的关注,以及对充分发挥汉语语言表现力所进行的不懈尝试。开愚(或和其他诗人一道)提出过知识分子诗歌和中年写作问题,在谈话中他也提到一度迷恋巴洛克风格,在诗中使用口语和俗语,并把叙事性引入诗中。在他最好的作品中,我们会感到一种炫目的色彩和令人震撼的强度。一位朋友曾用带点玩笑的口吻(当然是善意的)谈起,读开愚诗的必须是专业的读者。这使我想起了那些"作家们的作家"来,比如乔伊斯和博尔赫斯,当然也包括庞德。

说到庞德,我感到他对中国年轻一代诗人们的影响是微妙的。大约在1987或1988年,我收到开愚寄来的厚厚的邮件,里面是几幅复印的庞德的照片。这些照片我非常喜欢,诗人专注而深沉的神情长时间吸引着我。后来我读到开愚译的庞德的两首《诗章》,还有一篇很有分量的引言。开愚很少译诗,这说明他对庞德情有独钟。一位更年轻一些的诗人在给我的信中说,开愚心目中有个庞德。我觉得这话是恰如其分的。庞德与其说是一位大诗人,不如说是一位非凡的探索者,一位不倦的革新家,他从不使自己停留在一个方向上。从开愚身上,我看到庞德的某些特点(不仅仅局限在风格上),诸如活力、开放的形式和诗歌语言的不断实验。

顺便说说,诗歌的当代性问题对诗人来说变得日益重要起来。当然,诗人与他所处的时代总是有着难以割舍的关系,但这一问题从来没有像现在这样变得突出。诗歌的当代性意味着诗人的在场,你可以住在象牙塔里(我怀疑在中国是否有这样的地方存在),写写落日,或者写窗子上的雨声,写古旧的街道和乡间的水车,但你必须是用现代人的目光来观照这一切;同时,除了尽可能地吸收当代哲学及美学观点之外,在内容上也应注入更多的现代因素,哪怕是展示一种焦虑和渴望。这就要求诗人与时代有着一种更为密切的关系,不管你是否喜欢它。也许正像一位美国诗人对现代诗歌的描述:"不管是什么,它必须/有一个胃,能够消化/橡皮、煤、铀、月亮和诗。"开愚早期的诗歌受到西方古典诗歌的影响,虽然带有理性内核,但抒情性很强,也可以看出马拉美的影响,精致而美丽。但随之而来是经验性的不断增强,诗歌在语言上和风格上也变得强悍有力。大量的细节和世俗生活场景也开始进入到他的诗中,通过这些有力地展示出我们这个时代的某些本质特征。中国新诗创作在一开始走的就是借鉴西方的路子,但随之而来的是几十年的停滞。尽管当时也在一定程度上存在诗歌创作,尽管也在民族化的口号下提倡借鉴国外诗歌的创作手法,但诗歌(或其他艺术种类)早已沦为政治的婢女,她所能够做的只是看着主人的脸色洗衣煮饭而已。后来出现的朦胧诗是在政治重压下的一种自然对抗,尽管它仍沿着原有的轨道向前滑动,但确实多少唤醒了诗歌的自主意识,至少是要求与政治的平等对话。此后的情况一下子变得复杂起来,西方从19世纪的象征派到20世纪三四十年代的现代主义乃至更晚些的后现代主义诗歌一拥而入,中国诗人一下子面对如此众多而面目不同的风格与流派,眼界大开的同时也自然产生了心灵上的惶惑。多元化的选择使诗人们陷入了尴尬的境地:到底以哪一种流派为立足点或参照系?这情形,与无意间闯入强盗藏宝山洞的阿里巴巴有些相似,他面对炫人眼目的珠宝不知所措。这种多元化与西方截然不同,西方每一种诗歌流派的产生都有其内在(诗歌自身的)和外在(社会思潮和文化传统的碰撞)原因,都有其自身发展的具体过程,换言之,这些是自然生长的,随着时间而演进变化,我们或许可以称之为历时性的发展。而对于中国诗人,这些不必有其产生的文化背景和社会土壤,只需拿来为我所用。它们是移植的,你无须体会它的生长过程而可以直接享用果实。带给中国诗人除了可供借鉴的经验和方法外,更带有一种强权政治的色彩。它们像一群不为自己所知的私生子,在某一个清早突然出现在你的门前,冲着你微笑。在这种情境下,既然移去了诗歌流派自身和社会的背景,诗人们的选择更多带有个人色彩(按照自己的趣味、习惯或具有更多的偶然性):从波德莱尔到艾略特,或更晚些的奥登,都在这块既古老又年轻的土地上找到了知音(更多的是误读,或一厢情愿)和信徒(只是在一定意义上的)。而诗人们的借鉴,更多是盲目的、即兴式的,或依照旧的审美观和审美情趣来进行选择,并非建立在认真系统的研究基础上。这样,强调诗歌的当代性就变得重要起来,它至少会为我们提供一些必要的尺度。我觉得开愚在这方面是冷静而清醒的,他的令人眼花缭乱的实验并不出于好奇或炫耀,而是出于一种更为内在的需要,也是为了发展一种新的风格。当然我并不同意他对某些流派近乎武断的看法,但在总体上说,他的创作体现出一种明智的抉择。

  我深信一首诗往往是回忆的结果,即使它描写的是眼前的情境。重读开愚的诗,它们唤起我远远超出它们自身的感受。我情不自禁地回忆起它们当时带给我的意外惊喜,以及我们在烟雾腾腾的屋子里交谈和争论的情景。这些转瞬即逝的美好瞬间或许将永远留存在诗歌和记忆中。

序《别处的雨声》

  一本书往往就是一个人的缩影。他的生活经历,他的思想和情感,爱与恨,幸福与不幸,都将熔铸在书中,让读者和他一起体验着生命中的快乐和忧伤。我认识这本书的作者(文乾义)是在大约 20 年前。那时我正在学校读书,和周围的一些朋友一样,对诗歌充满狂热。一天,一个比我们年纪略大些的人来到我们的宿舍,瘦削,个子也不很高,他认识我们同学中的一个,想通过这位熟人找一个写诗的同学。但要找的人正好不在,他认识的人便把他介绍给了我们。当时谈了些什么已经无从记起,这次见面留给我的印象是他的老练与沉稳,这与我们的书生意气高谈阔论形成了鲜明对比。据说他的经历很不平常,如果说不上是坎坷的话。他插过队,在大兴安岭伐过木,还干过其他粗活。当时他已经结婚,刚刚调到哈尔滨工作。现在回想他那时的诗,如果说诗艺算不上成熟,但至少生活气息是很浓郁的。但当时我——也包括我周围的人——开始迷恋起现代派诗风,对这类诗歌显然不很喜欢。不过这似乎并没有影响我们的交往,他以后陆续来过几次,但交往真正增多是在半年或一年后。那时我已毕业,工作单位与他的单位很近,一有空便去他那里坐坐。他在机关里面搞宣传,并不很忙,因此我们聊天的机会便多了起来。我住的单身宿舍在九楼,没有电梯,记得在一个炎热夏日的傍晚我们爬上高高的楼梯,一边喝酒,一边谈论诗歌和共同的朋友。

　　回忆那些日子是令人愉快的。我们都还年轻,对诗歌和未来理所当然地怀有憧憬,但并不清楚自己想追求的。我熟悉他当时所写的大部分诗作,但谈论他当时的诗似乎有些困难,至少不像谈论他的人那么容易。说到为人,乾义稳重而内在的性格在我们多年的交往中一直保持着,像元素周期表中的惰性元素,几乎感觉不到变化,显得单调而可靠。他对待朋友称得上始终如一,对诗的痴迷和追求也似乎没有多少改变。但他当年留给我最深的印象就是他的勤奋。一般说来,写诗的人往往都带有几分懒散,尤其是我,往往爱用艾略特的一句话(诗人除了保持必要的懒散……)来自我辩护和解嘲,但乾义并不。他白天工作,只能用晚上的时间写作,每天都要写到夜深。每次我去看他,他都变魔术似地拿出一叠新写的诗给我看,让我感到目不暇接。他被对诗的热情驱策着,似乎他不是在构思着诗句,而成了被诗句追逐的对象。在每天上下班的路上他都在构思或酝酿着诗句,以致有一次差点闹出车祸。他的勤奋无疑出自对诗的挚爱,而且与他的生活经历不无关系。他没有学历,只是凭着坚韧的毅力达到了目前的程度,可以想见付出了多大的努力。他拿给我看的诗稿大都是刚刚写好又认真誊写过的,读起来很舒服。总的说来,乾义的诗既不浓烈,也不平淡;既没有起伏跌宕的变化,也绝不是平铺直叙;既不抽象,也并非单纯地抒写生活。如果对他的诗细细品味,就会感到深藏在里面的感情,炽烈,有时还带有几分忧伤,或者说某种沧桑感。在这些诗中我们可以找到一种很好的平衡感。如果说诗如其人,那么是否他

序《别处的雨声》

性格中潜隐着的某些因素,如真挚、沉稳、达观,都自觉不自觉地注入到了他的诗中?苛刻地说,乾义的一些早期诗作显得有些草率,这与他大量的写作不无关系。也许是燃烧着的写作的热情促使他无暇去作更深的思考。我非常赞赏诗人臧棣的一句话,他说光是有对诗的狂热不能产生优秀的诗歌。诗歌是一种植物,它总是缓慢地成长着,而且需要我们用心血辛勤地浇灌,来不得半点虚假和矫饰。但乾义有的并不仅仅是对诗的热情,他同样有着一颗清醒的头脑。他似乎很快就意识到了这一点并作出了回应。他有意放慢了写作的速度,对诗的思考也更加深入了。诗歌一度是我们会面时的一个主要(如果不是唯一的)话题。我高兴地看到他的诗一直稳健地进展着。稳健似乎成了乾义的明显的标志。他几乎从不赶潮流,不追随热点,当然也不是故步自封,囿于一隅。前者是青年人的通病,后者则是老一辈人的弱点。他总是根据自己的喜好和需要进行选择。这并不是说乾义的诗歌写作没有出现变化。如果细读他的诗歌,就不难发现其中的某些变化的轨迹,甚至有时可以说是一种飞跃:他最初的诗显得生活化,带有很强的抒情性,后来又审慎地吸收了某些现代手法,出现了形而上倾向;他一度试图把北方地域的文化和民俗特征引入到他的诗中;后来又在诗中增加了思辨色彩,在回忆、叙事和对历史以及文化的思考间取得了一种平衡。在人们追随朦胧诗和现代派写作时他坚持诗中的现实感,而当一些诗人返回现实时他又开始拓宽自己的诗路,有选择地汲取一些先锋诗的手法。我觉得,他的诗歌中开始出现较为明显的变化是在80年代末期,这一变化在90年代中期开始产生了很好的效果。虽然作品数量明显减少,但思想和诗艺真正开始趋于成熟。80年代末他就读于鲁迅文学院,这对促成他的变化产生了很好的作用。在频繁的通信和少数的几次会面中他总是提及他的阅读和思考(写作反而很少提到)。在这之前,他在谋生和工作之外一直忙于写作,系统地阅读似乎被忽略了,而这似乎也是很多写作者的一个致命弱点。我并不想把阅读和写作的关联推向极端,但系统阅读除了可以直接或间接地向中外优秀作品借鉴,还可以开阔视野,建立起更为广泛的坐标系。很难想象,一个缺少理论素养的人最终能在创作上达到怎样的高度。在鲁迅文学院的一年中乾义开始大量阅读西方现代作品和理论。有一段时间,他对荣格产生了很浓厚的兴趣。然后是海德格尔等思想大师。但他并不是要做学问,而是从中为他的诗歌寻找一种更广阔的思想基础。阅读和生活阅历的增加使得他重新思考他的写作。记得有一次他对我谈起他的黄山之行,兴奋之情溢于言表,这在他是少见的。他说人在自然中显得是那么渺小,他被自然中强烈的美震撼和感动了。在另外的场合他还提到他对萨满教和北方民族文化、风俗的兴趣。我劝他把这些感想写成文章,他似乎也答应了,但文章却始终没有见到,我想这些感想和心得肯定体现在他的诗中,不仅体现在内容上,而且也会同样体现在对形式和风格的探索中。

近年来,乾义对博尔赫斯和帕斯等拉美作家的作品产生了浓厚的兴趣,同时十分关注海德格尔等人对语言的论述,并从中汲取了有益的影响。他的诗越来越由对外在事物的抒写转向了内心,哲理性——包括某些玄思——更加突出了,外在场景也由荒原变换为城市。在一首描写哈尔滨中央大街的诗中我们可以看到那位阿根廷诗人的玄思如何在一位更为年轻的中国诗人的身上得到回应。在另一首诗中,他写他和帕斯一同散步,而那位著名的拉美诗人"甩动着外交官的手臂,显得/有力而自信"。他们谈到了帕斯的作品《太阳石》,帕斯说"它不及《荒原》"。当谈到超现实主义时,"他笑笑说:我们的脚步响起在另一条街上"。最后帕斯消失在雾中的某个岛屿,留下了诗人和他的思索。这首诗并不很长,但完整,透露出诗人的审美取向和某种自信,他要和国外的前辈大师平等地对话。这同时是一种雄心和姿态。从这些近期的作品中可以看出,他的视野开阔了,随着作品的更加浓缩而增强了张力,形式上日趋完善,内容上也更加丰富和成熟。当我翻看这个集子——除了早期的作品没有收入外,包括了他近十年来的作品,而这一阶段,正是展示了他的写作趋于成熟的过程——想到他早年自己打印的一本诗集的名字《脚印》,感到他真正是一步一个脚印地走过来的。脚步沉重而坚实。追随着诗人的脚步,我们将会和诗人一道体会着人生独特的风景。

　　读着乾义的这些诗,我回想起我们的第一次交往,回想起我们各自走过的路。从那时起,许多年过去了,我们经历了很多事情(程光炜曾经说过50年代出生的诗人的作品中有一种沉痛感,这也许与我们这一代人特殊的生活阅历和所经历的时代不无关系)。虽然我们仍被称作青年诗人(如果不是嘲讽,这是否意味着诗人将永远不会老去?),但自认已不年轻了。很多写诗的朋友或者改变了初衷,或者沉沦下去,而在另一些人那里,诗歌也只能沦为获取名声的工具。但幸运的是,我们对诗歌的挚爱和追求并没有多少改变。我相信我们都清楚这一点:写作是生命的延续——既是个体生命的延续,也是某种精神的拓展。诗人在一首诗中注入了自己的生命,而生命将在诗中得到延续。梅特林克在一出有名的剧作中写到那些死去的人们处于睡眠状态,每当生者呼叫他们的名字时便暂时醒来,在瞬间恢复了生命。而一首诗所起到的作用要远远超出这种对死者的呼唤。因为它唤醒的不仅仅是诗人的生命,还有对存在的思索或存在本身,因而成为生命奇异的景观和对时间的一种救赎。

朱永良印象

在写这篇短文时，我愉快地回想起和朱永良相识的经过，回想起我们青春时美好的时日。我们的相识缘于诗，确切地说是缘于几部外国诗集。我们当时有一位共同的朋友，彼此间只是听说，却没有见过面。一次那位朋友说起，哈师大图书馆进了一套台湾出版的诺贝尔文学奖获奖作家全集，不外借，永良通过关系借出，复印了其中的诗歌部分。大家当时都对西方现代派感兴趣，但资料奇缺，能集中读到这么多诗人的作品，无异于一次心灵上的大餐。于是我给永良写了封信，想借来看。几天后，他出现在我当时在通达街的家里，带来了几本我要的书。作为回报，我把从黑大一位老师那里借到的叶维廉的关于中西诗歌比较的一本书给他看。他给我的印象是高高的个子，长得很干净，话却不多。我们谈了几句，他就告辞了。然而这是我们长达十几年交往的开始。

那是1986年早春。那时我们都还年轻。

后来接触多了起来，但每次见面几乎都是谈论书和诗歌——永良是个很严肃的人，和他在一起，似乎很少能够谈论文学以外的内容。当时他的写作正进入一个极好的状态，每隔几天就有一首新作。他不知怎样买通了单位的打字员，新写的东西能够及时打印出来，然后拿给我看。当时我们的作品除了发表外，几乎很难变成铅字。因此我们的作品一旦被确定发表,都盼着能早一点拿到刊物,无非想看看自己写的东西变成铅字后的效果。但永良的诗一写出来就转化成铅字,着实让我羡慕。当然还有他的诗,至今我仍然认为他的那些诗是当时最好的。这些诗属室内乐风格,确切地说,像钢琴曲,舒缓而清澈,在简洁明了中包含着很深的意蕴。记得他有一首写四月的诗,写一只苍蝇在窗玻璃上滑动,营营叫着,使整个下午也变得焦虑起来。于是诗人打开窗子,让它进入外面广阔的世界。用一只苍蝇来描写四月是很少见的。苍蝇的叫声与打开窗子后带来的宁静形成了对比,有些禅的意味。这些诗曾经带给我很大的喜悦。永良的诗有一种独特的语气,平静而自然,显得有些漫不经心,却相当准确,这些是别人模仿不来的。我们都很重视语言,从当时起,或者更早,我们都不约而同地抛开了所谓的浪漫主义的华丽,而追求真实自然。至于他复印的那些诗集,用黑纸壳和缎面整齐地装订起来,和原书比起来更为精美。我常常笑他生不逢时,如果早生几百年,他完全可以做一个书匠,用羊皮纸做书。可惜的是,虽然诗集里面的诗人我大都喜欢,但翻译却让我们不敢恭维。这些书只是成为我们交往的契机,而没有被我认真阅读。至今我仍认为,港台那种半文不白的文字难以达意,不是新诗应走的路子。那些年有位台湾诗人来哈尔滨,一些写诗的人聚在一起,当谈到港台诗歌的语言问题时,我说这种文字陈腐,缺少表现力,那位诗人则说台湾和大陆语言各有特点,很难比较。我则认为语言的优劣并非无从比较,关键看能否用较少的词句表现出更丰富更复杂的内容,当然,同时还要看看语言是否自然而有活力。永良和我(当然也包括这里的一些其他诗人,如桑克、乾义等人)都致力于使用来自生活中的语言(即现代汉语),并加以提炼,但尽量保持语言的原生态感。

  我们的这种追求也许与哈尔滨的特殊地域有关。哈尔滨没有传统文化的强大压力,有的只是多种文化的交融。世界主义倾向在这里并不使人感到意外。朱永良应该是土生土长的哈尔滨人(我不明白为什么他要在一份简历上写"久居哈尔滨",好像我这种外来的人才可以这么写),他喜欢哈尔滨原有的一切:风尚,习俗,尤其是那些老式的建筑。现在那些建筑大部分都被拆掉了,时尚也越发稀薄,只能在诗中追怀。永良为人沉静,在书房里读书可能是他最大的喜好。如果不考虑他诗人的身份,那么完全可以称他为读书人。当然,作为诗人,他也关注外面的景色。他自印的一本诗集题目叫《阳台上的风景》,实在恰当。阳台是他眺望世界的看台,他找到了自己独特的角度。后来他在诗中有意识地加强了历史感,但里面也有很多是来自读书时产生的冥想。他读书很慢,但很细,一些别人注意不到的细节他都注意到了。他只读纯文学作品,不像我,五花八门,什么都乱读一气。近年来他研读博尔赫斯和布罗茨基,也译过他们的一些作品。他讲究趣味,做事井然有序,有时甚至带有一点洁癖,不只在生活中。不了解他的人认为他很随和(用孟凡果的话说,我们都很老实。这句话总使我想起《三国演义》里面的话:"忠厚乃无用之别名"),但也许是随着年龄的增长和修养的增加,他的原则性在近几年中似乎越来越强了。我以为这是好事。作诗和做人一样,是需要一点品格和格调的。永良无疑是一个讲究品格和格调的人。

堂·吉诃德的幽灵

西班牙的破落地主堂·吉诃德先生读洋武侠小说读坏了脑子,满脑子奇思异想,居然穿上了一副旧铠甲,骑着瘦马,带着一位傻乎乎的跟班,四处去行侠仗义。他自封骑士,还把邻村的一位丑女想象为绝代佳人,当成偶像来崇拜。当他见到风车,以为是巨人而去奋力挑战,结果当然是以失败告终。塞万提斯足够幽默,甚至带有几分刻薄,颇使这位英雄气和呆气都达到了满分的老先生在世人面前丢尽了颜面。

读书人多半长于思想而怯于行动。俄国作家屠格涅夫成功地塑造了文学史上一位著名的典型人物罗亭,这个形象被称为"思想上的巨人,行为上的侏儒"。巨人是说他对社会有深刻的思考和认识,侏儒则表明他们缺乏行动或行动的能力。普希金与十二月党人关系密切,但十二党人密谋起义时却把他排斥在外。他们不是不相信他的人格,而只是对他的行为能力有所质疑。同样是诗人兼小说家的雨果在《巴黎圣母院》中也写到了诗人,当人们暴动时,并不让他去冲锋陷阵,却让他用笔记录下这辉煌而悲壮的一幕。当然,思想也是一种行为,思想或写诗的效用在某种程度上也并不亚于一门加农炮。但无论如何,读书人在行动上远不如他们在思想上来得敏锐而有力。想想看,有多少读书人满足于做思想上的英雄,而不想真刀真枪地干上一把?像堂·吉诃德这样喜爱武侠的人当然也为数不少,但却没有几个能像他那样付诸行动,最终不过是在众多的武侠小说中又增添几本而已。

从这一意义上讲,堂·吉诃德先生不但可爱,而且可敬。这部小说带有明显的世俗喜剧色彩,和但丁在《神曲》中所要表现的神圣的喜剧显然不是一回事。也许塞万提斯的初衷是想和堂·吉诃德这位书呆子开一开玩笑,对他的愚蠢行为做一番调侃,甚至可能想通过他的悲惨结局向世人宣示武侠小说对人的毒害,但写着写着,这个人物居然失去了控制,成了文学史上最著名的典型。这就和制作皮诺曹的情形相似,那位木匠师傅最初只是想用那块木头做一个木偶,却没有想到这个木偶会活起来,甚至鼻子在撒谎时还会不可思议地变长。米兰·昆德拉似乎也注意到了这一点,他在一篇文章中这样写:"在写作《堂·吉诃德》的时候,塞万提斯一路没有束缚自己,去使自己主人公的性格产生改变。"也就是说,他是任由主人公的性格按自身的逻辑发展,而不再用自己的主观意图来进行干预。

这也许就应了那句用滥了的老话,形象大于思想。文学上的典型人物的意义就在于他是丰富的,多侧面的,能从各种不同的角度解读,甚至在不同人或不同时代那里会出现截然不同的理解。我们尽可以把堂老先生当作受到坏书影响的典型,或是一个疯子,一个严重脱离实际的形象,同样也可以把他视为一个为理想而献身的斗士,一位英雄(只是在能力上颇有些可疑)。也就是说,他既可以被当作讽刺喜剧中的丑角,也可以成为十足的悲剧人物。

我在 90 年代中期曾经写过一两篇关于堂·吉诃德的随笔,现在我的看法仍然没有太大的改变。我认为这部书中带有相当强烈的悲剧因素(如同带有几乎同样强烈的喜剧色彩),悲剧的产生在于理想与现实的冲突,这种冲突甚至是不可调和的。确切说,堂·吉诃德是一位梦想家,他的梦无疑是美好的,他的想象力又过于强大,以至于把丑女想象成靓妹,或把风车当作妖魔。如果他肯安静地坐在书斋里面写小说,说不定会写出几本关于乌托邦的作品来。问题在于,他不光完全沉溺在梦想中,还要把梦想付诸实施,并且要由本人来身体力行。由于想象扭曲了现实,更由于梦想和现实的巨大反差,就造成了后来的局面。如果我们更多着眼于堂·吉诃德的行为与现实的不对称,而忽略他理想方面的执著,我们就有理由把这部书看成是一部带有讽刺性的喜剧;如果我们更多着眼于堂·吉诃德的理想和动机,并予以肯定,我们又会有理由把这部书看成是一部悲剧。

任何理想,与现实总是会有差距的。理想越是宏大,与现实的差距就会越大。有些理想可以通过努力奋斗而得以实现;有些理想虽然永远无法实现,却可以化为人类的精神,提升人们的境界;而有的理想,本身也许并没有独特之处,但它的存在却证明了现实的荒谬。政治家与政客的区别就在于他们有没有理想。但政治家的理想总会具有现实性和阶段性。思想家则不同。思想家注重理想的绝对价值,而不在乎这种理想在现阶段能否实现。他们的理想应该属于第二种。我想堂老先生的情况不会是第一种,有点像第二种,却更接近第三种。堂·吉诃德认为世界应该充满正义,并通过侠义行为消除所有的不公和邪恶,这些本应实现却不能实现或完全实现,这就显示出了现实的荒谬,但它所讽刺的对象最终不是硬要去实现理想的主人公,而是这种现实本身。

　　理想这个词现在是越来越少被提到了。堂·吉诃德这个典型人物的意义也越来越带有悲剧色彩。他虽然已经成为一个幽灵,却仍在困扰着我们。当我们强调某种价值观念,坚持文化上或文学上的品位,或在商品大潮中坚持纯粹写作时,我们就会被认为是堂·吉诃德。当然有时我们也会自称为堂·吉诃德,但这两种称谓的实质内容却不尽相同。一种是绝对的嘲讽,另一种是在自我解嘲的同时对其所具有的悲剧色彩的认同。

孤寂中的卡夫卡

一

卡夫卡只活了 41 岁。在 1924 年 6 月 3 日他逝世于基尔林疗养院时,知道他的人似乎并不很多,但其中确实有人意识到了他的伟大。在一篇由他的恋人米伦娜为报纸撰写的悼文中,我们可以看出她对卡夫卡较为深刻的了解。更加值得一提的还有他朋友马克斯·布洛德。布洛德在受到广泛赞誉的同时也受到了苛刻的批评,如果我没有记错,昆德拉就是其中的一个。赞誉和批评的原因都与卡夫卡有关。布洛德残忍地拒绝执行朋友的临终要求,没有烧掉而是保全了卡夫卡的全部手稿。他被认为曲解了卡夫卡,把文学家的卡夫卡理解为宗教思想家。但他确实是最早(甚至可能是在卡夫卡生前唯一的一位)认识到卡夫卡是一位伟大作家的人。作为朋友,他无疑是最好的也是最坏的。同样是作为写作者,在他那里没有对卡夫卡的一丝妒忌,只有全力的推崇,但他在最后关头却背叛了朋友,前提是对文学的忠诚。他和卡夫卡的关系或许有些像庞德与艾略特,但也并不怎么像。没有庞德,艾略特的《荒原》不会是现在的样子,但仍然会以原本的形式出现,但没有了布洛德,我们今天有谁会知道只发表过几篇作品的卡夫卡?而受到卡夫卡影响的20世纪文学也许会由此改观。

据卡夫卡传记的作者默里说,布洛德并非没有天才(只是可能他的天才在卡夫卡的面前被冲淡了),他的作品也颇受读者的欢迎,卡夫卡的一本书印了400册,只卖出200册,而布洛德的小说《第谷·布拉赫》却售出14000册,这是一个相当可观的数目。后来布洛德没有以创作扬名,很大原因可能正是由于卡夫卡。卡夫卡死后,他扮演了卡夫卡的角色,整理出版他的作品,并让他的名声传遍整个世界(这样说一点也不过分)。他成功地做到了卡夫卡永远无法做到的事情(可能也永远不想去做),这些事情对于我们这些可怜的读者来说不仅必要,而且是一种福音。布洛德所做的远非放弃划一根火柴那么简单。在1939年,为了避开德国纳粹(卡夫卡的两个妹妹就死在了集中营),他带着卡夫卡的手稿跑到了以色列避难。在50年代末,他又保护这批手稿,使之"免受中东国家政治骚乱的破坏"。幸亏有了布洛德,卡夫卡的这些手稿得以被牛津大学的图书馆收藏,我们也得以见到他的全部作品。我不知道布洛德后来没有写出更出色的作品是否与他后来从事的这些工作有关?也同样不知道有没有关于布洛德的一本单独的传记——我们今天对他的了解大都来自有关卡夫卡的研究。也许布洛德已经与卡夫卡融为了一体,上天赐予20世纪文学以卡夫卡,也同时赐予卡夫卡以布洛德。布洛德是卡夫卡的保护神,不,他简直就是另外一个卡夫卡。

二

　　写于1902年的《记一次战斗》是我们所能见到的卡夫卡的最早文字,在卡夫卡全集的中译本中这篇作品被译成了《一次战斗纪实》。我怀疑这篇幻想的作品与梦境有一定关联,当然也要包括其他一些作品。那种非逻辑性的情境或情节的快速转换只有在梦中才能做到。文学就是梦,是生活之梦,存在之梦,真理通过梦境向我们宣示。第一次读《城堡》时我还在大学读书,我只读到三分之二部分就放弃了,并不是这部书不吸引我,而是无法承受里面强烈的梦魇感。但卡夫卡的作品并没有像超现实主义创作那样游离于现实之外,他非常注重细节的真实和准确。尽管他的故事看上去有些荒诞不经,但里面的细部描写却显得异常真实可信,视觉形象也极为鲜明。卡夫卡擅长的是在荒诞的情节和精确的细节间形成一种巨大的张力。像一位老练的外科医生那样,他对事物进行冷静细致的观察,并在此基础上不断地展开自我剖析。在他的笔下,人物仿佛置身于一个陌生的世界中,和周围的景物形成了一种疏离感,真正达到了俄国形式主义者们竭力推崇的陌生化的效果。

　　另外应该提到的还有卡夫卡的语言。他的语言看上去简单朴素,然而曲折迂回,纯正,精确,又具有质感。他很少直接肯定什么,后面的句子不断地对前面进行修正或是怀疑。他的描写却非常简单,据说他喜欢引用霍夫曼塔尔的句子:"屋子里面走廊上的湿石块散发出阵阵气味。"这个句子看上去平凡,但却简单、准确,传递出真实的信息。在更早出版的克劳斯·瓦根巴赫《卡夫卡传》中提到，他对布洛德说过，在很简单的事情中，也有吸引人的魔力。在瓦根巴赫的传记中提到了布拉格德语，并对其提出了中肯的批评：

> 在当地的许多居民看来，"布拉格德语"是独占鳌头的，没有任何一种语言能与它媲美。……在种族隔离的压力下，布拉格德语越来越成为国家资助的节日用语了，在这种语言里，滥用词汇、堆砌形容词和修饰语的情况特别突出，里尔克在晚年的时候，经常在法国巴黎国立图书馆，在百科全书中寻找已经过时的、不再使用的短语，这就很能说明布拉格德语的弊病。布拉格人这种浮夸、做作的语言，其根本原因就是语言贫乏。

卡夫卡所做的只是"从周围环境中扫描、汲取语言素材，他作出这个决定的目的，是要尊重事实"。"尊重事实"这个词的原意是什么我们无从知晓，但却颇为耐人寻味，据说这是"因为干瘪的布拉格德语不能像用途很广的语言一样，也不能像方言一样，准确地传达信息，给人以身临其境的感觉"。我想这种所谓的"身临其境的感觉"或许可以和"尊重事实"相互映衬。

默里的传记中对瓦根巴赫的这一观点进一步做了肯定，默里认为，布拉格的德语作家在语言上和在社会生活上一样孤立，他们在写作时使用的语言与日常用语之间没有关联，这就切断了语言活力的源头。

据与卡夫卡有过交往的雅努什回忆，在谈到德国诗人约翰内斯·R.贝歇尔的诗集时,卡夫卡这样说:"我不懂这些诗。诗里充满了喧闹,挤满了词句,使人无法摆脱自己。诗句没有桥梁,而成为不可逾越的高墙。人们不断撞到形式上,根本无法突进内容。语句在这里并没有凝聚成语言。那是叫喊,如此而已。"有一次,雅努什在卡夫卡面前盛赞法国诗人阿波利奈尔的一首诗,在开头的诗行,阿波利奈尔把埃菲尔铁塔比作在汽车羊群中的牧羊女,这个生动的比喻想来吸引了雅努什,但卡夫卡却用带着贬义的"能手"来形容阿波利奈尔,他说他反对任何一种熟巧。"能手由于有骗子的熟练技巧而超越事情之上。但是,一个作家能超脱事物吗?不能!他被他所经历、所描写的世界紧紧抓住,就像上帝被他所创造的造物紧紧抓住一样。为了摆脱它,他把它从身上分离出来。这不是熟巧行为。这是一次诞生,一次生命的繁殖。"他拿出一部克莱斯特的小说放在雅努什的面前,告诉他,"这是真正的创作。语言非常清楚。您在这里找不到矫饰的语言,看不到装腔作势。……他的一生是在人和命运之间幻影式的紧张关系的压力下度过的,他用明确无误的、大家普遍理解的语言照亮并记述了这种紧张关系。他要让他的幻景变成在家都能达到的经验财富。"

尽管一些人怀疑雅努什回忆录的可靠性,但这段记述总的来说是真实可信的。以雅努什的修养,他是无法虚构出这样精辟的观点的,同样,德国作家克莱斯特一直是卡夫卡的写作楷模,类似的观点同样体现在卡夫卡的写作和平时的言行中。

用卡夫卡的话说,"艺术向来都是要投入整个身心的事情"。作家除了需要有对文学的虔诚,也要有一点谦卑,这谦卑是对真实和语言而言的。作家充其量只是净化和丰富语言,而不能创造语言,尤其不能关起门来通过查阅百科全书来创造语言,只有生活本身才能创造语言,作家不过是拾取其中的碎屑来进行自己的创作而已。

三

卡夫卡同父亲赫尔曼·卡夫卡的关系也同样被评论者们津津乐道。但从几部传记中,我们几乎看不出他的父亲对他实施了怎样的暴政,他只是一个专制家庭的家长,对子女也算不上不够慈爱,只是粗暴和缺少尊重。这种父子间的矛盾恐怕带有某种普遍性。只是两个人无论在外形上还是在内在性格上都形成了巨大的反差,父亲的粗鲁、强势和对儿子的忽视(尤其是对他的写作)对儿子构成了威胁,在他心理上形成了巨大的阴影,而由于自身的敏感,使得卡夫卡进一步陷入了孤独并在想象中做出了无限的夸大。从《审判》到那封著名的写给父亲的信中,我们可以看到这种不满是如何升华并从隐秘走向公开的(至少卡夫卡是想这样做的)。我不同意南非作家戈蒂默在她的小说中对卡夫卡的反驳,说他不关心犹太人的苦难更是带有政治上正确的色彩。被人们忽略的是,正是这位高大魁梧且在生意上成功的犹太商人赫尔曼成就了卡夫卡。他在一定程度上造成了卡夫卡生活上的不幸(这些并非都是他的原因,也有卡夫卡个性上的问题),但却成就了他的创作。如果说,布洛德是保全了卡夫卡,那么赫尔曼则是"塑造"了卡夫卡,使得卡夫卡真正成为卡夫卡。描写专制的父亲与软弱的儿子之间的矛盾在卡夫卡的几部作品中都有鲜明的体现。正如默里指出的那样:"如果把《审判》理解为卡夫卡同父权之间的矛盾,我们就会发现,约瑟夫·K的这种反应同卡夫卡徒然地想取悦于父亲的行为之间存在着某种相似之处。"

读卡夫卡,我们更应该把他看作是一位关注人类生存处境的作家,而不仅仅是一位犹太作家。但他并非对犹太历史和犹太文化毫不关心,更不是不关注现实生活,只是他把犹太人的苦难和个人生活升华到一个更具普遍性的境地。辛格是位讲故事的大师,他的短篇小说《卡夫卡的朋友》写到了一个与卡夫卡有过一段交往的落魄犹太演员。"卡夫卡想成为犹太人,却不得其门。他想生活,又不知道怎么生活。"据那位犹太演员讲,卡夫卡第一次去妓院是由他带去的,而卡夫卡竟然惊慌失措,逃之夭夭(在辛格的另外一篇与卡夫卡毫不相关的短篇故事中,辛格又一次用到了这样的情节,所以我怀疑这或许来自辛格本人的经历)。小说中的故事和细节想来是辛格杜撰的,但也许他真的认识或见过基查克·洛维这个人。

事实上,洛维比卡夫卡年纪还要小,他是一个意第绪剧团的经理,在1911年的一次巡回演出中认识了卡夫卡,据说当时他们的演出让卡夫卡"欣喜若狂"。洛维帮助卡夫卡了解了犹太文化,进而了解了犹太历史,而不是带他认识了妓女。卡夫卡在思想中受到多少犹太思想的影响不得而知,但他在文学上的犹太思想体现得并不鲜明,他也只是把犹太人的苦难化为人类的普遍境遇写入他的作品。布洛德认为《城堡》中土地测量员K想进入城堡体现出犹太人想和其他民族友好相处,这样未免大大缩小了这部作品的思想内涵。在我看来,K在村子里受到村民的排斥乃至歧视的描写可能来自欧洲存在着的反犹情绪，但恐怕也只是汲取了其中的部分素材而已。克尔凯郭尔是卡夫卡唯一真正喜爱的哲学家，《恐惧与战栗》是卡夫卡最为喜欢的，在这部书中，克尔凯郭尔正是通过《旧约》中的章节来思考人类所能承担的责任和伦理等问题。这种交叉点无疑是卡夫卡感兴趣的。

洛维死于纳粹集中营，和卡夫卡的亲人和朋友一样。

四

卡夫卡最广为人知的作品无疑是《变形记》。在这篇作品里，不堪工作重压的推销员格里高尔从睡梦中醒来，发现自己竟然变成了一只甲虫。根据雅努什的回忆，随后很多作品也写到了变形，如狐狸变美女之类。当他气愤地告诉卡夫卡有人抄袭他时，后者却微笑说，我们都是在抄袭上帝。

无论雅诺什的回忆是否可靠，其中提到的作品总归是存在的，我们同样相信，这些作品在很大程度上受到了卡夫卡《变形记》的影响。在这篇作品中，格里高尔和我们这些读者一样，在一开始就想到了这只是一个噩梦，并努力想从梦中醒来，但最终证实了这是真实的变形，一直到他死去，他也没有摆脱他的甲虫的形状。但令人吃惊的，在《变形记》准备出版时，卡夫卡写信给库尔特·沃尔夫出版社，担心封面设计者会把格里高尔画成一只大甲虫：

> 我想到这样的问题，他会不会去画那个甲虫本身？别画那个，千万别画那个！……这个甲虫本身是不可能画出的。即使作为远景也不行。……假如允许我对插图提建议，那么

> 我会选择诸如这样的画面:父母和商务代理人站在关闭的门前,或者更好的是,父母和妹妹在灯光明亮的房间里,而通向一片黑暗的旁边那个房间的门敞开着。

默里认为,卡夫卡要说明的变形是一种隐喻而非事实。这同样会使我们想到人们对但丁《神曲》的疑问:但丁在他的这部作品中是把地狱、炼狱和天堂当作一种隐喻来写,还是将其作为真实的境地?人们总是无法弄清,为什么在《地狱篇》中,但丁一觉醒来,竟然发觉自己置身于一片黑暗的森林,里面不但有恐怖的野兽,而且还是通向地狱的门户。没有人能够解释但丁是如何来到这里的,除非是在梦境中。但《神曲》里面的但丁和《变形记》里的格里高尔一样,他们处于真实的境地而不是处于梦境。读厚厚的三卷本的《神曲》,我们会认为但丁真的认为存在着地狱、炼狱和天堂,而且虚构了到那里的一次特殊经历,他并不是想把它写成寓言或隐喻。但同时,他除了尽全力地使读者相信那些地方真的存在,也力图使读者相信他真的去过那些地方。从更高的层次上看,这确实可以说是隐喻,正像有人指出的那样,在《神曲》中很少能看到隐喻,因为这部作品本身就是一个最大的隐喻,但这是就作品的本质而言,而不是写作的手法。《变形记》也是这样,无论是情境还是精心营造的荒诞气氛,都让人相信那位可怜的推销员真的而不是仅仅在心理上变成了一只甲虫。这又形成了卡夫卡的一贯悖论:这不是隐喻,这是一个隐喻。卡夫卡一向如此。在和菲丽丝的热恋中,他就这样写道,没有她我不能活下去,和她在一起我同样不能活下去。甚至在他临终前,他忍受着病痛的巨大痛苦,对医生说,"杀死我,否则你就是凶手!"在他的随笔中,他这样写:

> 艺术的自我忘怀和自我升华:明明是逃亡,却被当成了散步或进攻。

在另一处他这样写:

> 关键问题不是这里的噪音,而是整个世界的噪音。甚至也不是整个世界的噪音,而是我的寂静无声。

在这种自相矛盾的吊诡中也许蕴含着某种真理。德国学者瓦尔特·比梅尔在分析《饥饿艺术家》时这样说:"饥饿艺术家的活动乃是对一种自然需要(即摄取食物)的不断否定。他能够否定自然必然性,即自然的局限性,这难道不是他的自由的一个标志么?然而,这种'自由'却导致了最大的不自由,因为他除了否定之外总是一无所为。"也许,这种悖论正好是我们理解卡夫卡作品的一把钥匙。

五

读过卡夫卡作品的人,大都会产生这样的印象,卡夫卡总是很阴郁,甚至会有些冷酷。事实上,他工作算得上勤勉,很受好评,与上司和同事的关系也相处得不错,至少在他们的眼中没有把他视为异类。卡夫卡除了带有写作者最常见的焦虑外,总的说来温和可亲,他的目光和笑容都很迷人,在雅努什的回忆中提到他们常在一起开怀大笑,即使在病中,在他和多拉在一起时,也经常是这样。当然,这并不能排除他的敏感和孤独,但正如默里指出的那样:"他绝对不是被社会遗弃的弃儿。"最令我反感的是,有人把他与

《地洞》中的那个可怜的生物联系起来,认为他是一个可怜虫,对世界充满了恐惧。持这样观点的人,不要说没有读懂卡夫卡,还大大地歪曲了卡夫卡的人格和思想。看看他对自己死亡的态度,我们就可以知道他是一位多么具有勇气的人。只是他把对世界的绝望自觉不自觉地放大了,目的是让人们去寻找希望。他热爱的是文学,但他的文学创作远远超出了文学本身,向着哲学和宗教延伸。读他的作品,除了感受到其中巨大的艺术魅力外,有谁不会被导向对这个世界上人类境遇的深刻思考?生活中的卡夫卡,温和而富有爱心,而且,如传记作者所说,还相当有魅力,颇讨女孩子的喜欢。在默里的书中,有一个细节引起了我的注意,卡夫卡的一位女病友回忆,有一次她正在拍一只苍蝇,卡夫卡对她发了火,说:"你为什么不能让这只可怜的苍蝇好好待着,它何曾触犯过你呢?"这句话出自写出《在流放地》的卡夫卡之口,让人有些不好理解。不是说他应该残忍,而是通过那部作品中对杀人机器残酷的描写,我们至少会认为卡夫卡不会在意这种司空见惯的小事,但从这样的小事中,我们恰好可以看出一个人内心深处的东西,也理解了卡夫卡为什么会写出《在流放地》这样的作品,当然也会清楚在写这样作品的同时他忍受了多大的折磨,以及他内心的愤怒和憎恨。我喜欢卡夫卡,如果没有他那些伟大的作品,只是根据他为一只可怜的苍蝇说话这一点,我同样会喜欢甚至敬重他。对人类和其他所有生命的爱应该是人类与生俱来的,而并不是出自所谓的宗教教义。如果仅仅出于教义和理性才会去爱,那么我要说,这种人在人性上不够健全。人类正是因为失去了爱的能力,才会引发这么多的暴力和屠杀。经过两次大战和集中营,人们似乎仍然没有任何省悟。甚至在写作者中，他们关心的也只是写作本身。像禁止打苍蝇这类事情，如果不是发生在卡夫卡身上，肯定会受到嘲笑。但要知道，在某种程度上，它们也是在检验我们是否失去良知，或灵魂是否麻木。

在默里的传记中，他还提到了卡夫卡一直都在寻找一种坚实、正确的生活基础，并不希望被后人当作预言存在的荒谬性的先知。他努力在做一个平凡的人。有一次，在柏林，卡夫卡和多拉在住处附近的公园，遇到了一个哭泣的小姑娘，因为丢失了玩偶而哭泣。卡夫卡安慰小姑娘说，玩偶只是旅行去了。小姑娘偏偏是位理性实证主义者，她要卡夫卡提供证据，于是卡夫卡回去后很认真地用玩偶的语气写了一封信，说它在这里待腻了，想换换地方。一连三个星期，卡夫卡每天一封信，报告玩偶的旅行经历，最后玩偶遇到了一个小伙子，和他结了婚，让小姑娘明白它再也不会回来了。这样的事情多么接近一个温馨的童话故事，却又不失于人生意义。

据在卡夫卡临终前照顾过他的一位修女回忆，在弥留时，多拉带来了一束鲜花，让卡夫卡闻一下：

> 卡夫卡最后一次抬起了头，深深地闻着花朵的香气。……难以置信的是他的左眼睁开了，仿佛他又活转过来。他有一双炯炯有神的眼睛，他微笑起来表情是那么的丰富。

叶芝和他的塔

爱尔兰诗人叶芝曾把他的一部诗集命名为《塔》,抛开它的象征意义而言,这些诗的确是在塔中写就的。那是柯尔庄园附近的一座叫巴里利的塔,年久失修,叶芝买下来,经过一番修葺,和新婚的妻子住了进去。这座光线黯淡的古塔也许更利于他的玄想,并使他得以真切地感受到日渐衰微的传统和风尚。他可以沿着陡峭的旋梯上上下下——对于人生和人类历史,这是一个多么绝妙的象征——还可以在塔顶眺望远处的景色:

  树,像一只乌黑的手指,从大地中伸出;
  激起幻想,一天倾斜的光线
  唤起意象和记忆
  在废墟和古老的树丛…

这一年叶芝62岁,经过大半生的辛劳、求索以及爱情上的失意,他的劳作终于开出花朵。他在这里完成了他的神秘主义体系,即用轮子、锥体和月相来阐释人类历史和生命的奥秘,诗艺也臻于炉火纯青。他的诗经历了唯美的青春期,紧张的中年期,此刻已归于质朴和平淡,但这是怎样的质朴和平淡:优美和深刻充溢其中,从而构成了一种美好的秩序。叶芝的象征主义不同于马拉美等人的清远高蹈,他的诗与时代和个人生活密切相关,所不同的是他将这些提升到玄思和象征的高度。他用他的神秘体系来观照现实生活,或者反过来说,用现实生活来说明他的神秘主义体系。他写自己爱情的失意,充满深情而不乏怨艾;写爱尔兰的独立运动,尽管他对暴力持反对态度;他写学童,也写自己的朋友们,就在他修缮完这座古塔时,还默念着一个个名字,让他们前来参观自己古老的新居,虽然那些朋友早已死去。古塔中的沉思和写作最终使叶芝完成了自己,成为20世纪的大诗人。几乎与此同时,奥地利诗人里尔克也在慕佐的一座古堡中潜心运思,写下了旷世绝响《杜伊诺哀歌》。曾经有人把写作称作"逃避之路",但叶芝和里尔克却通过逃避来实现他们的写作。

叶芝说过,和别人争论,产生的是雄辩,同自己争论,产生的是诗。今天我们阅读这位诗人的作品,确实能够感到他的诗充满着矛盾的因素。他说,他将会写一首诗,"一首也许就像黎明一样/冰冷而又充满激情的诗"。他的著名作品《驶向拜占庭》就充满了对立的因素:青年与老年,物欲与精神,死亡与永恒等等。即使是写他的恋人,他用海伦作为隐喻:既高贵美丽,也会为世界酿成一场灾祸,淡淡的谴责中包含着体谅:

> 哦,她能做什么,因为像她那样的人,
> 还有没有第二个特洛伊要为她燃烧?

人们把俄尔甫斯称作抒情诗的始祖。在罗马神话里,他用七弦琴配乐吟咏,木石鸟兽为之感动倾倒。里尔克曾把他晚期的一组十四行诗题为《献给俄尔甫斯的十四行诗》。俄尔甫斯也许是最早抒情诗人的一个缩影。最早的抒情诗较为简单,建立在一种单一的情境之上,表现一种单一的情感。到了现代,由于社会生活发生的巨大变化,由于人们的日常经验日益复杂,抒情诗似乎随之变得复杂起来:诗人们把复杂的经验融入诗歌,其中不乏矛盾对立的因素,从而使过去较为简单的抒情诗无论在诗体上还是在内容上都复杂化了。在这方面叶芝堪称典范。矛盾对立的因素非但不影响反而成就了整体的和谐,同时使诗歌产生出巨大的张力。这种因素在古典诗歌中当然可以见到,尽管并不多见,例如从维吉尔《农事诗》中的一句:

  农夫的木犁碰到了空空的头盔

似乎不难体会到这一点:古与今,生与死,战争与农事,这些矛盾的特质被巧妙而不露痕迹地交织在一起。

  从某种意义上讲,塔与其说是叶芝栖身写作的庇护所,毋宁说是一种象征;与其说是一种象征,毋宁说是一个联结点,它联结着两种现实(实际的塔和写作中的塔),联结着传统和现代,联结着外部世界和内部世界,以及种种对立的因素。而进一步讲,联结着上述一切的塔,也代表了叶芝的写作风格。

  真正的诗歌作品,就其本质而言,与人们的心灵或时代精神有着最为密切的关联,不论它产生在象牙塔或其他什么地方。然而诗歌反映它所处的时代并不是简单机械的,像一面镜子简单映照出图像那样,它体现的是时代最为本质的内容。诗人可以写一些无关的小事,如吟咏爱情,赞美废墟,或描写一张衰老的脸,一条旧时的街道,乃至一只转瞬即逝的鸟儿,但透过这些,真正的诗歌可以让你窥见更为深层的事物。在叶芝的诗中,我们几乎看不到当时战乱的欧洲所发生的一切,只是感到他的沉思、不安和预言般的警醒。叶芝永远只是写他所熟悉的事物,他不追求内容的广度而要达到认知的深度。在这一点上,诗人与哲学家从不同途径达到了会合。他的出世和远离尘嚣(如果可以这样说的话),如同哲学家沉湎于逻辑和概念一样,有时并非单纯为了逃避,而是为着更好的运思,思与诗总是互为表里的。

博尔赫斯与老虎

博尔赫斯的作品对时间和事件有着深刻的怀疑。镜子、迷宫和花园中的交叉小径，都是他常用的语汇和形象。这显然为营造扑朔迷离的气氛提供了可能。经常出现在他作品中的另一类形象是老虎。在一篇文章中，博尔赫斯提到他经常梦到老虎，并惋惜在他生命的最后岁月中老虎也失去了原有的雄风（《梦虎》），他还虚构了一只不可捉摸的蓝色老虎，或几片变幻无穷的蓝色石片（《一个无可奈何的奇迹》）。他把自己的一部诗集命名为《老虎的金黄》。博尔赫斯引用布莱克的诗句，在里面老虎被说成是明亮的火，是恶的永恒典型。但他更为欣赏另一位英国作家切斯特顿为老虎所下的定义：可怕的优美的象征。叶芝在一首诗中写道："可怕的美已经诞生。"在一般人的心目中，美如果不是善的，至少也与可怕无缘；说某一事物既是美的，同时又是可怕的，这倒为我们的认识提供了一个新的可能性，而老虎无疑是一个最为确切的范例。

博尔赫斯恐怕是世界上最渊博的作家，他的一生名副其实地在图书馆中度过。他思想中的怀疑因素有着广泛的来源，以人们贫瘠的知识几乎难以揣度。但也许正是他广泛的阅读，使他的思想变得复杂起来。他在认为历史是虚假的同时，似乎推崇某种东西——譬如说那只象征化了的老虎——在这里我无法确切指出这一象征的准确涵义,但大致相信,老虎体现着某种精神,或艺术中强力的美,也可以说是"神话和史诗中的光辉"(《老虎的金黄》)。

从一篇自传中我们得知,博尔赫斯早年参加极端主义运动,最初模仿巴洛克风格;然后走向另一个极端,大量使用阿根廷的方言土语;第三次他做"局部的补救,摆脱了以前的风格,力图呈现得通俗易懂,让读者理解他"。博尔赫斯把同阿根廷作家比奥伊的相识称作一生中最重要的事件之一。在比奥伊的影响下,博尔赫斯逐步被引向古典主义。在文学史上,博尔赫斯的作品无论内容还是风格,都与传统的写作不同——这是他成为重要作家必不可少的因素——他被划归为现代主义作家,同时他的创作给了一批新晋的被称作后现代主义作家的巴思、巴塞尔姆等人以启示,因而博尔赫斯又被看作后现代主义的始祖。一个作家,尤其是大作家,在流派的划归上是比较困难的,而且似乎也没有多大的必要。卡夫卡曾被划为表现主义,还有人称他为存在主义,也有人在他的作品中窥见到超现实主义的特点,而我似乎也能指出其中的后现代主义色彩。后现代主义的贝克特的作品与其说得益于他的同乡兼老师的乔伊斯,倒不如说更多是来自卡夫卡。卡夫卡就是卡夫卡,他的可贵之处在于他是独一无二的,博尔赫斯也是这样。一个大作家不仅要从本时代最为新颖的思想和技艺中汲取营养,同样,他还要从整个文学传统中汲取营养;不仅要从本民族的文学中汲取营养,还要从世界上其他各民族的文学中汲取营养。当然,有时这种影响是潜在的,如果不是博尔赫斯自己提起,有谁会相信他曾经受到古典主义的影响呢?

说到古典主义,这个术语如果不是被我们误解那么至少也是偏移了。在一般人的眼中,古典主义仅仅被视作美与和谐的同义语。一些软弱无力的浮泛的美被标榜为"新古典主义"。真正的古典主义的杰作时至今日,仍然具有魅力,我们读荷马,读维吉尔,读但丁,读拉辛,仍会感到跃动其间的活力。自然我们今天已不能再像他们那样去写作,但古典主义作为一种精神,仍然能够为我们的作品增加光辉和力度。古典主义张扬的是一种崇高的精神,这种精神在今天如果不是表现为一种悲怆那么至少也是一种怀疑。而古典主义的和谐也绝非简单意义上的美的综合,而是种种对立因素的有机结合。直到现在,我们才真正明白了博尔赫斯笔下老虎的真正喻义,这是作为一种古典主义精神而存在的:可怕的优美。这一定义本身也具有古典主义的特质。在博尔赫斯的一篇短文中,他讲尽管很多诗人歌颂过夜莺,但我们命中注定要把它的形象同济慈联系起来,就像把老虎结合于布莱克一样。但真正发现了老虎的喻义,确切说真正发现了布莱克笔下老虎的喻义,却完全应该归功于博尔赫斯。

诗人之死
——纪念布罗茨基

诗人之死有着双重含义,一是指肉体的死亡,二是指诗的死亡。对于诗人来说,后者才是真正可怕的,因为它意味着写作或艺术生命的终结。在听到布罗茨基逝世消息时,我正在读他的诗。正如人们指出的那样,布罗茨基把古老而新鲜的俄罗斯诗歌传统与西方现代诗歌的表现手法结合得异常完美。在他的诗中,可以看到普希金、阿赫玛托娃、茨维塔耶娃的影子,也能看到弗罗斯特尤其是奥登的影响。在他创作的后期(死亡使这一概念变得清晰而准确了)我们甚至可以看到语境的转换和思想的流动,而这一点,在纽约派诗人阿什贝利的诗中经常可以见到。正是由于处于两种文化的交叉点上,正是由于融汇了古老的诗歌传统和先锋派的写作技法,布罗茨基才会创作出充满活力的诗歌。

诗人写诗,并不是为了取得世俗的荣誉。荣誉仅仅意味着对诗人工作的首肯,这种首肯有的在诗人生前,有的在诗人身后。比起他的同辈或前辈诗人,布罗茨基算是幸运了,1987年他获得诺贝尔文学奖,四年后又成为美国桂冠诗人。

1940年布罗茨基出生在苏联的一个犹太家庭,很早就失学,边在工厂做工,边从事诗歌写作。他曾被当局以"社会寄生虫"的罪名判刑,后在阿赫玛托娃等作家的呼吁下改为流放。1972年尼克松访苏前夕,布罗茨基被驱逐出境,在诗人奥登的帮助下,到了美国,继续从事诗歌创作。他是继加缪后最年轻的诺贝尔文学奖得主。

布罗茨基曾为不少诗人写过挽歌,如约翰·邓恩、艾略特、罗伯特·洛厄尔,当然还有奥登。称他为挽歌诗人并不为过。但现在不知道谁会为布罗茨基创作挽歌,我想起美国诗人默温的一首叫《挽歌》的诗,诗只有一句:"我的挽歌将写给谁看?"大有知音已逝,伯牙绝弦之慨。而在一篇纪念被杀害的诗人曼德尔施塔姆的散文中,布罗茨基讲到了"诗人之死":"'诗人之死'听起来总比'诗人的一生'更为具体。究其所以,大概'生'和'诗人'作为两个词来说,既积极又含糊,几乎可以看作同义词。而'死',即便作为一个词,也和诗人自己的产品,即一首诗那样是确定的。"在同一篇文章中,布罗茨基又指出,写诗是死亡练习。诗人写诗是为了使他的世界即他的个人文明留存后世。如果我们同意这一说法,那么,我们也就会承认,诗人的生命并不随着他肉体的消亡而消亡,而是继续留存在语言中,并通过每一个阅读者而得到延续,或者更确切地说,将永存在文明中。在这个意义上讲,那些无论是死在荣誉的花环上或是死在集中营和监狱中的诗人们,同样不会受到死亡的摧毁。这一点,已经被那些死去或正在死去的诗人所证实。但另一方面,任何对诗歌的忽视都意味着对文明的遗忘。而一旦文明消失,诗人才最终被宣告了真正死亡。

悼念米沃什

一位很久没有联系的朋友从外地打来电话，我似乎隐约预感到会有什么事情发生。果然，他告诉我米沃什逝世了，他最先从国外的网站上看到了这一消息，想到我译过米沃什的诗，就告诉了我。"你上网查一查，国内网站大约很快就会有消息的。"他说。

放下电话，我查了一下，中国新闻网发了一条简短的消息，说诗人死在了波兰克拉克夫的家中，享年93岁，还配发了他的一幅照片，显然是晚年照的，眉毛都白了，但精神却仍然旺健。接着两家报纸的记者打来电话，要让我谈谈米沃什。我感慨地想到现在真的是信息时代了，毫无距离感可言，世界小得就像是一个盒子。记者要我谈谈心情，我说这在意料之中，没什么震惊可言。真的是这样，就在我得到消息的前一天，在整理新译的米沃什的诗时，还想到他可能不久于人世了。这并不是我有什么先见之明，九十几岁的人了，身体再怎么好，也已不过是风中之烛。

米沃什的死并不能带给我们多大的哀伤，也正像我在被采访时所说的，我没有能力（似乎也没有必要）对他作出评价。一位诗人，能够称得上伟大，并获得诺贝尔文学奖（不管我们对这个奖怎么看），又活到九十几岁的高龄，无论是谁，能够占据其中一项就已经是幸运的了，何况集三者于一身。如果我们感到哀伤，那倒不是因为他的死，而是他死后可能造成的空白，以及他热爱的世界仍然处在动荡之中。就在他死后的两天，联合国召开了纪念会，悼念一年前在伊拉克的爆炸中死去的官员。有人说，米沃什死后，能称得上伟大诗人的可能就是爱尔兰的希尼了。但我总是觉得，和米沃什相比，希尼的视野和境界明显要小些。这也可能是他们个人经历不同的原因吧。米沃什经历的丰富几乎无人能及。他出生于立陶宛首府附近的谢泰伊涅，当时立陶宛还在波兰的版图中，因此他一直把自己看成波兰人。他精通好几门语言，但坚持用波兰语写作。二战期间，米沃什就在华沙，在战火和毁灭中亲历了纳粹犯下的暴行。他没有选择沉默，而是参加了地下抵抗运动，还编辑出版了一本反法西斯诗集《无敌之歌》。他的一些朋友就死在集中营里或纳粹的枪口下。他在后来出版的诗集中提到，战争临近结束时，爆发了华沙起义，激战两个月后，由于附近的苏联军队没有及时援救，起义失败，华沙城被毁。战后他当过波兰的外交官，因为不满于当时对心灵和文化的禁锢，选择了自我放逐。60年代初，他从巴黎到了美国，在伯克利大学讲授语言文学，也开文学翻译课，但直到70年代末，人们才知道他是位诗人。伯克利终于带给了米沃什平静的生活，用他的话说，"加利福尼亚的风光与立陶宛的风光最终融合到一起"。1980年，米沃什被瑞典文学院授予诺贝尔文学奖，这是因为他"在自己的全部创作中，以毫不妥协的深刻性，揭示了人在充满剧烈矛盾的世界上所遇到的威胁"。

很多国内读者也许都知道，米沃什曾以见证人自居，这并不是一种姿态，而是出于道义上的考虑。他是见证人而不是代言人，他是以个人的经验来表现和揭示这个时代的。的确，他经历了20世纪的各个重大历史事件,见证了这个时代的动荡、灾难和不幸。米沃什的伟大之处在于,他始终忠于这个时代,始终忠于他自己,始终忠于他的母语——波兰语,并坚持用这种被他称为"卑微"的语言写作并试图拯救它(他同时也坚信语言或许可以拯救时间和随着时间流逝的一切)。我想,一位诗人,对自己民族的语言所能作出的最大贡献,就是赋予这种言语以激情、活力和敏锐度。我不懂波兰语,但我知道米沃什做到了,也许他做得还要更多些。

我最早读到米沃什的诗是在上个世纪 80 年代。借助于诺贝尔文学奖,我和我的同代人才得以知道和读到他的作品,在我看来,这是这个奖项的一个最主要贡献。米沃什的诗歌朴素、深刻,在似乎不加修饰的诗句中,具有很强的艺术感染力。他延续了欧洲的人文传统和诗歌精神,也受到了美国诗人惠特曼等人的影响。他对世界上的不公和暴行感到痛心,也在不断地自责和忏悔,而不是置身事外或居高临下。他的诗之所以能打动读者,不仅在于艺术上的成就,更在于诗中所体现出的道义力量。

在米沃什的晚年,他的诗歌变得平静了。但过去仍不时在他的诗中闪现,其中包括一些对早年美好生活的回忆。他曾嘲讽地写到在天堂的生活。他得到了尘世足够的荣耀,但似乎也并不在意。他一直保持着低调。一个人,经历了大屠杀,目睹了人类历史上最悲惨的一幕,还有什么值得在意的?2001 年,也就是在译诗集出版的这年,我正好去美国,原想利用这次机会去拜望一下这位我尊敬的诗人,但不巧他去了波兰。同样作为流亡诗人,他的诗人朋友布罗茨基一直到死也没能回到自己的家乡。相比之下,米沃什要幸运多了,他逝世在波兰的克拉克夫的家中,对一个长期在国外流亡的人来说,这未始不是一个很好的归宿。为了信念和诗歌,他选择了自我放逐,这是需要很大勇气的。这种勇气一直体现在他的创作中,直到生命的终结。总之,作为一位诗人,他尽了最大的努力,也做得极为出色。这样的一生,恐怕没有什么可遗憾的了。我想,对一位诗人所能表达的最高敬意和最好悼念就是阅读他的作品。他的生命仍然活在他的诗中,并将在读者的阅读中得到延续。

寻找埃兹拉·庞德

早在去威尼斯之前,就知道诗人布罗茨基葬在那里的圣米凯莱墓地。因此,参拜他的墓地成了我此行的心愿之一。动身前,我随身带了一本关于威尼斯的小册子,到了那里才来得及细读,发现庞德居然也葬在那里。庞德,不仅是我,也是很多中国诗人喜欢的诗人。这位长着红色胡须的美国人,一生从不安分,除了自己写作、翻译,还帮助很多诗人和作家成名,其中就有大名鼎鼎的艾略特、乔伊斯、海明威和弗罗斯特。他的一生,与意大利有着不解之缘:二战时他在罗马,因为在电台做过反美宣传,战后一度被关押在比萨,并写出了著名的《比萨诗章》;晚年他定居意大利,并终老在那里。这些我是知道的,却没有想到他葬在了威尼斯。能在这里见到他的墓,真是再好不过了。

从我住的 Giardini 坐 51 路水上交通,四站就到了圣米凯莱。在船上望去,米凯莱就像一座矗立在水上的城堡,四周被树木环绕着,颇有一种庄重感。到了墓地,你感到的不是凄凉,而是一种温馨宁静,每座墓前都有鲜艳的花朵,使整个墓地看上去花团锦簇。但这里的坟墓成千上万,怎样才能找到庞德和布罗茨基呢?我把庞德和布罗茨基的名字写了下来,问一位意大利老人:"你知道这两个人的墓地吗?""是的,埃兹拉·庞德,布罗茨基。"他指了指右侧的墓园。我到了那里,一位老妇人又带我到了前面不远处的另一处墓园,她指着那里说:"庞德,布罗茨基。"这里是新教徒的墓地,要冷清得多,很少鲜花,荒草蔓生,有的墓碑也东倒西歪了。意大利人爱献花,甚至城市里的每座塑像前都有花环,但不知为什么这里的鲜花却很少。

  我打算先找到庞德的墓,再找布罗茨基的。我想象中的庞德墓一定很气派,墓前也一定堆满了鲜花。在一条过道旁,一座墓吸引了我,墓碑高大,前面是一大丛菊花。我走了过去,却意外地看到了布罗茨基的像。我在他墓前流连了一会儿,又开始寻找庞德,但转遍整个墓地仍然找不到。院外正在施工,我过去向一位工头模样的人请教,他带我进去,指给我布罗茨基的墓,我说看到了,他就帮我找庞德的。但我们仍然找不到。20分钟过去了,他拿起手机,说了一通意大利语,然后走到一个地方,拨开草叶,指着上面的字说:"埃兹拉·庞德。"又拨开草叶说:"奥尔加·鲁奇。"庞德的墓地是一个长方形,前面加上一个半圆,没有墓碑,名字刻在了墓上。左边是他的伴侣奥尔加,右边是他,两人的墓后各长着一棵月桂树。他们的名字被花叶盖住了,难怪我们找不到。

  奥尔加不是庞德的妻子,却和他相伴了半个世纪。她是小提琴家,后来又画画,据说画得也很好,还为庞德生了女儿玛丽。她和庞德的妻子桃乐茜·莎士比亚一样,成为庞德生命中最重要的女人。她活到101岁(1895—1996),在1972年庞德去世后又活了二十多年。只是我不清楚为什么安睡在庞德身边的是她,而不是桃乐茜。在一篇布罗茨基的访谈中,布罗茨基提起,在一次威尼斯双年节上,苏珊·桑塔格找到布罗茨基,说她在街上遇到了鲁奇,鲁奇邀她去家中做客。她不想一个人去,便拉上布罗茨基。鲁奇反复说庞德不是法西斯主义,并说人们对庞德的态度不公正。桑塔格说:"奥尔加,你不要以为,美国人是被庞德的那些广播讲话激怒了。如果事情仅限于此,那他充其量也不过就是另一个'东京玫瑰'。"

布罗茨基说他听了之后差点从椅子上摔下去。"东京玫瑰"是日裔美籍的广栗郁子,战争期间她滞留在日本,被迫代表日本向美国士兵播音,战后一度被判有叛国罪。布罗茨基说:"这句话用英语说起来是致命的,将一个公认的大诗人和'东京玫瑰'相提并论!我甚至不知道,还能找到什么与此相似的比拟。"作为客人,这样讲话是很不礼貌的,但布罗茨基说鲁奇绝对出色地把这句话吞下了肚子。我承认苏珊·桑塔格的才华和勇气,却不喜欢她的立场和为人,这件事正好坚定了我的看法。相比之下,鲁奇的教养和对庞德的忠诚更令人敬佩。

和布罗茨基相比,庞德和鲁奇的墓碑没有铭文,甚至连生卒年都没有,但他们得到了永恒的宁静,面对着蓝天白云,静静地睡在那里。我注意到墓前有一个铜制的花瓶,花瓶里有几枝玫瑰,但早已干枯了。我心里一阵凄凉,一代诗人,为20世纪的文学作出了如此大的贡献,身后竟如此寂寞。我从草地上采了一把白色的野花,放在墓前,来表达一位远道而来的中国人的敬意。

布罗茨基的墓地

这次去威尼斯参加一个关于但丁的学术会议,首先想到了布罗茨基。这首先是因为他与但丁有着近乎相同的命运,被不公平地逐出自己心爱的祖国,终其一生也没有回到那里;其次,但丁本来与威尼斯关系并不大,只是他后来出使到那里,染上了疟疾,然后死在了腊万纳。但丁的生命可以说是在这里终结的。而布罗茨基1996年在纽约逝世,一年后按他的遗愿,把他安葬在这里。

因此,在我的发言中,我提到了这一点。对布罗茨基来说,彼得堡和威尼斯都是他最喜爱的城市,只是前者留给他太多的创痛,而后者却是他年轻时的梦和死后的归宿。

据说,布罗茨基写过一本关于威尼斯的散文集《水痕》。这本书我没有读到,但在一本他与所罗门·伏尔科夫的对话中,他毫不掩饰地谈到了他对威尼斯的喜爱:

> 在我二十岁时,也许稍大些,我读过几本小说,亨利·德·雷格涅写的,……碰巧的是,在我读过的他的四部小说中,有两部中的情节发生在冬天的威尼斯。……读着德·雷格涅冬天的威尼斯,令我对威尼斯心驰神往。不久之后有人带给我一本《生活》杂志,上面有一篇摄影故事——冬天的威尼斯。雪和河流。我看到时,它简直使我震惊。后来我认识

> 的一个女人在我生日时给了我一张明信片,又是威尼斯的风景,用褐色照片做的。最后,也是最晚的印象——算起来是第四个——在我心上略有些压抑:维斯孔蒂和迪克·波格德的电影《威尼斯的死亡》……

他说他那时去威尼斯的想法只是一个白日梦,到了美国后,他结束第一个学期的教学,拿到了足够的钱,就跳上了一架飞往威尼斯的飞机。

因此,在我神差鬼使地去往威尼斯之时,我就拿定主意,一定要挤时间去布罗茨基的墓地。

5月24日,吃过早饭后,我乘上51路公交船,驶向圣米凯莱墓地。半个小时后,我到达那里。又过了半个小时,在一条小路旁,我意外地找到了布罗茨基的墓。他的墓碑上部是拱形,分别用俄文和英文标出他的名字,中间是他的生卒年:1940年5月24日——1996年1月28日。碑旁是一个美丽的花环,前面是白色的菊花和他晚年的照片。碑的右边是个小桶,里面插满了笔和名片,这是参谒的人们献上的。我看了看名片,上面大都是俄国名字,可见他的同胞是以他为荣的。在碑的顶端,还挂着一个项链,我不清楚这是他生前戴过的,还是别人献上的。

诗人的命运大都不幸。我不知道究竟是不幸的命运使他们写出了好诗,还是写诗使他们的命运发生了改变。布罗茨基的一生幸运和不幸交织,他死后,葬在了全世界最美丽的城市,这大约也算是命运的一种补偿吧。在他的墓前徘徊,想到死后葬在这里确实是一个不错的选择,但考虑到路途遥远,机票昂贵,加上签证官冷冰冰的脸色,只好作罢。

诗人何为

一

有人曾这样问:在奥斯威辛之后,写诗如何成为可能?我明白发问者的真正意图,他并不是要取消诗歌,或是像柏拉图那样,把诗人排斥在理想国之外,而是对诗歌提出了更高的期许。

大屠杀给世界带来了巨大的创痛和无法平复的伤疤。前几天在电视里看到,一些当年的幸存者聚集在纳粹的集中营旧址,悼念死者,祈愿和平。一位幸存者说,他的心早就死在这里了,活着的只是他的肉体。我想象不出还有什么控诉比这更有力,更让人沉重。

也有人这样发问:匮乏时代,诗人何为?同样是对诗歌提出了更高的期许。

诗人似乎一直面对着这样的责问。早在两千多年前,本身就是诗人的柏拉图却要把诗人逐出他精心构建的理想国,他说诗歌是对已经是模仿物的理念的模仿,因而远离真实。而在当今社会,诗歌又被进一步边缘化了,诗人早已由先知和英雄"蜕变"成为边缘人,他们发出的声音也只是个人的声音,诗歌进一步面临尴尬的境地。在很多人眼中,诗歌成了少数人享用的奢侈品,或只是白领或高级人士们风花雪月的点缀。最有趣的例子是,在风行一时的《廊桥遗梦》中,那一对一夜情的男女恋人用叶芝的诗句来互通心曲,克林顿总统则把惠特曼的《草叶集》送给莱温斯基小姐作为定情物。

诗人是些什么人?早就有人调侃地说过,诗人住在历史上是天才,住在隔壁是疯子。现在这样说的人日渐少了,诗人们不是改了行,便是收敛了个性,顺从地卷入商业大潮中,成为弄潮儿,或淹死在里面。

不光是先知,英雄也当不成。人们心目中的英雄也早已从驰骋沙场的将军转移到科学家,到体育明星,到影视歌星,当然其中少不了腰缠万贯的企业家们。

所以,当读到戴森的《宇宙微澜》时,我感到颇为吃惊。戴森是美国的物理学家,与费曼和奥本海默一起共过事。在我们的常识中,科学家们一般对诗是很不以为然的,但戴森却持完全相反的态度。在这本回忆录中,他用整整一章记叙了他的一位诗人朋友——弗兰克·汤普森。后者15岁时就赢得了学院诗人的美誉,他滔滔不绝地谈论贺拉斯和品达。在战争结束前一年,作为英国的联络官,汤普森被空降到德军占领的南斯拉夫,负责与保加利亚的地下抵抗组织联系,后来牺牲在那里。他死去的消息给了戴森很大的触动。戴森说:"我知道,如果二次大战带来世界凋敝后,能有任何重生得救的希望,那希望只可能来自汤氏生死相许、戮力以赴的诗人之战,而不是我所从事的技术工人之战。"这不是戴森的一时激愤之言,而是他的一贯清醒的认识。戴森喜爱音乐和诗歌,并不是想用美妙的词句来装饰自己,或增加自己的修养,而是相信诗歌的拯救力量。作为科学家,他比任何人都更加清楚地看到了科技为人类带来的消极的一面,也看到了人文精神的重要。他警告人们,要了解"科学怪兽"的本性,思索控制他的办法。

戴维希望用诗歌作用于人们的心灵,对抗凋敝的世界和工业化带来的后果。而前苏联诗人阿赫玛托娃却面对着另一番经历:她的丈夫和儿子被当作政治犯入狱,丈夫死在狱中;一次她排着长队去看儿子,一个女人认出了她,问她能否记录下这个场面,阿赫玛托娃坚定地说:能。

二

诗人们常常会受到这样和那样的指责。比如说,有人会说,民工在那里受到不公正的待遇,而诗人们却仍在沉迷于内心的感受;非洲大象遭到猎杀,当然也包括了藏羚羊和鲸鱼,你却珍爱着一只兔子。我并不反对写这方面的题材,但你不能也没有必要强求诗人们去写这样的题材。严格讲,这是没有多大意义的。诗歌的题材实在有限,内容也受到某些限制(尽管它辐射出的意义比起其他作品要大得多),但诗歌的作用并不在于说了些什么,或说了多少,而是使你感觉到什么,或感觉到多少。世界上最重要的事情,在我看来只有两点,无非就是爱与憎。一个有爱心的人,哪怕是爱花爱草,甚至是爱一只蚂蚁,那么他就不会不爱更重要和更珍贵的事物。同样,憎恨任何一点微小不公正的事情,在大的问题上,他也会作出自己的判断。诗歌能教会人这两点,我看就足够了。爱应该爱的,憎应该憎的,不一定非得一一说清。

而且,在诗人看来,也许内心的苦难和外部的苦难同等重要,同样需要解决。一片草叶,和一只蚂蚁,对于生命来说,并不比人类差多少。人类高贵,只是人类出于自私的目的虚构出来的。生命同一,万物同一,这里面是没有多少差别的。如果一个人,只爱自己,或只爱人类,而对其他生命采取一种蔑视的态度,那么他的爱是非常可疑的,至少是狭隘的。

诗歌的作用(如果还有的话),归根结底,就是要为人们提供某种思维方式,这种思维方式可能是平时人们注意不到或者无法实现的。做到了这点,人们就可以从一个新的视角去看待事物了。他们能够看清了美和丑,并从中学会了爱和憎,用于自己的生活,用于审视和改变自己的生活,还有什么比这更为重要呢?

正如一句外国谚语说的那样,重要的是,不是为别人播种,而是教会别人播种。

两首关于诗人的诗

诗人写诗人一定是别具慧眼的。尽管不一定像传记家那么全面、准确，但往往会抓住被人们忽略了的细节，这些细节对研究被描写对象的生平不一定有多大用处，但对把握他的性格特征却可能颇有帮助。

诗人罗伯特·洛厄尔在1970年出版了一本题为《笔记本》的诗集。在这本集子里，有着"关于当前事件的诗节穿插着对历史的类型和类比的沉思"（丹尼尔·霍夫曼：《诗歌：现代主义之后》）。诗人不仅写了一系列历史人物，还写到一些今人，包括我们熟悉的诗人，如艾略特和庞德。诗人通过日记般的记叙，对日常细节的捕捉，以及突如其来的跳跃和联想，使我们仿佛通过窗子的一角看到了迷人的景色，从而带给我们更大的想象空间。这个集子里的诗都是用十四行体写成，当然较之严格的商籁体要自由得多，而正是由于行数的限制，使得诗人必须抓住最典型的细节和意象，来展示更多的内涵和容量，由此正好展示出诗人高超的技艺。

庞德和艾略特都是20世纪数一数二的大诗人，他们的思想、艺术以及生活阅历都是相当丰富的，个性也无疑十分突出。洛厄尔怎样在短短的十四行间展示他们的风貌呢？我们不妨一读：

夹在两道往来的溪流中，在纪念堂

两首关于诗人的诗

和哈佛战死者的阴影里……他说:

"你不讨厌和你的亲戚比较?

我讨厌。我刚刚发现我的两位亲戚被坡评议。

他和他们擦着地板。我真高兴。"

然后迈着空防队员的步子穿过院子。

谈到庞德,"没有必要说他只是

自命是埃兹拉……他好些了,今年,

他不再想去重建耶路撒冷的神殿。

是呀,他好些了。'你说话。'他说,当时他谈了两个小时,

这时我简直没话可说了。"

啊汤姆,一个缪斯,一段音乐,有着这种运气——

迷失在雄辩家们的暗夜里,

来自永不消失浮渣的幽默和烦倦!

(《T. S. 艾略特》)

二战时艾略特做过伦敦的空防队员,在此期间写下的《四首四重奏》中的《小吉丁》就带有这段生活的一些痕迹。艾略特不仅是20世纪重要的诗人,还是颇具影响的批评家,他的创作和理论影响了整整一代人,是学院派的代表人物。"夹在两道往来的溪流中,在纪念堂/和哈佛战死者的阴影里",交代了诗的背景,这是实写,也颇具象征意味。艾略特出身名门,在和洛厄尔的交谈中,他不无得意地提到他的两位亲戚被爱伦·坡所评议。"迈着空防队员的步子"一句尤为传神,既交代了他战时的表现,更体现出他谨慎的性格。在谈到庞德时,更表现出他们间微妙的关系。庞德在艾略特

成名前曾帮助过他。有人说,艾略特最好的诗应归功于庞德——这自然是指《荒原》,当初艾略特把这首诗的初稿拿给庞德看,庞德精心做了删改,才成为今天看到的样子。二战期间,庞德在罗马的电台中做了同情纳粹和攻击犹太人的节目,战后被判叛国罪引渡回美国。正是由于艾略特等人的奔走,才免于被起诉,只是被关进了伊丽莎白精神病院。在这期间,艾略特多次去看望庞德,健谈的庞德说了两个小时,才想起让艾略特说话,可这时艾略特已没什么可说了。"他好些了,今年,/他不再想去重建耶路撒冷神殿",既有对老友的关切,也有对庞德过去的狂妄自大的委婉批评。

另一首诗正好是写庞德的:

> 平躺在精神病犯人牢房的
> 一张帆布躺椅上……一个没系鞋带的男人抓着
> 你桌上的"社会信托"的传单,你说,
> "这儿有一套黑色套装和一个黑色公文包;在包里,
> 一件讨厌的东西,'负鼠'的《向弥尔顿致敬》。"
> 然后跳开;拉佩罗,和逝去的十年,
> 接着是三年后,艾略特死了,你说,
> "谁活着留下来理解我的笑话?
> 我艺术上的老兄弟……再说,他是个叫得响的诗人。"
> 你给我看你长着斑点的,弯曲的手,说,"蠕虫。
> 当我在罗马无线电中说着关于犹太人的
> 废话,奥尔迦知道这是大粪,可仍然爱我。"
> 我说,"还有谁在炼狱中?"

你说,"我以肿胀的头开始以肿胀的脚结束。"

(《埃兹拉·庞德》)

战后庞德被关进伊丽莎白精神病院,这首诗正是以精神病院为背景,勾勒了晚年庞德的肖像。需要说明的是,"社会信托"是庞德一种不切实际的想法,正是由于这想法,导致了他对法西斯主义的同情。现在,它被一个智能低下的精神病男人抓着,含义微妙。"负鼠"是庞德为艾略特起的外号,艾略特对这一外号似乎也认可,他的一部评论集就叫《老负鼠的务实猫集》。艾略特对弥尔顿评价不高,认为他诗中的形象缺少视觉性。拉佩罗是庞德在罗马住的房子,奥尔加是庞德的情人。庞德的谈话可谓海阔天空,从监狱跳到罗马,又谈到艾略特的死:"谁活着留下理解我的笑话?/我艺术上的老兄弟",晚年的庞德曾对自己的诗歌产生怀疑,艾略特马上给他拍了电报,对他的诗作了充分肯定。谈到这位老友,庞德在漫不经意中不无深情和悲凉:"他是个叫得响的诗人",既有揄扬,也显示了庞德的自负。对在罗马时的所作所为,庞德似乎有所懊悔,结尾对洛厄尔的回答则更见精妙。"炼狱"是双关语,既是宗教意义上的,指有罪的人在那里可以涤清罪愆,也是指庞德此刻住的精神病院。"还有谁在炼狱中",是《神曲·炼狱篇》中但丁见到朋友亡魂时问的话,庞德的回答仍不失他往日的性格。"肿胀的"用了俄狄浦斯典故,俄狄浦斯的原意即为"肿(胀的)脚"。

  洛厄尔的这两首诗写得冷静、凝炼,与国内的诗歌相比,我们可以看出明显的区别。目前我们的创作——至少是多数人的创作,还停留在抒情和唯美阶段。用词过大,用情过滥,浮泛空洞,无疑正是我们的弊病。诗终归是要抒情的,我们不能说洛厄尔的诗中不包含着情感因素,但他进行了冷处理,更注重对人物的精神和面貌进行摹写,用词准确,使用生活中的细节,而感情(不是单一而是复杂的)自然隐藏在后面。过去读古人写的传记,寥寥几百字,便生动传神,使人物跃然纸上,比起滔滔万言的传记读来更过瘾。洛厄尔的两首诗可以说成功地做到了这一点。

诗人的妙句

荷马的《伊利亚特》虽然是一部英雄史诗,但里面颇多人生感慨,远远不是现在那种虚张声势的作品所能比。惜无佳译,令妙句蒙尘。但透过翻译,仍然可以想见原作的风貌。

如在第 6 卷中特洛伊的将领格劳科斯和希腊的迪奥墨得斯在交战前有一段对话,当对方问起他的家世,他这样回答:

> 豪迈的迪奥墨得斯,你何必问我的家世?
> 正如树叶荣枯,人类的世代也如此,
> 秋风将枯叶撒落一地,春天来到
> 林中又会滋发出许多新的绿叶,
> 人类也如此,一代出生一代凋谢。
>
> (水建馥 译)

以落叶来比喻人世的荣枯代谢,应该是贴近而有意蕴的。在第 22 卷中阿基里斯追赶赫克托耳,后者绕着城墙奔跑,当他们来到城外的泉水旁,诗人这样写:

> 在阿开奥斯人到来之前的和平时光,
> 特洛伊人的妻子和他们可爱的女儿们

> 一向在这里洗她们漂亮的衣裳。
>
> （罗念生、王焕生 译）

似是闲笔，却耐人寻味，写出了和平的美好和战争的残酷。维吉尔有句诗更见奇妙：

> 沉重的木犁碰到了空空的头盔

诗句中充满了矛盾的特质，具有一种非凡的张力，古与今，战争与和平，生存与死亡巧妙地交织在一起。

克洛岱尔称赞波德莱尔的两行诗：

> 她们的眼波越过海洋，像漂泊者一样，
> 她们像沙土上的羊群那样，凝神默想……

但他说，同样的情景，维吉尔只用了三个词就表达出来了：

> Pontum adspectabant flentes.

这是拉丁文，据说直译过来就是"泪流满面地望着大海"，但已不复原文的简洁与高妙了。

雪夜读陶诗（外七章）

陶诗温醇朴厚，千百年之后仍可以想见其为人。萧统称之为隐逸诗人，但历代隐逸者甚多，和光同尘而又卓尔不群如陶令者又有几人？饱读诗书而甘心为农，耻为五斗米折腰却不避乞食，率真自然，不失傲骨，却无半点傲气。朱光潜称陶诗静穆，大谬；鲁迅斥之，甚是。朱光潜到底只是一介书生，有小体会，无大见识，只是套用美学术语而已。而鲁迅毕竟是个中人，当是懂得其中三昧的。

另一方面，陶诗看上去似乎平常，没有很多技巧，更谈不上炫技。但一篇完全没有技巧的作品是没有的。陶诗的技巧实在很高，高得让你看不出技巧来。他用的是减法的技巧，把花哨和没有用的东西都去掉了。艺术上的雕琢是必要的，但要雕琢得像没有雕琢一样才好，简净而不失其朴厚，正是陶诗的好处，可惜这一点知者寥寥。

韩愈诗

唐诗中喜欢韩愈的"山石荦确行径微，黄昏到寺蝙蝠飞"那首。诗人写山寺，多突出其清冷孤寂，但这首却鲜明如画。在夕光中蝙蝠的翻飞确实极富意境，而以"芭蕉叶大栀子肥"对应"新雨足"("足"字也用得极好),文心细密而充满生机。待到"僧言古壁佛画好,以火来照所见稀",直是白话入诗,且笔力雄健。韩愈为散文大家,以散文入诗,似开宋人先河。但问题随之而来,我们知道,韩愈主力辟佛,当宪宗要迎佛骨,他跳出来反对,被贬到潮州。"一封朝奏九重天,夕贬潮州路八千",以致"云横秦岭家何在?雪拥蓝关马不前",虽然里面不无夸张自怜的成分,但也无疑遭了些好罪,以致在《祭十二郎文》中就说自己年不到40,就白发苍苍,牙齿摇动了。唐代文人多信佛,如王维,如白居易,还有韩愈的好朋友、在散文上和他齐名的柳宗元。像他这样极端辟佛的在文人中大约并不多见。但这样一个人物,居然有兴趣在黄昏来到佛寺,看花赏画,且有佳句,令人颇为不解。或许他的反佛,并不是对佛教有多大的反感,只是反对佛教动摇或取代了正统的儒教,才令他采取了这样极端的做法吧。没有考证过,想当然耳,但以人情格物理,应该相去不远。韩愈在八大家中道统气最重,俨然一位道学先生,直逼宋儒,殊不可喜,但这首诗写得确实很好,还有那句"羲之俗书趁姿媚,山中换得白鹅回",都是平白如话,清新可诵,也多少打破了唐诗中固有的格局。

侯麦的城市风景

以前只看过侯麦的《克莱尔的膝盖》,前些天生病,懒在床上无事可做,放了他的《六个道德故事》,很得我心。特别是他前面的短片,如《面包店里的女孩》《苏姗的爱情经历》,虽然是黑白片,但平淡之中蕴含着清新和隽永。我注意到侯麦爱拍城市街景,这一点也让我喜欢。他似乎是有意通过街景在向观众展示着什么,或者说街景不复是人物和故事的背景,而成了片中的角色。果然,在后面的片子里他借影片中人物之口说出了他的观点:

> 我爱城市,郊区和乡下让我沮丧。即使拥挤和嘈杂,我永远不倦于挤进人群中,我爱人群,就像鱼爱大海……人群让我漫游的头脑变得清醒,几乎我所有的意念都产生于街道。

只是关注城市的街景,并使之成为灵感的来源,这一点和纽约诗派颇为接近。诗人奥哈拉对纽约这座城市充满了兴趣和热爱,他从地铁站、爵士乐、电影明星的海报、曼哈顿的人流甚至朋友打来的电话中获得灵感和活力,他说:"我甚至无法喜欢一片草叶,除非在旁边有地铁站,或一家唱片站或人们全部无悔生活的标记。"

以往的自然是原野和乡村,而在我们这个时代,不管你喜欢与否,城市成为了我们新的自然。作为自然的城市更能展示我们这个时代的风貌,我们的生存状态和人生经验。我不知道这是悲剧还是喜剧,但这是无可辩驳的事实。

××之死

夜里看碟看到很晚,有些困,但不怎么能睡得着。拿起《伯林谈话录》,正好翻到里面的一句话,伯林语气颇为坚定地说只要人类存在,哲学就不会终结。这句话让我睡意全消。自从尼采说过一句上帝死了,说××之死便成为一种时尚,至今仍在流行。有人说哲学死了,也有人说文学死了,当然免不了的还有诗歌,一律俨然大师口吻。我不知道有多少人能够理解尼采这句话的真正意思,他说上帝死了,虽是故作惊人语,但至少是经过了严肃的思考,自有其针对性,当然死的也只是他自己的上帝而非别人的。轻率地说这个死了那个死了,如果不是有意哗众取宠、欺世盗名,那么就是十足的蠢话(偏偏这样的蠢人不在少数)。是的,的确有人称福柯是最后一位哲学家,无非是说一种传统的哲学方式的结束(在我看来同样没有道理),伯林不喜欢法国哲学,他说过在法国,哲学是不能谈论的。法国有的只是与社会生活有关的人生哲学。伯林认为哲学解决的是观念之间、词语之间或表述之间的冲突产生的各种疑难。观念来自生活,因此只要人类存在(并且没有超凡脱俗),就会有观念上的冲突,哲学自然也会存在。

在我看来,文学本质上也是对这些疑难的描述,并在描述的基础上试图寻找到答案(当然不一定有最终的答案),所不同的是哲学运用思辨和概念,而文学使用形象和细节。在提问者提起布罗茨基说过的诗歌可以回答科学家和哲学家回答不了的问题,并问伯林是否同意时,身为哲学家的伯林回答说:"大概是的。他往往是正确的。"

佳译难求

远人在给我的信中说佳译难求,对此颇有同感。他说的佳译当然是指诗歌翻译,其实不仅佳译,就是连庸译也难得见到。这当然是因为译诗之难,足以令人望而却步。远人说他对"那些译砸了的译者,也还是有份敬意,毕竟诗歌难译,能译出就不错了"。

这番话颇有仁者之风,当然也是行家之言,因为要译好一首诗——我是指传递出原作的风格、语气和肌理——着实不易,何况一不小心就会错译误译,招来诟病。远人称赞我译的米沃什,当然是出自朋友的厚爱,但自以为还是有些长处的,却不想因为里面有些讹误,竟然还有人跳出来要代表米沃什打我五十板子。现在流行代表,甚至连远在大洋彼岸的米沃什竟然也要受到这样的待遇,真替老人家不值。我想即使译得再糟,米沃什本人对此也不会说些什么,毕竟他是大家而不是小人。米沃什的事情不太清楚,却知道当有人把博尔赫斯的诗译成英文后,有些地方与原意不符,但博尔赫斯却说,比我的诗更好。大家到底是大家,不会占据一些优势就盛气凌人。何况打人家屁股板纯属封建余孽,只有披着羊皮的狼才做得出。

  译诗不仅难,出版更难,稿费也低得使人咋舌。有人以为译诗是为了出名,其实大谬。译得好是原作者写得好,译得不好便是你的责任,屁股当然要挨板子。要想出名有的是捷径,何必要自讨苦吃?当然挨挨骂也是正常,谁叫你水平不高了。但那些水平高的却颇矜持,躲在一旁冷眼看着,一旦你辛苦做了,他便跳出来大挑毛病,露上一手半手(也不见得怎么高明),然后带着胜利者的微笑躲了起来,等着下一个机会。中国的事情向来如此,一些人做事,一些人挑毛病。当然是后者更加高明,至少显得高明,但真要他们做事恐怕又做不来,放放冷箭和真刀实枪地干到底是不同的。

  于是只有大家都放手不做。难怪远人兄在感叹佳译难求。

阿多尼斯、达维什和拉金

　　昨天朋友聚会，大家谈起了两位阿拉伯诗人——阿多尼斯和达维什。阿多尼斯永良很早就关注到了，现在有了一个较为完整的中译，而达维什也有为数不少的零散翻译。相比之下，我更喜欢后者。阿多尼斯的诗句多短促，里面有一点超现实的手法，经验少了些，质感不足，读起来很容易滑过。那本名为《我的孤独是一座花园》的译本我前后读了三次，似乎都没有什么感觉。达维什的诗直抒胸臆，质朴有力，个性宛在其中，尽管我对他的政治立场有些疑虑。但他的创作手法似乎有些单一，读多了也许会感到单调。无论如何，我觉得这两位诗人之所以名满天下，如果不是沾了地域的光，那么至少也是沾了时代的光。现在的创作和群星璀璨的20世纪初期相比实在是有些逊色，把这两位诗人放在当时的诗人中——叶芝，瓦雷里，里尔克，艾略特，庞德，卡瓦菲斯——他们在里面只能是二流的角色。

　　桑克转给我一本《远方诗刊》，印得很精致。奇怪的是，离开报社整整五年了，仍有人不断地往那里寄些印刷品。这份刊物里有一篇拉金的访谈，里面一段话正好和我的观点相印证：

　　　　可别以为我是伟大的。如果说我是引人注目的，那是因为此刻我们正处于一个低谷，四十多年前我们有叶芝、艾略特、格拉夫、奥登、史彭德、麦克尼斯、贝杰曼、狄兰·托马斯；可我们现在有什么呢？如果我看上去还不错，那是因为别的人实在太糟糕。都不怎么样。

拉金不敢和上面这些人相比,并非过谦。但另一个事实是,现在的诗人和拉金也无法相提并论。

我把这个时代的写作概括为沉闷时代。的确,它过于沉闷了。

拒绝遗忘

记得在那部叫《青鸟》的剧中,作者别出心裁地把冥世或阴间称作思念之土,那里的人们——确切说是灵魂们——处于一种沉睡的状态,但只要活着的人们思念起他们,他们就会快活地醒来。史蒂芬·欧文在中国古典诗中发现了一个重要的主题:追忆。其实这不仅体现在中国古典诗中,也同样体现在其他国度和其他作家的写作中,普鲁斯特的《追忆似水年华》就是力图通过对往事的追怀来拯救时间,而艾略特的《四个四重奏》也同样展示了时间的主题。其实每一部书都是一种追忆。

生命所以绵延,是因为我们有记忆。记忆包括美好和甜蜜的,也包括辛酸和不幸的,但无论如何,这是一笔宝贵的财富,甚至比任何金银珠宝更为贵重。王家卫在《东邪西毒》中虚构了一种忘情酒,据说喝了会忘掉一切。但失去哪怕是痛苦的记忆也是不幸的,或者说更为不幸,因为它毕竟是构成我们生命的一部分。莫迪亚诺的小说《暗店街》就写到了一个在迷惑和痛苦中寻找记忆的人,他因为某个事件失去了记忆,因而失去了自我。也有人把这篇作品译成了《寻我记》,这种译法固然直白浅陋或者说拙劣,但从作品内容上看也不算错。

为什么写作?这在每个写作者那里会有不同的答案。但在我看来,写作的本质在于拒绝遗忘。我们固然不能忘记像奥斯威辛这样人类巨大的灾难,但同时也不能忘记我们对生命意义的追寻,更不能忘记生命中那些美好的东西,哪怕这些美好的东西是那么微不足道,譬如一次偶然的邂逅,久别后的重逢,一个眼波的流盼和曾经经历过的爱情。

德里达的药与阿基里斯的矛

阿基里斯是飞毛腿,瓦雷里在他出色的长诗《海滨墓园》里曾提到过。阿基里斯刀枪不入,但最终死在了帕里斯的枪下。后者是特洛伊王,海伦的诱拐者,一个花花公子和懦夫。历史有时充满了讽刺。

被人遗忘的是阿基里斯的长矛。据说它不仅可以杀人(英勇的赫克托耳就死在了这杆枪下),也同样可以疗伤。德里达曾经费尽心机地寻找一些同时具有相反意义的词语,他找到了"药"。药可以是良药,治病救人,也可以是毒药,置人于死地。但不知为什么他竟然忽略了阿基里斯的这支长矛,它也同样具有双重功效,而且形象更加鲜明。

一个人和他的城市

人们对他的城市(出生或长期居住着的)总是怀有一种复杂的情感,产生这种情感的原因也同样复杂。读过但丁《神曲》的人都会知道,但丁对佛罗伦萨就怀有这样的情感。在《地狱篇》中他不止一次地通过直接或间接的方式诅咒或哀叹佛罗伦萨的堕落,同样不止一次情不自禁地赞颂起佛罗伦萨的美丽。甚至当遇到家乡一位化成荆棘的自杀者的幽灵时,他为他拣起被人碰落的枝条,放在他的脚下(第十三章)。这样做一方面是出自同情——但地狱是不许存在同情的,按维吉尔的说法,同情受罚的灵魂,就意味着对上帝的裁决不敬。但丁自己当然清楚这一点——另一方面,按诗中所说,是"出于对我们城市的爱"。但丁被判流放,终其一生也未能返回他的城市,他的特殊经历,他的政治态度,他的诗艺的淬炼,都与那座城市有着千丝万缕的联系。如果我们了解得再多一些,那么贝特丽齐——他梦中的情人,也是想象中的天使,诗中的救星和导师——也同样出生在那座城市。布罗茨基对彼得堡(当时叫列宁格勒)乃至整个苏联也有着一种类似的态度。他先是遭到流放,继而是更大的流放,被逐出了他的国家,从飞机上孤零零地被抛到了维也纳机场。正如伟大的维吉尔一样,老奥登在那里接待了他,给予他必要的帮助。当他获得诺贝尔文学奖后,有记者问他是否要返回苏联,他说:苏联已经不存在了,我不能返回到一个不存在的国家中。这里面当然有着"一个人不能同时踏入两条河流"式的诡辩,也有对解体了的苏联一种嘲讽,更近乎一种外交式的辞令,但透过他的机智乃至尖刻我更多体味到了他的哀伤与辛酸。爱与恨往往是同一情感的两面,而对自己的国家和城市来说,正如对恋人一样,恨正好是爱到了极致的表现。

这里要谈的哈尔滨并不是我出生的城市(正如我在一首诗中提到的"我出生在一个偏僻的县城")。到现在为止,我在那座县城和这座省城生活的时间是二比三,也就是说,在前22年我生活在那座偏僻的县城,而后面的近三十年中我居住在这座据说被认定具有独特风貌的省城。也就是说,我生命中五分之三的时间在这里度过。而在这五分之三中,它又截然分成两部分,一部分是我心仪的城市,另一部分是我憎恶的,或至少在一定程度上憎恶。而对前者的喜爱和缅怀无疑会加重我后面的情绪。

不管我是否真正具有把哈尔滨当作我的城市来谈论的资格,但由于这种特殊的经历,我对这座城市的看法会变得更加鲜明。在我残留着的童年记忆中,那座有着土路和在风中呜呜作响的木头电线杆的县城与相当欧化的哈尔滨至少在外观上就形成了生动的对比。我有过几次在童年时代来哈尔滨的经历(如果这算得上是经历的话),那时这座城市给我留下的印象真是奇妙。当我们风尘仆仆地来到道外的一家旅馆时,天已经黑了下来。我们坐在旅馆临街的前厅里等待着安排房间,外面经过的有轨电车(当地人称之为摩电)的几何形的摩电线不时地爆出蓝色的火花,然后散落在地上。在有轨电车被取消了十几年后的今天,我仍然喜欢并怀念着那种略扁的,像独眼巨人一样有着一只前灯的漆成红白两色的车体。几年前,在电影《日瓦戈医生》中我惊喜地看到了这种电车。日瓦戈就是透过冬日蒙着淡淡水汽的车窗第一次看到了他后来深爱着的拉拉。我同样喜欢和怀念当时的公共汽车那种饱满的流线型的车身以及镀铬的闪闪发亮的栏杆和扶手。至于映衬在黄昏的霞光里或夜色中(那时还没有或很少有霓虹灯)的那些尖顶和圆顶的欧式建筑,更是使我产生置身于童话般的感觉。

当然家乡是另外一种截然不同的景色。一年深秋,我随着家人,先是坐火车,然后坐汽车从哈尔滨回到家中。在我家房子的右侧,是一片开阔的土地,被我家和邻居家种上了玉米和菜蔬。那一年种的正好是土豆,在满天的霞光中大人们在地里刨着土豆,孩子们在长着蒿草的空地上忙着捉四处飞舞的蜻蜓。这幅美丽而萧索的画面一直定格在我的脑海中。

县城正好是省城与乡下的中转站,在时尚上仿效着省城,而在感情上更接近乡下。我常常听到大人们在讲省城流行着什么,然后是有节制地去模仿。也许是出于下意识的心理平衡的作用,他们也尖刻地嘲笑着大城市人们的一切,更多的是他们的生活方式。用今天已经蜕变为城市人的我的眼光来看,这些小题大做的嘲笑同时代表着一种更为纯朴的生活对更为开化或更为文明生活的向往与拒斥。农村的开阔与朴实是城市里缺少的。也就是说,它与原始的自然的纽带还没有完全被挣脱,还保持着某些千丝万缕的联系。而县城与农村往往更容易融为一体。在大人带我去乡下的经历中,我更加深切地感受到这一点。那时农村还没有电灯,晚上点的是煤油灯,有时只是用一只碟子,倒上一点豆油,放进一根用棉花捻成的灯芯,就能产生微弱的光晕。人们爱在这时候聚在一起聊天,来度过漫漫的长夜,讲的也都是周围发生的事件,比如谁家与谁家发生了争执,谁偷了东西,或谁在晚上遇到了狼。这种口头上的"新闻联播"也许正是对农村平静生活的一种调剂。要知道,那时没有电视,即使在城里,能买得起收音机的人家也不多。而在所有的乡村奇闻中,遇到狼的故事最能引起一个孩子的兴趣与恐惧。据说狼常常跟在走夜路的人的后面,像人一样立起,把爪子搭在前面人的肩上,使你以为遇上了老朋友,而当你回头时,它就会趁机一口咬住你的喉咙。像祥林嫂的孩子那样被狼吃掉的故事并没有随着旧时代的消亡而绝迹。童话故事里的大灰狼在这里成了直接威胁到你生存的现实,而不再是童话故事。在农村,我总是感到狼的毛茸茸的爪子和粗重的喘息。相比之下,哈尔滨的在霞光里映衬出的尖顶建筑对我来说更像一个童话世界,因为在那里只有在故事书中和动物园里才能见到狼,而在里面,它们即使保持着凶残的本性,但毕竟在一定程度上被弱化或人格化了。

尽管当时哈尔滨像梦境一样吸引着我,但我从来想到过到这里定居。谁会天真地想到去一个童话中生活?但后来我来哈尔滨读书,并留在了这里,我看到这里另外的复杂的一面。也许正是由于这样的经历,或掺杂了这样的眼光,哈尔滨城市的特点才更加突出。也正是因为这一点,使得我能够在某种程度上具有了较为客观地谈论这座本不属于我的城市的资格。不过平心而论,哈尔滨的确在全国所有城市中是独一无二的,不是因为它的美丽与文化上的洋气,而是因为它属于另类。从城市本身讲,它的历史只有一百多年,同国内其他所有大城市相比,它只能算是第多少多少代孙了。而在这短短的历史中,它受到的外来影响远远大于传统。公允地讲,它几乎可以说是由外来人建起的,确切说,是由白俄构建的,尽管现在人们有意无意地回避这一点,但历史就是历史,不应也不能被随意抹杀掉。首先应该归功于中东铁路。不论当初动机是怎样,但至少中东铁路的建成为它输入外来影响提供了可能(就如同令中国人感到耻辱的鸦片战争打开了沉重的国门);另一方面,由于十月革命和由此带来的战乱,大量流亡的白俄带来了文化和物质的巨大财富。他们在这个中国的边远城市力图把他们所失去的梦想重新化为现实。这里的建筑基本上是欧式的,而且体现和掺杂了欧洲各个时期各个国家的不同风格,有古典主义、现代主义和折中主义。一位研究建筑的学者甚至对我讲道,哈尔滨可以称得上是世界建筑的博物馆,各种风格的建筑都可以在这里找到(当然这里应该使用过去式,至少按中国的习惯加上"曾经")。我不知道他的话里有多少夸张的成分,但随即的一个例子让我吃惊,前些年一个年轻的犹太人在这里发现了一座典型的犹太建筑,他说这样的建筑在欧洲现在也仅有一座。初来哈尔滨的人都会被中央大街的用条石砌成的马路吸引,事实上,当初主要街道很多都是这样用石头铺成的。人们通过"太阳岛"那首歌了解并表达对哈尔滨的向往,但太阳岛在哈尔滨其实算不了什么,看看那些街道和那些建筑吧(当然还得赶快看,因为它在以最大的速度消失),它们也许能够真正体现哈尔滨的历史和文化。80年代一位诗人朋友来哈尔滨,他让我带着他到处去看那些旧建筑。我们在有着笔直白杨树林荫路的文化公园(当年白俄的墓地)看到了一块块七零八落的断裂的墓碑。它们的断裂并不是由于年代久远,而是出于人为的原因。通过墓碑上的残缺不全的俄文大致可以辨识出死者的名字和身份,他们或是伯爵,或是工程师,还有豆蔻年华的少女。他们幸运地逃离了一场大的劫难,在异国他乡却终于没能逃脱死亡和死后的劫难。有一段时间,一家出版社租用了那里的房子,一个自称懂得一点通灵术的人在晚上值宿时看到一对对异国男女携手在草地上散步。我不知道这是出于幻象还是为了逃避值宿而编造的谎言,总之,即使是谎言,也不失为一个美丽的谎言。

现在,只有通过一些粗劣的反映哈尔滨早年生活的影视作品才可以约略感受到哈尔滨三四十年代的繁华景象,比如人们穿着晚礼服去音乐厅参加来自国外的音乐演出,或四轮马车辚辚地在街道上驶过。在三四十年代,的确有过许多世界级的著名音乐家来这里演出,它也确实在某种程度上带有国际化色彩。大量侨民的涌入(主要是白俄)也多少对这座城市的生活方式产生了影响。人们喝啤酒,吃红肠,管面包叫"列巴"。每逢节假日,总是要出去野餐——直到现在,仍然保留着这样的传统。如果这里不能叫作殖民城市,那么我想至少也应该叫作移民城市。一本关于哈尔滨的书中介绍说,在20世纪初,这里只有几条街道,雨天会变得很泥泞。后来从中央大街向外延展,才逐步形成了现在的规模。因此,这个城市的街道并不规则,更多是带有辐射式的。特有的气候或许也对这里居民性格的形成有一定影响。在一本书中,我读到当时的俄罗斯贵族和知识家庭,为了度过漫长而寒冷的冬夜,除了举办社交性的舞会外,更多是在炉火前读书。当然舞会不可能经常举办,而用读书来消磨漫漫长夜则不失为一个非常好的方法。这对培育俄罗斯人的艺术感觉可能起到了至关重要的作用。哈尔滨的冬天几乎同样漫长,也同样寒冷,在电视还没有进入每个家庭的时候,当外面风雪和夜晚合谋肆虐时,人们躲在家里做些什么呢？我不知道。可能这里没有接受俄国人在夜晚全家聚在一起读书的传统,不过这对培养心灵的孤独和思考肯定会不无帮助。但哈尔滨人的性格是否也受到外来的影响呢？我无法确定这一点,这里人的性格粗放有余而细密不足,喜欢追逐时尚,对新事物保持相当的兴趣,但往往是浅尝辄止,不过总的说来并不保守,保持着某种开放性。

在这座城市,最值得夸耀的当属中央大街,这条并不算长的街道直通松花江边,遥遥面对防洪纪念塔。石块砌成的街道被岁月和行人的脚步擦得闪闪发亮。街的两旁长着槭树,建筑也很漂亮,其中有几个地方值得一提。一是圆顶的秋林商店。这座新艺术风格的建筑建于1919年,因其创办者俄国商人伊雅·秋林而得名,这所三层的砖混结构的建筑各层间用腰线分割,窗口从上到下逐渐变小,显得稳定而富于变化。据说在50年代,门口仍有一位年老的俄国侍者,戴着白手套,为客人拉开门,你可以花上二角钱在这里买一大杯啤酒,一口气喝干然后离开。华梅西餐厅也赫赫有名,这里经营的是俄式大餐,原名马尔斯,1925年由俄国人楚吉尔曼创办,现在基本上保持着原来的风貌,但在周围高楼环绕中多少有一些破落的感觉。马迭尔宾馆是犹太人约瑟·开斯普开办的,是当年远东最为豪华的宾馆,但现在原来开向中央大街的正门租给了一家银行,原来的后门成了现在的正门,已是美人迟暮,令人徒增感慨。我在一首诗中写到过中央大街:

深秋的黄昏。好多年前。当我沿着

中央大街,漫无目的地闲逛
微雨和发黄的叶子,在无声地洒落
天色微暗。两旁楼房透出的灯光
闪烁而朦胧,仿佛
轻柔而忧伤的歌曲
使人徒然忆起了那些逝去了的
并且永不复返的时日——那些希望的
绿叶,夏日的玫瑰,以及
温暖多变的天气

而这条作为历史见证的街道
用石块砌成,冰冷而坚实
在岁月的变化流转中依然
保持自身的完整,任凭
脚步,车轮,和沉重的历史
在上面碾过

说到写作,我曾经不止一次天真地对外面的朋友谈到这里的气候非常适合写作。这里的春天非常短暂,大部分时间被冰雪统治着,然后是解冻,然后,春天在一夜间会突然降临,就像被一支绿色的军队所偷袭,满城的树绿了,还会像火焰一样爆发出五颜六色的花朵来。这里最多的是丁香,一种落叶乔木,有着白色和淡紫色的花朵,散发着若有若无的淡远而浓烈的香气。春天的勃发只是短暂的,紧接着夏天来临了。哈尔滨最美的季节是在夏末秋初,并不酷热,即使天气很热,只要有树荫或有微风吹来,就会感到很凉爽。

天是那样的蓝,光线也很明澈。而到了秋天,树上的叶子变黄了,一片片地落下,景色变得更加疏朗,我曾经比喻说就像一篇经过精心删削的文章。而到了冬天,这里只有两种颜色,白色和黑色,白色的是雪,黑色的是树干。这有些像是极简主义的作品。说到树,原来中央大街两旁的街道长着一种槭树,看上去并不漂亮,但到了秋天,它的叶子会分出各种层次来,为这条大街增添几分色彩。这里的环境和气候在我看来更适合写作。而这座几乎没有很久历史的城市,也不会在文化上带给人们沉重的因袭感。传统文化和外国文化在这里几乎处于相等的地位,甚至可能后者还要占据上风。而我到了其他的城市,想到那悠久的历史和文化名人,就会感到被压得喘不过气来。我用了这些话来赞美这座城市,更多带有一种缅怀的色彩。现在与我上面谈到的相比,它已经面目全非了。很多老式的建筑被拆掉了,代之而起的是更高的楼房,毫无特色。让人无法理解的是,中央大街上的一些槭树竟被莫名其妙地砍掉了,代之以丑陋的松树。我不知道这是出于什么缘故,更不理解为什么人们会对此无动于衷。这里的人们似乎对什么都很看得开,保持着一种无动于衷的风度。现在的城市,满街是霓虹灯和广告牌,尤其是后者,甚至遮蔽了它后面的建筑。我对朋友说这个城市越来越没有格调了。不仅如此。大量的拆迁和过度的建设使得原来的格局已被破坏殆尽。对于这个本来就缺乏历史的城市,这类做法只能使它变得像一个暴发户,确切地说,是没有多少经济基础的暴发户。比如,本来并不很宽的松花江上架起了索道,这既没有美学上的意义,也并无实际效果。设计者们似乎忘记了不远处江桥的存在,而渡船到达对岸也只用十几分钟。一片片树林被砍掉了,代之而来的是水泥板和艳俗的花坛。在幽静的江岸上,甚至还建起了一座设备粗陋的游乐场,成为大煞风景的另一个注脚。尤其让人无法理解的是,就在两年前,那座有着五十多年历史的动物园被迁走了,一家大学在这里建了科技园区。现在我每天上班都坐车经过那里,里面的树木被砍掉了,一座座毫无特色的楼房快速地出现。这倒颇具有象征意味,即所谓的科技代替了天真烂漫的童年记忆。一切都是在进步,一切都是在向前看。历史的进步毫不珍惜过去,并以抹去过去的痕迹为乐事。在这座城市十几岁以上的人们,有谁没有去过动物园,有谁没有在那里留下珍贵的记忆?但在一夜之间,城市半个多世纪的记忆被切掉了。具有罗马建筑风格的工人文化宫变成了刘老根大舞台,还有几家电影院也成了二人转剧场。这个自封为东方莫斯科或东方巴黎的城市如果过去是一种自我炫耀,那么现在则是一种对旧梦的追怀(它的美丽在梦中无疑被进一步夸大了);或确切地说,是失落后的下意识的自我安慰。在这座号称东方莫斯科或巴黎的城市,音乐厅和美术馆只是形同虚设,几乎没有演出和展览,一年一度的冰灯游园会成了这个城市唯一可以吸引外界游客的招牌。说实话,这里面其实是没有多少文化含量的。我们离文明越来越远了,同时也失去了固有的原始活力。它无法激扬我们乐观向上的情绪,只会给我们带来一种怀旧的忧伤。

当然不仅仅是城市。几年前我回到我度过童年和少年时代的县城,发现到处都建起了楼房,我家原来住过的地方已经被完全推平了,一点往日的影子也找不见。我悲哀地感到,我那一段生命的唯一证据已经不存在了,由此我的身世也显得可疑起来。

我在这座城市的时间,已经超出了我在县城的时间,但我仍然有一种客居的感觉。我对它的感情也日益变得复杂起来。不单单是喜爱,更多的是追怀怅惘,也略微带有一点愤怒。很多美好的东西都已随着岁月逝去,而我们将会给后世留下些什么呢?在赞叹和追怀中难道这一切不值得我们去深入思索吗?

后　记

　　集子里汇集了近十几年来写的文章——有的要更久些——现在看起来,实在有些不成体统。但从中多少可以看出我的一些诗歌主张,也多少带有一点这个时代诗歌发展的印迹。

　　我要感谢北大出版社使这些文字得以和读者见面,尤其感谢责任编辑延城城、张雅秋女士所做的工作。在出版前我对其中的文字做了修订,但仍然会有不少舛误,只好敬请读者谅解了。

作者